21

श्रेष्ठ कहानि[illegible]

आबिद सुरती

डायमंड बुक्स

www.diamondbook.in

प्रकाशक : डायमंड पॉकेट बुक्स (प्रा.) लि.
X-30 ओखला इंडस्ट्रियल एरिया, फेज-II
नई दिल्ली-110020
फोन : 011-40712200
ई-मेल : sales@dpb.in
वेबसाइट : www.diamondbook.in

21 Shreshth Kahaniyan
By : Abid Surti

कुछ बातें आपसे

यदि हमें जीवन के दर्शन करने हैं, मानव-सभ्यता की पथरीली, मटमैली और कँटीली राहों का अवलोकन करना है, यदि पसीने से भरे तन और द्वंद्वों से भरे मन की गाथा जाननी है, शहरों और कस्बों के बीच बढ़ रही दूरी तथा आदमी-आदमी के मध्य दौड़ लगा रहे अजनबीपन की खोज करनी है, पारस्परिक संबंधों और रिश्तों के बीच की गहराई नापनी है, ईर्ष्या, द्वेष, दंभ और अन्य मानवीय मानव प्रकृति के बीच विचरण करना है, आधुनिक समाज और राजनीति के आचरण का विहंगावलोकन करना है तो कहानी ही एक ऐसी विधा है, जो हर स्थिति में हमारा पूरा समर्थन करती है।

हिंदी-कहानी ने अपने विकास के अनेक सोपान चढ़े हैं और आज वह विश्व-कहानी में अपनी सार्थक पहचान बना चुकी है।

हिंदी-कहानी से, विशेषकर हिंदी-कहानीकारों की चुनी हुई और श्रेष्ठ कहानियों से, परिचित कराने के उद्देश्य से प्रत्येक कहानीकार की इक्कीस कहानियों के प्रकाशन की यह योजना निश्चित ही महत्त्वपूर्ण है।

हिंदी के अनेक सिद्ध-प्रसिद्ध कहानीकार इस योजना के द्वारा एक मंच पर उपस्थित हो रहे हैं। उनकी भागीदारी और सहज स्वीकृति ने हमारा उत्साहवर्धन किया है। इस प्रकार के संकलन नियमित रूप से प्रकाशित हों, इस दिशा में हम निरंतर सक्रिय रहेंगे।

अब आपके और संगृहीत कहानियों के बीच व्यवधान न बनते हुए प्रस्तुत हैं— श्री आबिद सुरती की इक्कीस श्रेष्ठ कहानियाँ।

16, साहित्य विहार
बिजनौर (उ.प्र.)

डॉ० गिरिराजशरण अग्रवाल
संपादक

अनुक्रम

1

चेहरे पर उभरता चेहरा

हर सप्ताह शाम रजत हमारे यहाँ गुजारता और घंटा-भर गप्पें लड़ाकर चल देता। उसकी बातें हमेशा दिलचस्प होतीं। चर्चा करने के लिए उसके पास विषयों की विविधता नहीं थी, फिर भी जिस खूबी से वह अपने विचारों को पेश करता, उसका बयान करना मुझ जैसे लोकप्रिय कथाकार के लिए भी काफी मुश्किल काम है।

एक शाम रजत ने अपनी बात कुछ यों शुरू की थी, 'फिल्म लाइन में आने के बाद इंसानों के चेहरे अपने नहीं रह जाते। कितने ही मासूम, खेलदिल चेहरों को मैंने भेड़ियों के चेहरों में तब्दील होते देखा है।'

उसकी इस बात को मजाक समझ, मैं ठहाका लगाकर हँस दिया था। फिर मैं काफी देर तक सोचता रहा। उसके शब्द मुझे छू गए थे। मैंने तभी निश्चय कर लिया था कि अब जब कभी मैं नई कहानी लिखने बैठूँगा, इस मुद्दे को केंद्र में रखकर शुरूआत करूँगा। मगर उस वक्त मैंने ख्वाब में भी नहीं सोचा था कि एक दिन मुझे रजत पर ही कुछ लिखने को प्रेरित होना पड़ेगा।

वह दार्शनिक नहीं था। कवि या कहानीकार भी नहीं था। पंद्रह साल पहले फिल्म लाइन में अपनी किस्मत आजमाने वह बंबई आया था। उसका चेहरा, उसका जिस्म किसी सफल अभिनेता जैसा प्रभावशाली था। उसकी बात करने की शैली, उसका वाक्प्रवाह, आँखों के भाव देखकर स्वाभाविक रूप से ही मेरे सामने यह प्रश्न उठ खड़ा होता-जो आदमी जिंदगी में इतना सहज अभिनय कर सकता है, वह परदे पर असफल कैसे रहा होगा? लेकिन इस प्रश्न का उत्तर मेरे पास नहीं है।

हमारी पहली मुलाकात टाइम्स प्रकाशन संस्थान में हुई थी। 'धर्मयुग' के मेरे उपसंपादक मित्र ने मुझसे उसका परिचय करवाया था। रजत ने चकित होकर, स्थिर दृष्टि से कुछ पल मेरी ओर देखा था, मानो उसकी पहचान मुंशी प्रेमचंद या शरत्चंद जैसे किसी साहित्यकार से करवाई गई हो-

'मुझे अब भी विश्वास नहीं हो रहा है कि ... ' आखिरकार उसने कहा था, 'काली किताब जैसे धाँसू उपन्यास के राइटर आप ही हैं!' वह युवक उसी पल मुझे भा गया था।

वास्तव में उसे युवक कहना थोड़ी ज्यादती होगी, क्योंकि जब मेरी उससे पहली मुलाकात हुई, वह शादीशुदा था-दो बच्चों का बाप! अगर मैं गलत नहीं सोचता हूँ तो

उसकी उम्र चालीस से कम नहीं, कुछ ज्यादा ही होनी चाहिए। अलबत्ता दिखने में वह देव आनंद की तरह सदाबहार लगता था। उसकी त्रासदी यह थी कि उसके जीवन में न तो बहार थी, न शांति। उसका संघर्ष अभी जारी था।

'एक दिन मैं फिल्म इंडस्ट्री को हिलाकर रख दूँगा।' कभी-कभी वह आवेश में बोल उठता, 'प्रोड्यूसरों की कारें मेरे घर के बाहर कतार बाँधे खड़ी होंगी। भरोसा रखो, बहुत जल्द मैं सुपर स्टार बनूँगा और आप होंगे मेरे सुपरहिट कहानीकार!'

ऐसे शब्दों से वह खुद को धोखा दे सकता था, मुझे नहीं। मुझे तो, दरअसल, उस पर दया आती थी, साथ ही एक किस्म का आनंद भी मिलता था। जिस भ्रम में वह आज भी जी रहा था, उससे मैं बहुत पहले उबर चुका था। फिल्म स्क्रिप्ट-राइटर बनने के सपने देखने मैंने सालों पहले छोड़ दिए थे।

मेरे इन्हीं सोए हुए सपनों को थपथपाने की शुरूआत उसने जाने-अनजाने कर दी। जब भी वह हमारे घर आता, कम-से-कम एकाध जुमला ऐसा जरूर छोड़ जाता, जिससे मुझे गुदगुदी हो।

फिल्म इंडस्ट्री में रजत की खासी अच्छी पहचान थी। डाल-डाल पर बैठने वाले पंछी की तरह उसका उठना-बैठना कई प्रोड्यूसरों के दफ्तरों में था। चोटी के कुछ अभिनेताओं के संपर्क में भी वह था।

'मैं फिल्म इंस्टीट्यूट में ट्रेनिंग ले रहा था। तब शत्रुघ्न, जया, रेहाना मेरे साथ थे।' वह कहता, 'शत्रु तो आज भी मेरा दोस्त है। अभी कल ही महबूब स्टूडियो में मेरी उससे मुलाकात हो गई। वह किसी नए स्टोरी राइटर की तलाश में है। मैंने आपका नाम सुझाया। आप यकीन करेंगे, भाई साहब, वह आपके नाम से पहले से ही परिचित था।'

मैं खुश हुआ। शत्रुघ्न जैसा जाना-माना अभिनेता मेरा नाम जानता हो, यह मेरे लिए बड़े गर्व की बात भी थी।

'फिर?' मैं पूछ बैठा।

'अप्वाइंटमेंट लेकर चंद ही दिनों में मैं आपकी मुलाकात उससे करवा दूँगा,' रजत ने कहा, 'वह आज भी उन दिनों को भूला नहीं है। किस्मत का खेल देखिए सफलता उसके कदम चूम रही है, जबकि गरीबी और भूख ने आज तक मेरा पीछा नहीं छोड़ा। आज भी मैं यह नहीं जानता कि मेरे घर में कल का राशन कहाँ से आएगा?'

मैंने तुरंत ही अपनी जेब से बटुआ निकालकर सौ रुपए का एक नोट उसकी ओर बड़ा दिया।'यह क्या?' वह बोल उठा, जैसे मैंने उसका अपमान किया हो। जैसे कोई स्वाभिमानी कंगाल भूख से मरने को राजी हो, लेकिन मुफ्त की रोटी किसी भी हाल में स्वीकारना नहीं चाहता हो।

'दान नहीं दे रहा हूँ' मैंने खुलासा किया, 'तुम्हारे पास पैसे आएँ, तब मुझे लौटा देना।'

'मगर..।'

'तुम कोई पराए नहीं हो। लो, रख लो इसे।'

पलकें झुकाकर उसने हौले से नोट मेरे हाथ से ले लिया। उस दिन मुझे लगा, शायद मुझसे कहीं कोई गलती हुई है। दोस्ती में मुझे पैसों का व्यवहार शुरू नहीं करना चाहिए। लेकिन मैं क्या करता? उसकी आवाज में घुली करुणा ने मुझे लाचार कर दिया था। काफी प्रयास करने पर भी मैं अपनी संवेदनाओं को रोकने में नाकाम रहा था। मैंने तुरंत निश्चय कर लिया, मुझे अपने जज्बात पर अंकुश रखना सीखना होगा।

खुद को सीख देना कितना आसान है, पर उस पर अमल करना उतना ही मुश्किल! यह हकीकत आप तभी समझ पाएँगे, जब आपका परिचय रजत जैसे किसी मित्र से हो।

उसकी हालत खस्ता थी, इसमें दो राय नहीं हो सकतीं। पर मैं भी तो कोई लखपति नहीं था। फिर भी उसकी आंसू-भरी कहानियाँ सुनकर मेरा दिल पसीज जाता। कोई मित्र घर आकर ऐसा कहे कि 'बारिश का मौसम शुरू होने वाला है। बच्चों के स्कूल खुलने वाले हैं। उनके लिए नई किताबें खरीदनी पड़ेगी। बारिश के जूतों, छाता वगैरह का भी इंतजाम करना होगा।'

तो आप क्या करेंगे?

रजत ने मुझसे ऐसा ही कहा था, 'इतना ही नहीं, महीनों से मकान का किराया भी नहीं दे पाया हूँ। फिर, बिजली का बिल, दूधवाले का बिल, धोबी... जाने भी दो। यह तो मेरी रोज की रामायण है। इन सब -समस्याओं से जूझना मैंने सीख लिया है। लेकिन ... लेकिन मेरे बच्चों का क्या...?'

मैंने जेब में हाथ डाला तो चालीस रुपए मेरे हाथ में आ गए।'लो', मैंने कहा, 'अभी यह रख लो।'

आप यह मत सोचना कि मैंने इतनी आसानी से अपनी जेब खाली कर दी होगी। अब तक मैं सावधान हो चुका था। रजत के चरित्र को लेकर मेरे मन में अनेक शंका-कुशंकाएँ उठने लगी थीं। रजत के साथ ही हर मुलाकात के बाद मन-ही-मन निश्चय करता था कि अब वह चाहे कितना ही अपनी मुसीबतों का रोना मेरे आगे रोए, मुझे अपना मन ठोस रखना है। उसे एक भी पैसा नहीं देना है। और कुछ दिनों बाद वह चेहरे पर मुस्कान लिए हमारे घर आ खड़ा होता। पल-भर के लिए स्थिर दृष्टि से मैं उसके चेहरे को देखता

रहता। मुझे भ्रम होता। रजत के चेहरे में मुझे भेड़िए के चेहरे की झलक दिखने लगती। आँखें झपककर मैं भ्रम के कणों को गिरा देता। मुझे अपने आप पर दया आ जाती। हमारे बीच जो कुछ घटित हो रहा था, उसमें रजत का जरा भी दोष नहीं था। उसने मेरे सामने कभी भी हाथ नहीं फैलाया था, कभी खुले शब्दों में मुझसे मदद नहीं माँगी थी। सच यह था कि उसकी दुखभरी दास्तान मेरी संवेदना को झनझना देती थी। अनायास मेरे हाथ अपनी जेब में उतर जाते थे।

मैंने एक बार फिर निश्चय किया-अब अपनी कमजोरियों को अपने मन पर हावी नहीं होने दूँगा। अपनी संवेदनाओं पर पूरी तरह अंकुश रखूँगा। इस बार मेरा फैसला अडिग था। उसकी वजह थी मेरी बीवी, जो कि रजत से हमदर्दी रखती थी, वह भी सावधान हो गई थी अब वह मेरी ही ओर शक-भरी नजरों से देखने लगी। क्या कथाकार इतने बेवक़ूफ़ होते होंगे? कुछ इसी तरह के भाव उसकी आँखों में मुझे नजर आते थे।

'आपको हो क्या गया है?' आखिर जब उससे नहीं रहा गया तो उसने मुझे साफ सुना दिया, 'आए दिन ऐसा करते रहोगे तो एक रोज हाथ में कटोरा लिए भीख माँगने की नौबत आ जाएगी।'

'इसमें दोष सिर्फ़ मेरा नहीं है,' मैंने लूला बचाव किया। 'कल तुम भी मौजूद थीं।'

हमेशा मुस्कराते रहने वाला रजत कल जब हमारे घर आया, तो उसकी सूरत गंभीर थी। वह बिना एक भी शब्द बोले, चुपचाप आकर कुर्सी पर बैठ गया। मैं भी खामोश रहता, तो शायद सुरक्षित रह जाता, लेकिन मुझसे उसकी गिरी हुई हालत देखी नहीं गई। 'क्या बात है?' मैंने पूछ लिया।

देवदास का अभिनय करते दिलीपकुमार की अदा से उसने अपने चेहरे को धीरे-धीरे ऊपर उठकर मेरी ओर देखा और फिर पलकें झुका लीं। उसकी इस मुद्रा से सिर्फ़ मेरा ही नहीं, पत्नी का मनोबल भी डगमगा गया।

'भाई साहब', वह बोल उठी, 'कुछ बताओ तो हमें भी पता लगे।'

'भाभी' ... एक ही शब्द का उच्चारण कर उसने सोचने के लिए थोड़ा वक्त लिया, 'आप औरत हैं, एक औरत का दुख आप समझ सकती हैं। मेरी बीवी का आज सुबह गर्भपात हो गया। उसे डॉक्टर के पास ले जाने की मेरी हैसियत नहीं थी। इसलिए मैं यहाँ दौड़ आया। सोचा था, यहाँ कुछ देर गपशप लड़ाकर अपने गम भुला दूँगा।'

किस्सा कोताह, हमने उसके मुँह से बात उगलवाई न होती तो उसकी पीड़ा भी सतह पर न आती। अपराधी हम खुद थे। अंत में उसे पचहत्तर रुपए देकर हमने प्रायश्चित

किया। उसके जाने के बाद हम पति-पत्नी के बीच चिनगारियाँ उड़ीं। पत्नी ने मुझे दोषी ठहराया, जबकि मैंने उस पर अँगुली उठाई।

इस बार थोड़ी देर बाद शांतिपूर्वक सोचने पर मैं खुद चौंक उठा। कल्पना में रजत के कान मुझे भेड़िए के कानों जैसे लगे थे। अलबत्ता, यह मेरा सिर्फ भ्रम था। लेकिन अब तक एक बात मेरे मन में पूरी तरह बैठ गई थी। रजत मुझे जितना भोला और सीधा नजर आता था, वास्तव में वह वैसा था नहीं। फिल्म के परदे पर सफलता प्राप्त करने में वह भले ही नाकाम रहा हो, जिंदगी में वह अद्भुत कलाकार था। उसकी अभिनय-कला के बल पर उसका घर भी चल रहा था।

आज मेरा जाना टाइम्स प्रकाशन संस्थान में हुआ और उपसंपादक मित्र से मैंने बातों-बातें में ही कल की घटना के बारे में बताया तो उससे पता चला कि कल रजत मेरे घर से निकलकर सीधा उसके घर गया था। गर्भपात वाला किस्सा सुनाकर उसने मेरे मित्र से भी काफी रुपए उगलवाए थे। यह बात और है कि मदद के लिए उसने वहाँ भी हाथ नहीं फैलाया था। यही उसकी खूबी थी। अपने अभिनय द्वारा वह ऐसा दर्दनाक माहौल खड़ा कर देता था कि निर्दयी कसाई के मन में भी एक बार दया पैदा हो जाए, तो ताज्जुब नहीं।

मुझे इतना भरोसा था। अब वह कुछ दिनों तक अपनी शक्ल नहीं दिखाएगा। हमारी दो मुलाकातों के बीच कम-से-कम एक हफ्ते का फासला रहता था। यह अवधि पूरी हो इससे पहले मेरा जी घबराने लगता। शाम को काम से घर वापस आते समय मेरे पाँव अपनी ही गली में आगे बढ़ने से कतराने लगते थे।

कहीं रजत पहले से ही आकर मेरा इंतजार कर रहा होगा तो? घर से मील भर दूर के सुरक्षित फासले पर होते हुए भी यह प्रश्न मेरा गला घोंटने लगता। मानो मैं खुद ही कोई अपराधी होऊं, ऐसे मैं डरते-डरते अपने घर में कदम रखता। घर पहुँचने के बाद भी मेरी परेशानी का अंत न होता। बार-बार मैं जाने-अनजाने खिड़की से बाहर झाँक लेता। दरवाजे की घंटी बजते ही चौंककर खड़ा हो जाता। वह आया! बस, अभी आता ही होगा... यह डर मुझे लगातार सताता रहता। मैं डर के माहौल में जीने लगा।

इस तरह तकरीबन पंद्रह दिन गुजर गए। अब मेरे डर में हैरानी भी शामिल हो गई। रजत आया क्यों नहीं? क्या उसे पता चल गया होगा कि अब मैं उसकी बातों में आने वाला नहीं हूँ?

एक हफ्ता और बीत गया। मैंने सोच लिया। उसकी छठी इंद्रिय ने जरूर भाँप लिया होगा। अब इस तिल में तेल नहीं बचा है। अब इसमें से छोटी-सी एक बूँद भी नहीं निकल

पाएगी और एक शाम अचानक वह फिर हास्य बिखेरता हुआ हमारे घर में नमूदार हुआ। वह थोड़ा पिए हुए भी था। शायद इसीलिए कुछ ज्यादा ही खुश नजर आ रहा था।

उसका अभिवादन न मैंने किया, न मेरी पत्नी ने। फिर भी वह हमेशा की तरह हमारे घर को अपना समझ कुर्सी खींचकर बैठ गया। फिर रसोई में व्यस्त मेरी पत्नी से वह व्यंग्य में बोला, 'भाभी, आज सिर्फ़ चाय नहीं चलेगी। साथ में कुछ नमकीन भी देना पड़ेगा। शत्रुघ्न हमारे भाई साहब से मिलना चाहते हैं।' मेरी पत्नी को मौन बने रहने में अपनी सलामती दिखाई दी। मैं भी चुप रहा। इसलिए मेरी ओर देखते हुए उसने बम फोड़ा, 'क्या आप लोग यह सोच रहे हैं कि मैं आज भी आपसे मदद माँगने आया हूँ?'

'नहीं-नहीं,' मेरे होंठ खुल गए, 'तुमने हमारे सामने कभी भी हाथ नहीं फैलाया है।'

'फिर ... आप इतने टैंस क्यों बैठे हैं? '

'नहीं तो। मैं... मैं तो एकदम नार्मल हूं। '

'मुझे देखिए,' वह सगर्व बोला, 'मेरा जीवन फटेहाल होते हुए भी मैं खुलकर हँस सकता हूँ। वह कहावत आपने सुनी ही होगी-हंसों और सारा जग तुम्हारे साथ हंसेगा।'

नाटकीय अदा से हँसते हुए उसने रसोई की ओर देख अपनी आवाज थोड़ी ऊँची की, 'आप भी हँसिए, भाभी! मेरे सब दुखों का अंत आ गया है।'

मैंने पूछा, 'कोई फिल्म साइन की है?'

'नहीं, मेरी बीवी दो बच्चों को रोते-बिलखते हुए छोड़कर चली गई।' यह बात उसने इतनी सहजता से कही कि पहले तो मैं कुछ समझ ही नहीं पाया। दूसरे, पत्नी के चले जाने से दुखों का अंत हो जाए, यह बात भी मेरे लिए पहेली थी। मैं बुद्धू की तरह उसकी ओर देखता रहा। मेरी पत्नी रसोई से दो कदम बढ़ाकर बैठक में आ गई। वह अपनी जिज्ञासा रोक नहीं पाई। उसने ही रजत से सवाल किया, 'क्या हुआ?'

'होना क्या था, भाभी! उससे बर्दाश्त नहीं हुआ।' वह अपनी पत्नी के बारे में बता रहा था, 'इसमें उस बेचारी का भी दोष नहीं! महज उम्मीदों के सहारे भूखे पेट कोई कब तक जी सकता है।'

उसकी आँखें डबडबा आई, 'सुबह उठकर देखा तो ऐसा लगा जैसे घर में मरघट का सन्नाटा उतर आया हो। सबकुछ सुनसान था। हमारा घोंसला बिखर गया, भाभी... '

मुझे उसके बच्चों का खयाल आया। उनमें एक तो दूध पीता शिशु ही था। उसके बारे में मैं कुछ पूछूँ इससे पहले ही यह भर्राई आवाज में बोला, 'लल्ले को अपने पड़ोसी

को सौंपा और बड़े को घर में बंद कर बाहर निकल गया। किसी ने सच ही कहा है, जब दुख हद से ज्यादा बढ़ जाते हैं, तो वे दवा बन जाते हैं। आज इस बात की सच्चाई का भी पता चल गया, वरना इस तरह हँसी बिखेरता मैं आपके सामने थोड़े ही बैठा होता।'

सिर झटककर एक बार फिर वह नाटकीय अदा से हँस दिया और उसकी आँखों का गीलापन आँसू बनकर चेहरे पर ढुलकने लगा। मेरी पत्नी धीरे-धीरे आगे बढ़ हमारे निकट आई और मेरे बगलवाली कुर्सी पर बैठते हुए उसने रजत से पूछा, 'बड़का सुबह से घर में बंद है तो वह खाएगा क्या? '

'रात में घर लौटूँगा तो चने-कुरमुरे की दो पुड़ियाँ बँधवा लूंगा। देखिए, यह एक रुपया मैंने संभालकर रखा है।'

'घर लौटने के लिए बस के किराए की भी जरूरत पड़ेगी।' मैंने कहा। अचानक वह फफककर रो दिया।

घंटे-भर बाद जब वह हमारे घर से लौटा, तब उसकी जेब में उसका अपना एक और हमारे दिए हुए सौ रुपए मिलाकर एक सौ रुपए थे। उस रात सोने से पहले मैंने रजत के बारे में नए सिरे से सोचना शुरू किया तो मेरे विचार गड्डमड्ड हो गए। मैं रजत का चेहरा अस्त्रों के सामने लाने की कोशिश करता और मेरे सामने भेड़िए का चेहरा मुस्कराता था।

* * *

2

अंधा

लोकनाथ सूरज के साथ जागकर नल के नीचे नहाने बैठा और ठंडे पानी की धार उसके जिस्म पर पड़ी तो उसे याद आ गया, रात में उसने एक सपना देखा था। ठंडे पानी और सपनों के बीच कोई संबंध हो सकता है? वह यह भी नहीं जानता था कि नेत्रहीन लोग सपने देख सकते होंगे या नहीं, मगर यह उसे बराबर मालूम था। वह खुद जन्म का अंधा नहीं था।

दस साल की उम्र तक उसने जो कुछ भी देखा था, उसमें से वह शायद ही कुछ भूल पाया था। मसलन कोयल। आज भी वह जब कभी कोयल की कूक सुनता, वही बचपन की कोयल की तस्वीर उसके मन में उभर आती थी। स्नान के बाद उसने पूजा-पाठ भी निपटाया। यह उसका दैनिक क्रम था। इसी क्रम में तीसरे नंबर पर नाश्ता था। कमर पर गमछा बाँध पालथी मारकर वह रसोई में माँ के सामने बैठा और सपने का जिक्र छेड़ा।

माँ ने नाश्ते की थाली के साथ चाय का कप बढ़ाते हुए पूछा, 'क्या देखा सपने में?'

'शंकर जी।' वह बोला, 'कह रहे थे-लोकनाथ, हम तुम्हें एक मिनट का समय देते हैं। तुम जो माँगोगे सो मिल जाएगा।'

'सच!' माँ बज उठी, 'फिर तूने क्या माँगा?'

'मैं सोचता रह गया और मिनट बीत गया।'

'अरे पगले!' अनजाने अपनी आवाज में दुख घोलते हुए माँ ने कहा, ' कम-से-कम अपने लिए आँखें ही माँग ली होतीं।'

'तब भोलेनाथ की नजरों से मैं गिर न जाता!' वह बोला,'वह क्या सोचते? यह लोकनाथ कैसा स्वार्थी इंसान है। सारा जग दुखियारा है और अपने लिए वह खुशियां मांग रहा है।'

उसका जवाब सुनकर माँ को हैरत न हुई। वह जानती थी। अपनी कोख से उसने बेटे को नहीं, किसी संत को जन्म दिया था। वैसे लोकनाथ न कोई संत था, न महात्मा। बल्कि इस देश के लाखों नेत्रहीनों में से एक था। और फिर भी अलग। अलग इस अर्थ में कि उसके सामने कोई राह न होते हुए भी राह बनाना वह जानता था।

सफेद बुशर्ट-पैंट में तैयार होकर वह जाने लगा तो माँ ने उसके हाथ में छड़ी थमाते हुए टोका, 'आज फिर भूल गया।'

वह भूला नहीं था। माँ का दिल रखने के लिए उसने छड़ी का सहारा लिया और सीढ़ियाँ उतर गया। उसकी स्टील की यह छड़ी भी आम छड़ियों से अलग थी, क्योंकि यह चार हिस्सों में बँटी थी। जरूरत न होने पर उसे 'फोल्ड' करके जेब में रखा जा सकता था। फुटपाथ पर कदम रख उसने वैसा ही किया। छड़ी को मोड़कर जेब में रखा और जेब से काला चश्मा निकाल आँखों पर लगा लिया। मुल्ला की दौड़ मस्जिद तक-यह कहावत लोकनाथ पर एकदम फिट बैठती थी। उसकी जिंदगी का दायरा भी सीमित था। घर से चौराहा और चौराहे से घर। चौराहे पर उसका अपना टेलीफोन बूथ था। यह रास्ता उसका बरसों का परिचित था। यहाँ के शोर में टकराती आवाजें उसकी हमनशीं थीं।

उजले कपड़े और चमड़े के जूतों में उसे बिना लकड़ी के फुटपाथ पर कदम बढ़ाता देख शायद ही कोई सोच सके कि वह नेत्रहीन होगा। आम लोगों के लिए यह जानना भी मुश्किल था कि उसकी अपनी कुछ गिनतियाँ थीं। कितने कदम चलने के बाद उसे रास्ता पार करना है और जूते पालिश करवाने के लिए कितने कदम पर रुकना है।

सीधे फुटपाथ पर कुछ फासला तय कर वह रुका तो एक बच्चे की आवाज उसके कानों से टकराई, 'अंकल, हमें रास्ता पार करवा दो न!' उसने आवाज की दिशा में हाथ बढ़ाया। बच्चे ने उसकी अँगुली थाम ली।

जहाँ लोकनाथ खड़ा था, वहां न क्रासिंग था, न ज़ेब्रा लाइनें थीं।' पर जब दूर के चौराहे पर लाल बत्ती चमक उठती, सारे वाहन वहीं रुक जाते थे और चंद पलों के लिए सड़क सूनी हो जाती थी।

कुछ मिनटों के इंतजार के बाद बच्चे के साथ वह रास्ता पार कर गया। 'थैंक्यू अंकल! ' बच्चे ने जाने से पहले कहा। वह सिर्फ़ मुस्कराया और फिर आगे बढ़ा। वह सामने की फुटपाथ पर से चौराहे की ओर कदम बढ़ा रहा था कि उसकी नाक ने महक परख ली। वह फूलवाले की दुकान तक आ पहुँचा था (आज उसने लंबी डंडी वाला एक गुलाब खरीदा और पारदर्शी कागज में बंधवा लिया।) यहाँ से तैंतीस कदम पर जूते पालिश करने-वाला छोकरा बैठता था। लोकनाथ ठीक वहीं पर रुका।

यह भी उसका नित्य क्रम था। साफ कपड़े, साफ जूते और इधर-से उधर की कुछ बातें। बातें करने का छोकरे का अंदाज कुछ ऐसा था कि वह दिलचस्पी से सुनता रहता। किस फिल्म के टिकटों का ब्लैक चल रहा है और कौनसी फिल्म ने पहले ही हफ्ते में दम तोड़ दिया या किस हीरोइन ने किस सुपर स्टार को चाँटा मारा और कौनसा निर्देशक किस अड्डे पर शराब पीता है। पर आज न जाने क्यों छोकरा उससे रूठ गया हो, ऐसे चुपचाप जूते चमकाने में व्यस्त था। 'चुनिया!' आखिर लोकनाथ ने पूछा, 'क्या बात है?'

'कुछ भी नहीं।'

'खामोश क्यों हो?'

'अब क्या बताऊँ, साब! ' दाहिने पैर के जूते को चमकाकर उसने बाएँ पर ध्यान लगाया, 'एक माँ है। दो छोटे भाई हैं। वैसे ही इस धंधे में गुजारा नहीं होता। बारिश शुरू होगी तो साला एकदम ठप्प हो जाएगा।'

'साथ में कोई दूसरा धंधा शुरू कर दो।'

'यही तो अपन की खोपड़ी में नहीं आता कि बिना नकद लगाए कौनसा धंधा शुरू किया जा सकता है!'

'समझो!' लोकनाथ ने उसे उपाय सुझाया, 'हमारे इलाके में फूलवालों की तीन दुकानें हैं। ये लोग जब दुकानें बंद करते हैं तो गुलाब की ढेर सारी पत्तियाँ फेंक देते हैं। तुम वे ढेर इकट्ठे कर अपने वैद्य जी की दुकान पर बेच आओ।' पालिशवाले जूते पर कपड़ा मारते हुए छोकरा बोला, 'वैद्यजी उनका क्या करेंगे?'

'वे गुलकंद बनाकर बेचते हैं।'

छोकरे की समझ में बात आ गई। पर जैसे अब भी विश्वास बैठा न हो, ऐसे लोकनाथ को दूर तक जाते हुए वह देखता रहा।

लोकनाथ चौराहे पर आया और जेब से चाबी निकाल उसने अपने बूथ के ताले में घुमाई। इस टेलीफोन बूथ के लिए वह नगरपालिका तथा बंबई शहर के भले मनुष्यों का आभारी था। इसलिए कि उनकी बदौलत उसकी रोजी-रोटी का सवाल हुआ था और इसलिए भी कि इस बूथ के जरिए उसे मानव-सेवा का मौका मिला था।

अभी बूथ में वह मेज-कुर्सी झाड़कर बैठा ही था कि टेलीफोन की घंटी बज उठी। उसने रिसीवर उठाकर कान पर लगाया। रांग नंबर था। मुस्कराते हुए उसने कहा, 'जी नहीं, यह कब्रिस्तान नहीं, लोकनाथ वर्मा का टेलीफोन बूथ है।' दिन भर में ऐसे दर्जन-भर कॉल आ ही जाते थे। कभी किसी का प्र:सूतिगृह का नंबर यहाँ लग जाता था तो कभी पुलिस

स्टेशन का। कभी किसी 'मटका-डैन' की लाइन यहाँ आ जाती थी तो कभी होटल की। वह जरा भी चिढ़े बगैर सभी को प्यार से जवाब देता था।

'क्या मैं फोन कर सकता हूं?'

आवाज किसी युवक की थी। उसने इशारे से 'हाँ' कहा।

बूथ के बाहर खड़े युवक के बारे में सोचने पर उसे लगा कि युवक में आत्मविश्वास की कमी है, वर्ना जो सहूलियत जनता के लिए उपलब्ध हो उसके लिए इजाजत लेने की जरूरत नहीं होती।

' इंटरव्यू आज है?' डायल धुमाकर युवक रिसीवर में कह रहा था, 'आपने दो हफ्ते पहले खत भेजा होगा पर मुझे नहीं मिला ... जी अभी? ... यहाँ से आने में घंटा-भर लग जाएगा... जी हां, मैं टैक्सी कर लूँगा।'

फौरन रिसीवर रख उसने जेब टटोली और रुपए का एक सिक्का निकालकर लोकनाथ के हाथ में रखा। लोकनाथ ने उसके सामने अपना रूमाल बढ़ाया। जाने-अनजाने रूमाल स्वीकार कर युवक ने पसीना पोंछा और अचानक उसे खयाल आया- इस अंधे को कैसे पता चला कि उसका चेहरा गीला है? रूमाल लौटाते हुए उसने पूछ ही लिया। लोकनाथ रिसीवर पोंछते हुए केवल मुस्कराया। चाहता तो वह कह सकता था कि पसीने से रुपए का सिक्का चिपचिपा था। यह रिसीवर भी गीला है।

युवक उसके शरारती मुस्कान-भरे चेहरे को घूरकर वहाँ से खिसक गया, तो कुछ पल पहले आकर उसके पीछे खड़े एक मुच्छड़ ने रिसीवर उठा लिया। फिर नंबर घुमाकर फोन में बोलने लगा, ' मैं जग्गा से बात कर सकता हूँ, जी?' लोकनाथ ने सोचा, यह कोई धाकड़ शख्स होना चाहिए। आमतौर पर लोग रिसीवर उठाने से पहले इतना जरूर कहते थे-फोन लगाना है या लगाता हूँ। इस पट्ठे ने सूचना देने की भी जरूरत नहीं समझी।

'कौन, जगह!' दूसरे छोर पर मित्र आने पर मुच्छड़ ने बात शुरू की, 'हाँ जी ... हाँ जी ... अभी नहीं... हाँ जी ... एक हफ्ता और रुकना होगा. .. तुसी ऐश करो, पापे।'

मिनट-भर में बात समाप्त कर मुच्छड़ ने बटुए से बीस रुपए का एक नोट निकालकर लोकनाथ के सामने धरा, 'लो, जी।' लोकनाथ ने नोट के नयेपन को महसूस कर दराज से चार नोट निकाले-दस और पाँच रुपए का एक-एक और दो-दो रुपए के दो। तभी उसके कानों से सैंडल की परिचित आवाज टकराई। मुच्छड़ को उन्नीस रुपए लौटाते हुए उसने मधुर आवाज में कहा, 'हैलो... ' मुच्छड़ चौंका, 'मुझसे कुछ कहा, जी?'

'नहीं।' वह बोला, 'आपके पीछे जो मिस खड़ी है, उससे।'

मुच्छड़ ने पलटकर देखा तो हैरान रह गया। सचमुच उसके पीछे अठारह साल की एक सुंदरी, पूनम खड़ी थी। उसने फिर एक बार लोकनाथ के सामने देखा (कहीं यह अंधा ढोंगी तो नहीं?) और अपनी चौड़ी गरदन एक अंगुली से खुजाता हुआ चलता बना।

पूनम अब लोकनाथ के सामने आई, 'लोकू! मेरा कोई फोन था?'

उसने 'ना' कहा। वह बूथ के बाहर रखे हुए एक स्टूल पर बैठ गई। यह उसका लंच-आवर था। रोजाना वह इसी वक्त (एक बजकर दस मिनट पर) अपना लंच बॉक्स और पानी की बोतल लेकर यहाँ चली आती थी।

'कुछ लोगे?' लंच बॉक्स खोलकर उसने लोकनाथ की दिशा में चेहरा तिरछा किया, 'पूरी- भाजी के साथ केक का एक टुकड़ा भी है।'

'थैंक्स, मिस!' कुछ पल रुककर उसने जोड़ा, 'इजाज़त हो तो एक सवाल पूछूँ?'

'जरूर।'

'आप किसी दफ्तर में काम करती हैं, सच?'

'रेडिमेड कपड़े बनाने वाली एक कंपनी में मैं पी.एस. हूँ।' 'तब वहाँ फोन भी होगा?'

पूनम उसकी इशारा समझ गई, 'तुम यही पूछना चाहते हो न कि मैं अपने पर्सनल कॉल वहाँ रिसीव क्यों नहीं करती?'

उसने सिर हिला दिया।

'मेरे उसूल।' पूनम खाना भी खा रही थी और जवाब भी दे रही थी, 'जिस वक्त के लिए मुझे तनख्वाह मिलती हो, वह वक्त मेरा नहीं होता। इसी कारण मैंने अपने मित्रों, परिवारवालों को साफ-साफ बता दिया है कि दफ्तर में मुझे फोन न करें। अलबत्ता, इमरजेंसी हो तो बात और है।'

'यह बात तो समझ में आई, लेकिन ...'

'लेकिन क्या?'

'फॉर्गेट इट। आप सोचेंगी, अँगुली दी तो पहुँचा पकड़ लिया।'

'मुझे इतना भरोसा है।' खाना पूरा कर पानी की बोतल खोलते हुए पूनम बोली, 'तुम उन मर्दों में से नहीं हो। कहो, तुम्हारा दूसरा सवाल क्या है?' 'यही कि रोजाना फोन का इंतजार करने के बजाय आप खुद भी तो डायल कर सकती हैं?'

'यही मुमकिन नहीं। मेरा बॉयफ्रेंड ट्रेवलिंग सेल्समैन है।' पानी के दो घूँट भरकर उसने आगे कहा, 'वह किसी भी वक्त कहीं भी हो सकता है।'

फोन की घंटी बज उठी। वह खड़ी हो गई। पानी की बोतल और खाली लंच बाक्स स्कूल पर रख उसने रिसीवर उठाया। कॉल उसके बॉयफ्रेंड का ही था।

'हैलो, राहुल! ' वह चहक उठी, 'कहाँ से बोल रहे हो?'

' एयरपोर्ट।'

'प्यार का पट्ठा छुड़ाकर कहीं भाग निकलने का इरादा तो नहीं?'

'है।' रिसीवर में से आवाज उभरी, 'पर उसमें एक खतरा है।'

'वह क्या?'

'तुमसे जितना दूर जाता हूँ उतना ही और करीब आता हूँ।'

पूनम हँस दी, 'ऐसी मीठी-मीठी बातें बनाना तो कोई तुमसे सीखे। अच्छा, यह बताओ, आज शाम को हम कहाँ मिल रहे हैं?'

'अगर तुमने मिनी स्कर्ट पहना है तो किसी डिस्को में, साड़ी पहनी हो तो किसी रेस्तराँ में और कोई अंधा भी बता सकता है कि तुमने साड़ी पहनी है। कॉफी हाउस कैसा रहेगा?'

'छह बजे मैं वहीं तुम्हारा इंतजार करूँगी।'

रिसीवर क्रेडिल पर रख उसने लोकनाथ का आभार माना और स्टूल पर से लंच बॉक्स तथा पानी की बोतल उठा ली।' लोकू! ' जाने से पहले उसने कुछ सोचकर पूछा, 'साड़ी के बारे में तुम्हारा क्या खयाल है?'

' साड़ी हिंदुस्तानी औरत की पहचान है।' कहते हुए लोकनाथ खड़ा हो गया। पारदर्शी कागज में लिपटा हुआ गुलाब का फूल उसके हाथ में था।' और दूसरी पहचान है-यह। मेरी ओर से अपने राहुल को यह छोटा-सा तोहफा देकर कहना कि अंधा यह भी बता सकता है कि आज उसने क्या पहना होगा।'

पूनम की आँखें उसके चेहरे पर टिक गई, 'क्या पहना होगा?'

'शर्ट, पैंट और टाई।' पूनम कुछ आगे कह इससे पहले उसने खुलासा कर दिया, 'सेल्समैनों के लिबास यही होते हैं।'

पूनम से बिना हँसे रहा न गया।

उसकी हँसी लोकनाथ की हँसी थी। उसकी खुशी लोकनाथ की खुशी थी। मानो उसके जीवन का सिर्फ़ एक ही मकसद था। अपने परिचय में आने वाले हर शख्स के दिल को मुस्कराहटों से भर देना। फिर वह शख्स छोटा हो या बड़ा, ऊँचा हो या नीचा, अमीर हो गरीब-उसके लिए इस दुनिया में सभी बराबर थे।

तीन दिन बाद जब वह जूते पालिश करवाने रुका तो उसकी खुशी की सीमा न रही। छोकरे ने विषय ही कुछ ऐसा छेड़ा था।

'साहब! गुलकंद खरीदोगे?'

उसकी समझ में कुछ भी न आया, 'गुलकंद!'

'अपन ने बनाना सीख लिया है।' लोकनाथ के बूते चमकाते हुए वह फख्र से कह रहा था, ' एकदम इज्जी है। एक हाथ में गुलाब की पत्तियाँ और दूसरे हाथ में चीनी लेकर मसलने से जो मलीदा तैयार होगा, उसे कांच के मर्तबान में भरकर धूप में रख दो और गुलकंद तैयार।'

'मर्तबान धूप में कितने घंटे रखना चाहिए?'

'मैंने दो दिन रखकर बोतलों में भर लिया था, साब, आप बोहनी करेंगे तो शाम तक मेरी दसों बोतलें बिक जाएंगी।'

'ओ.के.।' बटुए के लिए जेब में हाथ डालते हुए वह मुस्कराया, 'क्या दाम रखे हैं?'

'एक बोतल के सिर्फ़ छह रुपए।'

'मैं दो बोतलें खरीदूंगा।'

अब तक छोकरे ने दोनों जूते पालिश कर लिए थे।

'बाजार में यह छोटी बोतल ग्यारह रुपए में बिकती है। मैं छह रुपए में बेचता हूँ। फिर भी एक रुपया बचता है।'

दो बोतलों की कीमत अदा कर लोकनाथ ने बटुआ जेब में सरका दिया। दस मिनट बाद वह अपने टेलीफोन बूथ में बैठा था और बाहर स्टूल पर उखड़ा-सा एक इंस्पेक्टर। सवेरे-सवेरे अचानक ही टेलीफोन डैड हो जाने के कारण आज कइयों को मायूसी होनेवाली थी। पर इंस्पेक्टर गोडबोले की परेशानियां एक से अधिक थीं।

'आज का दिन ही कुछ मनहूस शुरू हुआ।' वह अपनी वर्दी पर पड़ा एक ताजा दाग कागज के टुकड़े से घिसकर साफ कर रहा था, 'सवेरे चाय के पहले कप के साथ बीवी ने टाँय-टाँय शुरू कर दी। तंग आकर घर से निकला तो बिल्ली रास्ता काट गई। यहाँ फोन को छुआ तो वह डैड हो गया।' बड़बड़ाते हुए उसने पेड़ पर बैठ कौवे पर एक नजर डाली, 'यही क्या कम था कि कौवे ने वर्दी खराब कर दी।'

'आप ड्यूटी पर भी लेट होंगे तो बड़े साहब की ...'

'डाँट-फटकार आखिरी एक पखवारे से सुन रहा हूँ।' लोकनाथ का जुमला उसने बीच में काटते हुए बताया, 'अब तो आदत-सी हो गई है।'

'कोई नए साहब आए होंगे?'

'चीफ तो वही है। उनको ऊपर से जूता पड़ता है तो वे नीचेवालों पर लानतें बरसाते हैं। वैसे कसूर उनका भी नहीं है।' कागज का मैला टुकड़ा फेंककर उसने लोकनाथ से सवाल किया, 'मैंने तुम्हें बैंक-रेड के बारे में बताया था?'

'वह तो करीब बीस दिन पहले की बात है।'

'वही।' वह बोल उठा, 'उन लुटेरों का अब तक न पक चला है, न उनका कोई सुराग मिला है। हमारे कुत्ते भी साले फेल हों गए। हम तो सिर्फ़ इंसान हैं। क्या करें? अब तक वे पट्ठे सीमा पर निकल गए होंगे!'

कुछ सोचकर लोकनाथ ने हौले से पूछा, 'बैंक से नोटों के जो बंडल गायब हुए हैं, उनके बारे में आप क्या जानते हैं?'

यह कोई मामूली सवाल न था। गोडबोले का चौंकना भी वाजिब था। (अंधे के पेट में कुछ कुलबुला रहा हो तो हैरत नहीं!) 'तुम्हें क्या जानना है?'

'वे बंडल सौ के थे, पचास के थे या दस-बीस के?'

'दो लाख रुपए के बंडल सौ-सौ के थे।' लोकनाथ के चेहरे को गैर से देखते हुए उसने बताया, ' बाकी बीस-बीस के।'

'नोट सारे नए होंगे?'

'चकाचक।'

दराज से बीस रुपए का एक नोट निकालकर लोकनाथ खड़ा हो गया, 'कहीं यह उन्हीं में से तो एक नहीं?'

उसके हाथ से नोट झपट लेते हुए गोडबोले ने कुछ पल उसे गैर से देखा। फिर अपनी डायरी निकाल सीरियल नंबर चैक किया। उसकी आँखें चमक उठीं, 'यार लोकू, यह उसी में का एक है! ' बोलते-बोलते स्टूल पर से वह भी खड़ा हो गया, 'तुम्हारे पास कहाँ से आया?'

'आखिरी कुछ दिनों से एक साहब यहाँ फोन करने आते हैं और हमेशा बीस का नया नोट दे जाते हैं।'

डायरी पर बालपेन झुकाते हुए उसने फिर सवाल किया, ' उनके बारे में कुछ और बता सकते हो?'

'क्यों नहीं! उनकी ऊँचाई साढ़े पाँच फुट होनी चाहिए।'

'वह कैसे?'

'जब वे मुझसे बातें करते हैं तो उनकी आवाज बिलकुल मेरे सामने से आती है और मेरी ऊँचाई उतनी ही है।'

गोडबोले ने अपनी डायरी में नोट करते हुए कहा, ' और?'

'वे उत्तर भारत के रहने वाले होने चाहिए।'

'यू.पी. के?'

'शायद पंजाब के।'

'तुम्हें यकीन है?'

'बात करने का उनका लहजा कुछ वैसा है और हाँ..' यकायक याद आने पर उसने जोड़ा, 'वे लोग अभी इतवार तक इसी शहर में रहेंगे।'

'सूरदास!' गोडबोले ने अपनी डायरी बंद कर जेब में डालते हुए मस्ती में कहा, ' लगता है, तुमने मेरा दिन ही नहीं, साल भी सुधार दिया।'

लोकनाथ ने मधुर आवाज में कहा, 'हैलो...'

इंस्पेक्टर गोडबोले चौंका, पर वह कुछ समझे, इससे पहले उसके पीछे से उतनी ही मीठी आवाज उभरी, 'हैलो. .. लोकू!'

वह पूनम थी।

दोनों को हैरत से देखता हुआ वह खिसक गया।

'मिस!' लोकनाथ ने व्यंग्य में कहा, 'बेहतर होगा कि आप लौट जाएँ। आज आपका फोन नहीं आएगा।'

वह ठिठक गई, 'तुम्हें कैसे पता चला?'

'यह तो सारा जग जानता है कि बाबा लोकनाथ त्रिकालज्ञानी है।'

अब पूनम की नजर 'आउट ऑफ ऑर्डर' की सूचना पर पड़ी और उसके होठों पर मुस्कान फैल गई। 'बाबा!' स्टूल पर बैठकर अपना लंच बॉक्स खोलते हुए उसने मजाक जारी रखा, 'क्या आप हमारा भविष्य बता सकते हैं?'

'अवश्य। क्या जानना है तुम्हें, बच्ची?'

राहुल से हमारी शादी कब होगी?'

'प्रश्न यह नहीं कि ब्याह कब होगा, बच्ची!'

'तो?'

'प्रश्न यह है कि ब्याह होगा या नहीं?'

पूनम के गले में जैसे मछली का काँटा फँस गया हो ऐसे उसका मुँह खुला रह गया। वह एक शब्द भी बोल न सकी। वैसे बोलने के लिए उसके पास था ही क्या? जो कुछ वह बताना नहीं चाहती थी, वह भी लोकनाथ ने भाँप लिया था, मानो उसके दिल की गहराई में गोता लगाकर वह उसका भय सतह पर ले आया था।

'देखिए, मिस!' अब लोकनाथ ने गंभीरता से कहा, 'आप मेरी मित्र हैं और इसका मुझे फ़ख्र है।'

पूनम की आँखें भर आईं।

'अगर आप भी मुझे अपना मित्र समझती हैं तो यह आपका फर्ज बनता है कि आप अपनी समस्या खुलकर मेरे सामने रखें ताकि हम साथ मिलकर उसे सुलझा सकें।'

वह चुपके-चुपके रोने लगी। लोकनाथ को उसकी भनक लग ही गई। दूसरे पल उसने अपना रूमाल बढ़ा दिया। पूनम ने अपना चेहरा पोंछा और लंच बॉक्स खाए बिना बंद कर दिया।

'राहुल... राहुल चाहता है कि नए, मॉडर्न लिबास पहनूँ.. ' स्टूल पर बैठे-बैठे ही हाथ बढ़ाकर उसने रूमाल लौटाया, 'डिस्को में उसके साथ नाचूँ गाऊँ। ये सब मुझे पसंद नहीं। मेरे लिए मुमकिन भी नहीं।'

आखिरी जुमला माने रखता था। उसका असर क्या हुआ होगा यह जानने के लिए पूनम ने अपना चेहरा तिरछा कर लोकनाथ की ओर देखा। उसे लगा, अस्त्रों की तरह लोकनाथ का चेहरा भी अंधा था। न उसकी आँखें कुछ कहती थीं, न चेहरा। वर्ना कहीं तो यह सवाल नजर आता कि मिनी पहनकर डिस्को में नाचना पूनम के लिए मुमकिन क्यों नहीं? अपने बॉयफ्रेंड की खुशी के लिए कभी-कभार डिस्को संगीत की धुन पर नाचने से आसमान नहीं टूटने वाला था। लोकनाथ उसे ये सब कह सकता था। वह उसका हक था। न कहा शब्दों द्वारा, न भाव द्वारा। चालाक लोमड़ी है, लोमड़ी। पहले छेड़कर सबकुछ उगलवाता है, फिर खामोश हो जाता है।

'मेरा ... मेरा एक पैर नकली है।' आखिर पूनम ने बता दिया।

चौराहे के सिग्नल के पास एक टैक्सी का इंजन फेल हो गया था। पीछे खड़ी हुई कारों की कतार से हॉर्न की आवाजें उठ रही थीं। पूनम और लोकनाथ के बीच सन्नाटा छाया था।

'क्या... ' कुछ देर बाद लोकनाथ ने होंठ खोले, 'यह राज राहुल नहीं जानता?' वह खामोश रही।

'यानि कि जिसे आप जीवनसाथी बनाना चाहती है, उसी पर आपको एतबार नहीं, सच?'

'मैं उसे बता दूँ और वह मुझे ठुकरा दे तो?'

'यह साबित होगा कि उसका प्यार कच्चा था।' लोकनाथ ने बताया, 'वह तुम्हारे मन से नहीं, तन से प्यार करता है। और तन का प्यार सच्चा नहीं होता शादी के बाद भी वह तुम्हें छोड़ सकता है।'

'यही मेरी उलझन है।'

'और यही उसके प्यार की कसौटी भी।' कहते हुए वह मुस्कराया, 'मिस, वैसे आप हैं खुशकिस्मत। उसे आजमाने का यह सुनहरा मौका आपको शादी से पहले ही मिल गया। आजमाओगी न?'

इस मसले पर सोचने के लिए पूनम वक्त चाहती थी। कलाई-घड़ी पर नजर डाली। लंच-ऑवर करीब-करीब खत्म होने आया था।

'यह फोन कब ठीक होगा?'

'कम्पलेंट सवेरे लिखवाई थी। किसी भी वक्त ठीक हो सकता है।'

वह खड़ी हो गई, 'तब घर जाने से पहले शाम को मैं यहाँ होकर जाऊँगी।' इंस्पेक्टर गोडबोले लोकनाथ से अलग होकर सड़क पार कर एक मकान के गलियारे में खड़ा हो गया था। उसकी तीखी नजर टेलीफोन बूथ पर टिकी थी। जो कोई भी शख्स फोन करने आता, उसे वह गैर से देखता था।

पूनम के जाने के बाद दो मर्द और आए। उनमें एक बौना था, जो स्टूल पर चढ़कर नंबर घुमाने जा रहा था कि लोकनाथ ने 'आउट ऑफ ऑर्डर' की सूचना की और इशारा किया। शायद वे दोनों किसी सर्कस के विदूषक थे। दूसरा, उसका साथी ताड़ की तरह लंबा था।

कुछ देर बाद टेलीफोन बूथ के सामने एक टैक्सी रुकी और एक युवक ब्रीफ़केस के साथ बाहर निकला। सबसे पहले उसकी नजर सूचना पर पड़ी और फिर लोकनाथ के चेहरे पर।

'लोकनाथ तुम्हीं हो?' कुछ कदम चलकर सामने आते हुए उसने पूछा। लोकनाथ ने 'हाँ' में सिर हिला दिया।

'मेरा नाम...'

'मैं जानता हूँ।' उसने मुस्कराकर कहा, 'आप राहुल हैं।'

राहुल को सचमुच हैरत हुई। आज तक पूनम से वह लोकनाथ के बारे में किस्से सुनता आया था। यही नहीं, आखिरी मुलाकात के वक्त पूनम ने एक अजीब फिकरा भी कसा था-लोकू अंधा है, इसका मतलब यह नहीं होता कि वह नहीं देखता।

राहुल चकरा गया था। यह जुमला न था, 'रुबिक क्यूब' था। उसने अलग-अलग ढंग से तोड़कर, जोड़कर, मोड़कर देखा था। फिर भी वह उस वक्त अर्थ समझ नहीं पाया था। आज लोकनाथ से रू-ब-रू होने पर उसकी गुत्थी सुलझ गई। लोकनाथ की आँखों में भले ही रोशनी न हो, वह आवाजों के जरिए, स्पर्श और गंध के जरिए देखता था।

'कहिए,' लोकनाथ ने खामोशी तोड़ते हुए पूछा, ' मैं आपकी क्या सेवा कर सकता हूँ?'

'पूनम को एक मैसेज दोगे?'

'श्योर।'

'उससे कहना कि आज शाम को मैं इसी इलाके में रहूँगा और छह बजे नुक्कड़ के चाइनीज रेस्तराँ में मिलूँगा।'

'अब एक गुजारिश मुझे करनी है। ' कहते हुए उसने दराज में रखी हुई दो बोतलों में से एक निकालकर राहुल के सामने बढ़ा दी।

'यह क्या है?'

'गुलकंद।' वह बोला, ' मेरी ओर से मिस को यह तोहफा देना। इसके नियमित सेवन से उनकी आवाज में भी आप-सी चाशनी घुल जाएगी।'

राहुल ने बोतल स्वीकारने से पहले पूछ लिया, 'तुम खुद भी उसे दे सकते हो।'

'शायद वह स्वीकार नहीं करेंगी।' कारण बताते हुए उसने जोड़ा, 'लेकिन आप अपने हाथों से देंगे तो मिस ना नहीं कहेंगी।'

राहुल के चेहरे पर अनजाने ही मुस्कान फैल गई। उसी मुस्कान के साथ वह प्रतीक्षा करती टैक्सी में बैठा और चौराहे के वाहनों की भीड़ में गायब हो गया। लोकनाथ अपनी कुर्सी पर बैठने ही वाला था कि उसने परिचित आवाज सुनी, 'फोन डैड है, जी?'

'सुबह से।' कहते हुए उसके कान खड़े हो गए। वह चौकन्ना हो गया। मुच्छड़ उसके सामने खड़ा था।

सड़क पार मकान के गलियारे में छिपकर खड़ा इंस्पेक्टर गोडबोले भी सावधान हो गया था। वह तेजी से सोच रहा था। यह मुच्छड़ बैंक-लुटेरा हो सकता है। लोकनाथ के

बताए हुलिए के मुताबिक वह किसी पंजाबी ट्रक ड्राइवर-सा लगता था। उसकी ऊँचाई भी करीब साढ़े पाँच फुट थी। पर अभी पूरी तसल्ली होना बाकी था।

'यहाँ कहीं और पब्लिक फोन होगा?'

'आप इस शहर में नए लगते हैं?' मुच्छड़ के सवाल का जवाब देते हुए लोकनाथ ने बताया, 'वरना आपको जरूर पता होता कि यहाँ करीब में ही एक और फोन है।'

'कहाँ है, जी?'

उस सामने वाले मकान के गलियारे में।'

मुच्छड़ बूथ से मुड़ा और लोकनाथ ने जेब से रूमाल निकालकर मुँह पोंछा। इंस्पेक्टर गोडबोले के लिए यह इशारा था। उसका शक यकीन में बदल गया। अब उसे मकान के गलियारे से निकलकर मुच्छड़ का पीछा करना था। सही मौका मिलने पर धर दबोचना था। पर वह गलियारे से निकल न पाया। मुच्छड़ उसी की दिशा में आ रहा था।

वह बौखला गया। अंधे ने ऐसा क्या चमत्कार कर दिया कि शिकार खुद चलकर शिकारी के जाल में चला आ रहा था। (यह राज कुछ घंटे उसके लिए राज ही रहने वाला था।) सड़क पार कर जैसे ही मुच्छड़ मकान के गलियारे में दाखिल हुआ कि इंस्पेक्टर गोडबोले ने अपना रिवॉल्वर निकालकर उसके सीने पर तान दिया।

उस रात लोकनाथ चैन की नींद सो नहीं सका। उसकी समस्या यह न थी कि अब तक मुच्छड़ का गैंग पुलिस के चंगुल में फँसकर सलाखों के पीछे चला गया होगा या नहीं, बल्कि उसकी पीड़ा यह थी कि पूनम और राहुल के रिश्ते में कहीं दरार तो नहीं पड़ी होगी?

अब पूनम में इतनी हिम्मत आ गई थी कि वह अपने जीवन की सच्चाई को राहुल के सामने रख सके। पर इस साहस का नतीजा क्या निकलेगा, यह लोकनाथ की सोच के बाहर था। वह तो सिर्फ़ इतना जानता था-सच कभी हारता भी है तो उसका सिर ऊँचा होता है।

रात घड़ी ने बारह बजाए और लोकनाथ की माँ ने करवट बदलते हुए देखा तो लोकनाथ का बिस्तर खाली था। उसने सोचा, बेटा शायद बाथरूम गया होगा या पानी पीने उठा होगा। मिनट-भर वह आहट लेती पड़ी रही। कहीं कोई हलचल सुनाई न देने पर वह उठ बैठी।

लोकनाथ एक कोने में रखी हुई शिवजी की मूर्ति के सामने बैठा था। कुछ पलों के लिए माँ उसे एकटक देखती रही। आखिर उससे रहा न गया तो पूछ लिया, 'क्या बात है, बेटा?'

अब तक लोकनाथ अपनी प्रार्थना पूरी कर चुका था।' माँ! ' वह खड़े होते हुए बोला, 'आज पहली बार मन में खटका हुआ है, कहीं रिश्ता टूट न जाए! ' 'कैसा रिश्ता?'

'प्यार का।' वह माँ के करीब बैठ गया, 'दोनों बहुत ही भले हैं। एक-दूसरे को सच्चे दिल से चाहते हैं।'

'कौन हैं वे दोनों?'

'आप नहीं जानतीं।' कुछ रुककर उसने बताया, 'वैसे मैं भी उन्हें ठीक से नहीं जानता।'

'तू पगला का पगला ही रहेगा।' माँ हँस दी, 'चल, अब सो जा।'

दूसरे दिन सवेरे लोकनाथ न फूलवाले की दुकान पर रुका, न जूते पालिश करवाए। वह सीधा चौराहे पर पहुँचा और टेलीफोन बूथ खोल अपनी कुर्सी पर बैठ गया। बिगड़ा हुआ फोन कल शाम में निगम के आदमी दुरुस्त कर गए थे। पर 'आउट ऑफ ऑर्डर' का बोर्ड अब भी बूथ के बाहर लटक रहा था। याद आने पर उसने वह निकालकर अंदर एक तरफ रख दिया।

ठीक एक बजकर दस मिनट पर पूनम आई। यही उसका रोज का आने का समय था। पर रोज की तरह वह भी आज अपनी औपचारिकता भूल गई। लोकनाथ से उसने न 'हैलो 'कहा, न कुछ और, और स्टूल पर बैठ गई।

आखिर लोकनाथ ने ही शुरूआत की-

'मिस...!'

'जी..'

'कल की मुलाकात कैसी रही?'

'ठीक।'

'सबकुछ सच-सच बता दिया?'

'हूँ।'

'क्या कहा उसने?'

'सोचने के लिए एक रात माँगी।'

'क्या सोचने के लिए?'

'यही कि वह मुझसे शादी करेगा या नहीं।'

खामोशी उतर आए इससे पहले लोकनाथ ने विषय मोड़ दिया, 'अब तक आपने खाने का डिब्बा नहीं खोला?'

'भूख नहीं है।'

'गुलकंद ट्राई किया?'

उसके सवाल को नजरअंदाज कर पूनम ने उसकी ओर देखा, 'तुम्हें क्या लगता है?'

'एक-आध दिन में बारिश शुरू होनी चाहिए।'

'मैंने मौसम के बारे में नहीं, अपनी शादी के बारे में पूछा है।'

'लड़का बुरा नहीं है।'

'लोकू!' वह भड़की। तभी टेलीफोन की घंटी बज उठी। उसने फौरन खड़े होते हुए रिसीवर झपट लिया। आज उसकी किस्मत का फैसला होने वाला था। बेसब्री उसके चेहरे पर साफ नजर आ रही थी।

'हैलो.. .हैलो...' वह बोल उठी और दूसरे पल उसे पता चला, फोन राहुल का नहीं था।' सॉरी, रांग नंबर... जी नहीं, यह कब्रिस्तान नहीं है।' उसने रिसीवर पटक दिया।

लोकनाथ ने उसका दिल बहलाने के लिए कहा, 'मेरी समझ में यह नहीं आता कि निगमवालों को कब्रिस्तान में फोन लगाने की क्या जरूरत पड़ी?' पूनम ने फिर स्टूल पर बैठते हुए अपनी आवाज जरा, ऊँची की, 'लोकू, मेरे सवाल का जवाब नहीं देना हो तो तुम ना भी कह सकते हो।'

'मैंने सोचा, मेरे चेहरे की मुस्कराहट देखकर आपने मेरा जवाब भाँप लिया होगा।'

'मैं साफ शब्दों में सुनना चाहती हूँ।'

लोकनाथ ने बता दिया, 'आपको वह जरूर स्वीकार करेगा।'

'तुम्हें यकीन है?'

'मुझे भगवान में श्रद्धा भी है।'

'तब उसने फौरन जवाब क्यों नहीं दिया?'

'शायद इसलिए कि वह अपने घरवालों से सलाह-मशविरा करना चाहता हो।'

लोकनाथ कुछ आगे कहे इससे पहले राहुल की टैक्सी टायर की आवाजों के साथ रुकी। ब्रीफकेस के साथ वह उसमें से बाहर निकला। पूनम चौंककर खड़ी हो गई। उसका दिल धड़क उठा। जवाब हाँ में होगा या नहीं-राहुल के चेहरे से यह अंदाजा लगाने में वह नाकाम रही थी। लोकनाथ अपनी कुर्सी पर बूथ में बैठा रहा।

राहुल धीरे-धीरे आगे बढ़कर पूनम के करीब आया, पर कहा लोकनाथ को संबोधित कर, 'आज मैंने लंच नहीं लिया है।'

'मिस भी भूखी बैठी हैं।' वह बोला।

अबकी राहुल ने पूनम के कंधे पर हाथ रखते हुए कहा, 'आज हम तीनों किसी बढ़िया-से रेस्तराँ में साथ लंच लें तो कैसा रहेगा?'

'वंडरफुल! ' राहुल का इशारा पूनम के लिए काफी था। खुशी से उसका रोम-रोम झनझना उठा, 'लोकू! आज तुम ना नहीं कह सकते।'

'लेकिन ... लेकिन आप दोनों के बीच मेरा क्या काम?'

'तुम्हारा तो खास काम है।' जवाब राहुल ने दिया, 'लंच का बिल तुम चुकाओगे।' फिर मुस्कुराते हुए उसने दोपहर के अखबार की एक ताजा प्रति ब्रीफकेस से निकाली और पूनम की ओर बढ़ा दी, 'ये देखो!'

हैरत और खुशी से पूनम उछल पड़ी, 'लोकू! इसमें तो पहले पन्ने पर तुम्हारी तस्वीर छपी है-एक नेत्रहीन ने बैंक-लुटेरों की टोली को गिरफ्तार करवाया...' हैडलाइन के साथ वह पूरी खबर तेजी से पढ़ गई। 'बोलो, अब कुछ कहना है?'

'सिर्फ इतना,' बूथ बंद करते हुए उसने फिकरा कसा, 'अब यह मत कहना कि टैक्सी का मीटर भी मुझे चुकाना होगा!'

राहुल ने हँसकर उसका दाहिना हाथ अपने हाथ में लिया, पूनम ने उसका बायाँ हाथ; और तीनों मित्र इंतजार करती टैक्सी की ओर आगे बढ़ गए।

* * *

3

अंडरवियर

रामदास छोटे कद का आदमी था। स्वभाव से नम्र। रास्ते में कोई परिचित मिल जाता तो वह नम्रतापूर्वक हाथ जोड़कर पहले तो नमस्कार करता और फिर हालचाल पूछता। उस वक्त उसके चेहरे पर एक अजीब-सी मिठास झिलमिला उठती। परिचित व्यक्ति के दूर होते ही वह मिठास भी दूर हो जाती।

वैसे देखा जाए तो रामदास का स्वभाव गंभीर था। खासकर एकांत में वह अपने में खो जाता। फिर गंभीरता से सोचता। सोचने के लिए कोई विषय न मिलने पर वह, क्या सोचा जाए, इस विषय पर सोचता। उसके विचार भी फैंटास्टिक होते थे। उसकी कल्पना जमीन से छलांग लगाती तो सीधी चंद्रमा पर जा बैठती और चंद्रमा पर से कलाबाजियाँ दिखाती सीधे मंगल-ग्रह पर दिखाई देती।

रामदास शर्ट-पैंट के साथ मोटे फ्रेम का चश्मा भी पहनता था। वह उसे पढ़ने के काम में नहीं लाता था। कभी वह कोई किताब पढ़ने के लिए लेता तो चश्मा उतारकर तिपाई पर रख देता। उसकी कल्पना कुलांचें भरती-चश्मे के साथ आँखें भी उतारकर तिपाई पर रखी जा सकें तो? फिर चश्मे के साथ उसकी आँखें उतर गई हों, ऐसे वह तिपाई पर मोटे फ्रेम को देखता रहता।

पत्नी पूछती, 'क्या देख रहे हैं आप?' वह चौंककर पत्नी की ओर देखता और किताब में मुँह छिपा लेता। पलभर उसके मन में सवाल उठता : क्या उसके विचारों को पत्नी पढ़ सकती है? कभी उसे शक होता-शायद पत्नी उसके विचार पढ़ती होगी। यकीन करने के लिए एक दिन उसने मन-ही-मन पत्नी से कहा, 'हे प्रिय! मेरे मन की आवाज आप सुन सकती हैं तो बताइए, औरतज़ात के बारे में मैं। अभी क्या सोच रहा था?' प्रश्न कर वह पत्नी से मुखातिब हुआ और बेवकूफ़ की तरह एकटक देखता रहा।

पत्नी झुँझलाकर बोली, 'हे भगवान! ऐसे मूडी पतियों को पैदा करना था तो हम जैसी पत्नियों को जन्म क्यों दिया?' और रामदास नाखून चबाते हुए फिर चौंका। हकीकत में वह सोच रहा था कि दुनिया में औरतें न होतीं तो क्या होता?

उसके सवाल और पत्नी के जवाब में काफी समानता थी। उसे लगा, उसकी विचार-तरंगें उसके आसपास के लोगों को छू सकती हैं और वे लोग अपनी प्रतिक्रिया भी दर्शाते हैं।

रामदास सावधान हो गया। सोचने के लिए वह अब वक्त ढूंढ़ने लगा। एकांत ढूंढ़ने लगा। कभी वह बगीचे में जाकर गोशा खोजता तो कभी समुद्रतट पर जा बैठता। कभी वह देर रात को मकान के नीचेवाले चबूतरे पर पालथी मारकर सोचने बैठता तो कभी तड़के उठकर किसी मैदान में चला जाता।''

एक रात वह सुनसान सड़क पर टहल रहा था और उसे एक बेमिसाल टोटका सूझा। भगवान के अद्भुत सृजन इंसान में उसे एक खोट दिखाई दी थी, बल्कि भूल। उसके तर्क के मुताबिक इंसान के चेहरे पर दो आँखों की बजाय केवल एक ही आँख काफी थी और वह भी माथे के बीचोंबीच। वह एक आँख से दो आँखों का काम सरलता से कर सकती थी।

फिर भी, पलभर के लिए हम यह मान लें कि भगवान की इच्छा इंसानों को दो आँखें भेंट देने की है तो दूसरी आँख के लिए कोई नई, सुयोग्य जगह ढूंढ़ी जा सकती है। जैसे कि दाहिने हाथ की हथेली। अगर हथेली के बीच में एक आँख हो तो हम हथेली को चाहे जिस ओर घुमाकर चाहे जो मंजर देख सकते हैं।

इस बारे में उसने घंटों चिंतन-मनन किया। मसलन वह पूर्व की ओर मुँह करके बैठा हो तो माथे के बीच की एक आँख सामने देखती होगी और हथेली पीठ पीछे रखी हो तो पीठ पीछे वाला मंजर भी देखा जा सकता है।

यह अद्भुत विचार उसे पत्नी के मायके जाने के तीसरे रोज और रात के दो बजकर पंद्रह मिनट पर सूझा था और उस समय वहाँ कोई मौजूद न था। यदि होता तो वह रामदास को खुश होकर .पागल की तरह नाचते देख जरूर अचंभे में पड़ जाती। और किसी की मौजूदगी का अहसास होने पर रामदास उससे कहता- क्षमा करें, महाशय, मनोभाव की अभिव्यक्ति में थोड़ी-सी ज्यादती हो गई।

जिस रात रामदास को 'हथेली में आँख ' वाला विचार आया, उसके दूसरे ही दिन से जैसे उसकी हथेली में सचमुच एक आँख निकल आई हो, ऐसे वह हथेली को पीठ पीछे लेकर न दिखने वाले दृश्यों को देखने की कोशिश करने लगा। कभी वह हथेली माथे पर रख पूरा आकाश नई आँख में समा लेने के सपने देखता, तो कभी हथेली मनचाही स्थिति में स्थिर करके खुद भी स्थिर हो जाता। अलबत्ता इसमें उसे निराशा ही मिलती। फिर भी वह मायूस न होता। उसे दुख भी न होता। वजह?

यह खेल उसे भा गया था। हथेली में भले आँख न हो, उसकी कल्पना में एक आँख जरूर थी और वह आँख सबकुछ देख सकती थी। शायद इसीलिए राह चलते वह

चुपचाप हथेली की स्थिति बदला करता। वह पूरी सावधानी बरतता कि किसी का ध्यान उसकी ओर आकर्षित न हो। वह पागल है, ऐसा किसी को शक न हो। मकान के किराएदारों को तो कतई नहीं।

रामदास भूलेश्वर के जिस मकान में रहता था, उसके दस किराएदारों के बीच एक संडास कॉमन था। भोर होते ही वहाँ लाइन लगने की शुरूआत हो जाती। रोक की तरह आज भी रामदास डालडा का डिब्बा लेकर लैटरीन के पास आया तो वह बंद था। डिब्बा नीचे रख बंद दरवाजे को वह देखता रहा। दरवाजे के ऊपर के हिस्से की एक पट्टी से सड़कर टूट जाने की वजह से लैटरीन में बैठे आदमी के खड़े होते ही उसका माथा देखा जा सकता था।

रामदास को सहज ही लैटरीन के भीतर झाँकने की इच्छा हुई। उसने हथेली टूटी पट्टी वाले हिस्से पर रखकर धीरे से अंदर खिसका दी। उसे हैरत हुई। संडास में बैठी एक औरत की साफ तस्वीर उसने अपने दिमाग के पर्दे पर देखी। उसकी खुशी की सीमा न रही। लेकिन इस बार अपने मनोभाव की अभिव्यक्ति में उसने ज्यादती न की। वह केवल मूंछों में मुस्कराकर रह गया। दूसरे दिन फिर उसने संडास के बाहर खड़े होकर प्रयोग किया और अपनी सफलता पर विश्वास होने पर नए-नए प्रयोग करने के लिए उसका दिल बेचैन हो उठा। दस की टंकार पर तैयार ऑफिस जाते समय रास्ते में पोस्ट बॉक्स दिखाई दिया। वह थोड़ा रुका। 'पोस्ट बॉक्स में उसने अपनी हथेली सरकाई और अंदर पड़ी चिट्ठियों को उसकी अदृश्य आँखों ने देख लिया। इतना ही नहीं, पोस्ट बॉक्स में पड़े चिट्ठियों के ढेर पर दो मासिक पत्रिकाएँ थीं, यह भी उसने नोट किया।

थोड़ी दूर जाने पर उसकी नजर सड़कछाप एक खेल पर पड़ी। गैस लाइट के खंभे के सहारे एक आदमी हाथ में .झोला लिए खड़ा था। उसके झोले में एक से सौ तक की संख्या वाली पर्चियाँ थीं। सिर्फ़ पच्चीस पैसे देकर झोले में से एक नंबर की पर्ची निकालने वाले को इनाम में एक ट्रांजिस्टर मिल सकता था। रामदास के लिए इनाम जीतना और चुटकी बजाना दोनों एक ही बात थी, तुरंत उसने पच्चीस पैसे का एक सिक्का देकर हाथ झोली में डाला और हथेली खोल दी। हथेली की पहली नजर से उसने ऊपर की कई पर्चियाँ देख डालीं। एक नंबर की पर्ची नजर न आने पर उसने पर्चियों के ढेर को उथल-पुथलकर एक पर्ची दो अँगुलियों के बीच फँसा बाहर खींच ली। फिर नंबर देख सामने खड़े हुए आदमी को पर्ची देते हुए उसने कहा, ' भाई, भगवान की इच्छा है कि ट्रांजिस्टर मुझे तोहफ़े में मिले। यह पहला नंबर देखने के बाद आप भी यही चाहेंगे, ऐसी मैं उम्मीद करता हूँ।'

'ऑफिस पहुँचकर ट्रांजिस्टर पर क्रिकेट की कमेंट्री सुनते हुए रामदास को अचानक ख्याल आया, उसके दाहिने हाथ की हथेली कीमती है और उसका बीमा करवाना

चाहिए। उसी दिन लंच-ऑवर के बाद वह एलआईसी के दफ्तर में चला गया और स्वागत कक्ष में बैठी लड़की से इस बारे में पूछताछ की। रिसेप्सानिस्ट ने बीमा एजेंट श्रीमती बैंकर के कैबिन की ओर अंगुली की।

रामदास उस कैबिन में गया तो श्रीमती बैंकर ने सफेद साड़ी में मुस्कराकर उसका स्वागत किया। रामदास ने सामने की कुर्सी पर बैठते हुए अपनी बेजोड़ हथेली के बारे में थोड़ी जानकारी देकर उसका बीमा करवाने की बात कही। श्रीमती बैंकर मुस्कराई।। रामदास की बात में उसे रस जगा था, सो पूछा, ' इसका क्या सबूत कि आपकी हथेली देख सकती है?'

'बहिन! ' रामदास ने विनम्र होकर बताया, 'आपको सचमुच आजमाइश करनी हो तो आप मेरे पास खड़ी हो जाएँ। मैं आपकी साड़ी के नीचे हाथ सरकाकर बता दूँगा कि आपके अंडरवियर का रंग कैसा है?'

श्रीमती बैंकर को जैसे बिजली का झटका लगा हो, आँखें सुर्ख हो गई। दूसरे पल उन्होंने टेबल पर पड़ी घंटी बजाई। तीसरे पल चपरासी अंदर घुस आया। श्रीमती बैंकर ने उसे इशारे से ही समझा दिया-इस नामाकूल को धक्के मारकर बाहर फेंक दो।

रामदास ने दोनों हाथ जोड़कर अर्ज किया, 'कोई गलती हो गई हो तो क्षमा करना, बहिन! लेकिन आप खुद ही चाहती थीं कि ... ' उसका जुमला पूरा हो इसरो पहले चपरासी ने उसे गले से पकड़कर फुटपाथ पर धकेल दिया।

रामदास का घोर अपमान होने के बाद भी उसका जरा भी असर उसके चेहरे पर दिखाई नहीं दे रहा था, बल्कि उसका चेहरा खिल उठा था। साड़ी के नीचे हाथ सरकाने का मजाक अफलातून था। अपने दफ्तर की ओर जाते हुए वह सोच रहा था। उसने कहीं सुना था, आजकल की लड़कियाँ अंडरवियर नहीं पहनती थीं। साड़ी पहनती थीं, मैक्सी पहनती थीं, लेकिन अंदर कुछ भी नहीं पहनती थीं। क्या यह सच था?

यह रहस्य जानना रामदास के लिए जरूरी था। उसकी आँखें यहाँ-वहाँ भटकने लगीं। उसने देखा तो सामने से मिनी फ्रॉक वाली एक एयर होस्टेस आ रही थी। उस एयर होस्टेस को रोककर उसकी फॉक के नीचे सिर्फ़ पलभर के लिए हथेली सरकानी थी। लेकिन ऐसा करने के लिए थोड़े साहस की जरूरत थी और रामदास साहसी जीव न था। एयर होस्टेस को फटाफट कदम बढ़ाकर जाते हुए वह देखता रहा।

वह अपने दफ्तर आया तब उसका ट्रांजिस्टर बगल में बैठनेवाली टाइपिस्ट लड़की अपनी मेज पर रखकर गीतों का कार्यक्रम सुन रही थी। रामदास पर नजर पड़ते ही उसने ट्रांजिस्टर बंद कर लौटा दिया। रामदास ने उसे नम्रता से 'थैंक्यू' कहकर जोड़ा,'बहिन! यह ट्रांजिस्टर मुझे बिलकुल मुफ्त में मिला है। आप चाहें तो यह आपका हो सकता है।'

‘वह कैसे?' टाइपिस्ट लड़की तुरंत बोली।

रामदास ने जवाब न दिया। वह अपने काम में व्यस्त हो गया। शाम तक वह फाइलों पर निशान लगाकर बाईं और बैठे सहायक को ‘पास' करता रहा। शाम छह की टंकार पर काम बंद कर उसने दाहिनी ओर बैठी टाइपिस्ट लड़की की ओर देखा। लड़की उसकी ओर देख मुस्कराई। दोनों साथ ही नीचे उतर नुक्कड़ के एक होटल में गए और फैमिली रूम में बैठे।

‘देखो, बहिन!' रामदास ने कॉफी का घूँट भरते हुए शुरूआत की, ‘मुझे एक छोटा-सा प्रयोग करना है। आपकी किस्मत अच्छी होगी तो यह ट्रांजिस्टर आप जीत जाएँगी।’

‘लेकिन मुझे करना क्या है?' टाइपिस्ट लड़की बोल उठी।

कभी का कप अधूरा छोड़कर रामदास ने उससे खड़े होने की विनती की। वह तुरंत खड़ी हो गई। रामदास घुटनों के बल बैठ गया और अपनी हथेली सीधी कर लड़की के दो पैरों के बीच फर्श पर रख दी। लड़की की समझ में कुछ भी न आया। वह रामदास के एकाग्र माथे को आश्चर्य से देखती रही।

थोड़ी देर बाद रामदास के चेहरे पर मुस्कान फैली। उसने नजरें उठाकर लड़की से कहा, ‘अब ध्यान से सुनना, बहिन! मैं जो कुछ कहूँगा उसमें जरा भी भूल होगी तो ट्रांजिस्टर आपका। सच बताना, आपने नीले रंग की अंडरवियर पहनी है न?’

लड़की ने आँखें झपकाई। रामदास मन-ही-मन खुश हो रहा था। कह रहा था, ‘बहिन, मैं जादूगर नहीं। फिर भी मैं कहूँगा कि आपके अंडरवियर में दो छेद भी हैं। अब आप साबित कर दें कि मैं गलत हूँ और ट्रांजिस्टर आपका।' लड़की ने फ्रॉक हाथ में लेकर गले तक उठा दी। रामदास फटी-फटी आँखों से देखता रहा। लड़की ने फ्रॉक के अंदर कुछ भी नहीं पहना था।

* * *

4

तब और अब

जब मैं किसी बूढ़े को देखता था तो मेरे मन में सिर्फ़ एक ही विचार उठता था- ये लोग अतीत में कैसे जीते होंगे? समंदर के सामने वाली सड़क से मैं गुजरता हूँ तो वे लोग अपनी बूढ़ी कमर को कमान की तरह झुकाए किसी बैंच पर बैठे हुए नजर आते हैं। सुबह-शाम यहाँ सुस्ताकर वे अपने बीते हुए दिनों की जुगाली करते रहते हैं। वे खाँसते हैं तो उसमें से भी अतीत की झंकार सुनाई देती है।

सच कहूँ तो उन दिनों मैं निश्चित रूप से मानने लगा था कि यादों की जुगाली करने का अधिकार सिर्फ़ वे ही रखते हैं। पर तब मैं यह नहीं जानता था कि एक रोज जाने-अनजाने मेरा पैर भी फिसल जाएगा।

न जाने क्यों बीते हुए वे दिन अब मुझे सुहाने लगते हैं। मैं गलियों में भटकता हूँ। चौराहों से गुजरता हूँ। लंबी सड़कों पर चहल कदमी करता हूँ। चिलचिलाती धूप में कीड़े की तरह रेंगता हूँ और अचानक अगरबत्ती के धुएँ-सी याद कहीं से आकर मुझे घेर लेती है। मैं घर पर रहूँ या बाहर, मेरी आँखें स्थिर हो जाती हैं। ऐसा लगता है कि जैसे कहीं से आकर कोई मुझसे लिपट गया हो।

शुरू-शुरू में यह अहसास मुझे बेचैन कर देता था। मैं तड़पता था, उस साँप की तरह, जिसका सिर किसी ने छड़ी तले दबा रखा हो। पर अब बात कुछ और है, अब तो मैं बीते हुए दिनों को चुन-चुनकर मौसम के बादलों की तरह खींच लाता हूँ। जब वे बरसते हैं तो मन का बोझ हल्का हो जाता है... पर कुछ समय के लिए ही।

मैं... मैं अतीत में जीना नहीं चाहता। वर्तमान में मैं जी नहीं सकता। भविष्य के नाम पर मेरे सामने सिर्फ अँधेरा ही अँधेरा है। अंधेरे भी कई प्रकार के होते हैं। मेरे आगे स्याह अँधेरा है।

अँधेरे में मैं हाथ फैलाता हूँ। बगल में पत्नी लेटी है। मेरी अँगुलियों का स्पर्श होते ही वह नींद में कुछ बड़बड़ाती है। मैं समझ नहीं पाता। उसका इस तरह बुदबुदाना मुझे भला भी नहीं लगता।

तब की बात और थी। तब वह मुझे काफिर भी कहती थी तो मन प्रसन्नता से भर उठता था। तब हमारा विवाह नहीं हुआ था। वह कुलसुम थी। मैं सज्जाद था। वह पाँचों वक्त की नमाज पड़ती थी। मैं आवारादागर्दी करता था।

सवेरे उठकर वह कुरान की तिलावत करती। मैं अखबार पढ़ता था। वह रमजान के तीसों रोजे रखती। कसम खाने को मैं एक रोजा रख लेता था। रोजे वाले दिन मैं मैटिनी शो में एक फिल्म देखता, दोपहर को दूसरी। दिन कट जाता। शाम को इफ्तेखारी के समय मैं व्हिस्की से रोजा खोलता।

कुलसुम कहती-मैं काफिर हूँ। लेकिन दिल का भला हूँ। उसे मेरे सीने के घुँघराले बाल पसंद थे। मेरी दिलचस्पी उसकी साँप जैसी लंबी जुबान में थी। जुबान से वह अपनी नाक छू सकती थी। मेरे लिए यह अजूबा था।

वह अपनी दोनों आँखों की पुतलियों नाक की हड्डी तक ला सकती थी। मुझे उसकी आँखों का सीपिया रंग भी पसंद था। उसके गालों से झाँकती गुलाबी को मैं देर तक देखा करता था। मुझे उसके होठों पर तैरती मासूमियत से प्यार था। वह कोई क्लिओपेट्रा नहीं थी। पर मुझे पसंद थी।

'तुम्हारी यह जामुनी साड़ी भी मुझे पसंद है।'

'तुम्हारा हिप्पियों-सा यह लिबास मुझे जरा भी पसंद नहीं।'

'शादी के बाद तुम चाहोगी वैसी पोशाकें मैं पहना करूँगा।'

'शादी के बाद हम कुछ भी नहीं पहनेंगे।'

'अंडरवियर्स भी नहीं?'

'नहीं।'

'आदम और हव्वा की तरह हमें कम-से-कम पेड़ व एक-एक पत्ता तो लगाना चाहिए।'

'पत्ता भी नहीं।'

'क्या यह कुलसुम बोल रही है?'

उसने चौंककर मेरी आँखों में सीधे देखा। मैं समझ गया, मेरे सवाल का जवाब उसके पास नहीं था वह खुद हैरान थी कि ऐसी बेबाक बातें उसके मुँह से कैसे निकल सकीं! पर मेरे लिए इसमें हैरानी की कोई बात नहीं थी। मैं जानता था। जब कुलसुम धर्मिष्ट न रहकर एक साधारण स्त्री बन जाती थी, तब ऐसी ही दिलस्चप बातें करती थी।

अंधेरे में मैं फिर हाथ फैलाता हूं। मेरी अंगुलिया उसी कमर से फिसलती हुई चोली तक पहुँच जाती हैं। वह मेरी ओर पीठ कर लेटी है। मेरी अंगुलियां चोली के बटन खोलें इससे पहले वह करवट लेती है। मेरा हाथ फिसलकर उसके पेट पर उतर आता है।

वह फिर नींद में कुछ बुदबुदाती है। मैं समझ नहीं पाता। मेरे चेहरे पर एक और लकीर खिंच जाती है। मुझे किसी बात से नफ़रत होती है तो मेरे चेहरे पर ऐसी ही लकीर उभर आती है। उजाले में मैं इस लकीर को साफ देख सकता हूँ। पर इस वक्त अँधेरा है। अँधेरे के कारण मेरे लिए यह जान पाना भी मुमकिन नहीं कि पत्नी की आँखें खुली हैं या बंद? मैं यह भी नहीं जानता कि इस समय रात के क्या बजे होंगे?

शाम देर से मैं घर लौटा तो घड़ी में दस बज चुके थे। दो बच्चे फर्श पर लेटे थे। तीसरा पालने में था। निपल चूसते हुए अपनी बड़ी-बड़ी आँखें फैला रहा था। कमबख्त मेरे आने का इंतजार कर रहा था। मुझे देखते ही उसने थूक की तरह निपल मुँह से उछाल दिया। फिर पापा-पापा चिल्लाकर अपनी नन्ही-नन्ही मुट्ठियाँ उछालने लगा।

मैंने अपनी जेबें टटोलीं। शर्ट की दोनों जेब खाली थीं। पतलून की जेब से दस पैसे का एक सिक्का हाथ आ गया। वही मैंने उसकी हथेली में थमा दिया। वह खुश था। मैं खुश था। सवेरे यह सिक्का फिर मेरी जेब में आने वाला था। यह सिलसिला मैंने गर्दिश के दिनों में शुरू किया था।

पत्नी ने एक डबलरोटी और थोड़ी-सी सब्जी परोस दी। सब्जी क्या थी, सूप था। फिर भी उसे मैं किसी पाँचतारा होटल का पाँच सौ रुपए वाला न्यू इयर डिनर समझकर निगल गया। पत्नी बिस्तर पर लेट चुकी थी। पालने की डोरी उसके हाथ में थी। हौले-हौले वह पालना झुला रही थी।

माथे पर लटकता हुआ पचहत्तर वॉट का बल्ब खोली में रोशनी फैला रहा था। मैं बीड़ी के कश लेता हुआ कुछ देर खिड़की के पास खड़ा रहा। फिर मैं भी पैर पसारकर पत्नी के करीब लेट गया। तब साढ़े ग्यारह बजे थे, ऐसा कुछ याद पड़ता है।

वह सीधी लेटी है। उसके बाल तकिए पर बिखरे पड़े हैं। अब इन बालों में न कोई चमक है, न चिकनापन। वह दिन मुझे आज भी याद है जब मैं उसे एक बढ़िया-से ब्यूटी पार्लर में बाल कटवाने ले गया था। उन दिनों उसके बाल काफी लंबे और घने हुआ करते थे।

'सुनो कुलसुम!' इस बात पर तुम्हें गर्व होना चाहिए कि तुम्हारे बाल घुटनों तक लंबे हैं।'

'सच, पर इन्हें धोने में काफी तकलीफ़ होती है।'

'मैं धो दिया करूँगा।'

'एक बात और भी है। माँ बनने के बाद मैं इन बालों को सँभालूँगी या तुम्हारे बच्चे को?'

हकीकत कुछ और थी। वह आगे पढ़ना चाहती थी। पर घर के मजहबी माहौल के कारण उसे पाँचवीं जमात से आगे पढ़ने की इजाजत न मिली। कॉलेज में भरती होने के उसके अरमान भीतर ही पिघलकर जम जाए।

वह कॉलेज की स्टूडेंट बन न सकी, पर कॉलेज जाने वाली लड़कियों की तरह पोशाकें पहनने से अब उसे कौन रोक सकता था? शादी के बाद भी वह वैसी ही लगती थी मानो फर्स्ट ईयर की स्टूडेंट हो! फिर भी उसे एक खटक थी। आजकल की कॉलेज की लड़कियाँ इतने लंबे बाल कहाँ रखती हैं? शायद इसी कारण वह चाहती थी...

कटे हुए बाल। जब वह झटके से चेहरा घुमाए तो ज़ुल्फें आधे चेहरे पर बिखर जाएँ। जब वह कूदे तो ज़ुल्फ़ें हवाओं में लहराएं। जब वह दौड़े तो ज़ुल्फ़ें उसके साथ-साथ उछलती-गिरती रहें।'

बाल कट जाने के बाद मैं उसकी ऐसी बालीश हरकतों को 'स्लोमोशन' में देखना ज्यादा पसंद करता था। इन दिनों जिंदगी भी स्लोमोशन की तरह सपनीली थी। पर अब न वह जिंदगी रही है, न वे ज़ुल्फें, न वह सपना।

पत्नी के आधे से ज्यादा बाल सफेद हो चुके हैं। जब वह फ़ुरसत के समय बालों में कंघी फेरती है तो कई बाल कंघी के साथ खिंचकर टूट आते हैं। टूटे हुए बालों को पाँव तले दबाकर वह फिर कंघी फेरती है। अब की टूटे हुए बालों के साथ एकाध-दो जुएँ भी नजर आती हैं।

यही वजह है कि नींद में वह कभी-कभी पागलों की तरह सिर खुजाती है। उसकी ऐसी हरकतों के कारण मेरा मन खट्टा होता जा रहा है। हम दो अजनबियों की तरह एक छत-तले जी रहे हैं। जिंदा रहने के लिए हमारे पास कोई वजह नहीं, फिर भी साँस ले रहे हैं।

पत्नी ने चोली और लहँगा पहन रखा है। रात में वह ऐसा ही कुछ पहनकर सोती है। अंडरवियर नहीं पहनती। ब्रा नहीं पहनती। इसलिए नहीं कि वह सेक्सी है। बल्कि इसलिए कि अब उसे सेक्स में कोई दिलचस्पी नहीं।

वह रेफ्रिजरेटर की तरह पड़ी है। अब भी मेरा हाथ उसके पेट पर टिका हुआ है। किसी जमाने में उसका पेट मुझे नर्म गद्दे-सा लगता था। तब वह चाहती थी कि मैं उसके सीने पर सिर रखकर सोऊँ। मैं उसके पेट पर सिर रखकर लेटना अधिक पसंद करता था। तब उसकी आँतें कसी हुई थीं।

वह पेट कहाँ गया? क्या उसे तीन प्रसूतियों ने छीन लिया? या मेरी बेरोजगारी ने? मैं ठीक से नहीं बता सकता। इस पेट पर अब मैं सिर रखना पसंद नहीं करता। इससे अब बुदबुदाने की आवाजें उठती हैं। ऐसा लगता है जैसे कहीं कोई गटर भर गया हो और भीतरी दबाव के कारण गैस के बुलबुले फूट रहे हों।

फौरन ही मैं अपना हाथ खिसकाकर उसकी चोली में सरका देता हूँ। दो हूक हल्की-सी आवाज के साथ टूट जाते हैं। पत्नी को होश आता है। शायद किसी डर के कारण या अचानक जाग उठने की वजह से वह अपने दोनों हाथ मेरे हाथ पर रख देती है।

कुछ पलों के लिए मैं चुपचाप जस का तस पड़ा रहता हूँ। फिर एक बार मन में सवाल उठता है। पत्नी के वे कसे हुए दो स्तन कहाँ गए? उसके गालों की सुर्खी किसने उजाड़ दी? उसकी आँखों का वह सीपिया रंग किसने धो डाला? चोली के बाकी हुक खोलने की वह शुरूआत करती है। पर उसकी इस हरकत में कोई जान नहीं। वह अपना लहंगा खींचकर कमर पर ले लेती है। पर उसमें कोई चेतना नहीं। वह पैर खोलकर लेटी है। इसी इंतजार में कि जल्द-से-जल्द यह काम निपट जाए और करवट बदलकर कुछ पल वह चैन की नींद सो ले।

तब ऐसा नहीं था। तब चोली के बटन खोलने का कुछ और ही मजा था मानो रात का घूँघट खुल रहा हो। वह थोड़ा शरमाती। मैं थोड़ा मुस्कराता, वह थरथराती और ओक्टोपस की तरह मुझसे लिपट जाती। फिर ...

अपनी साँप-सी लंबी जुबान निकालकर वह मेरी गरदन चाटती। सीना चाटती। यहाँ तक कि चाटते-चाटते वह पैरों तक उतर आती।'सज्जाद!' मेरे घुंघराले बालों में अपनी नाजुक अँगुलियाँ फेरते हुए वह कहती-' खा जाऊँगी तुम्हें, कच्चा चबा जाऊँगी। तुम इतने प्यारे क्यों हो? तुम इतने मीठे क्यों हो?' पैर फैलाकर वह लेटी है, किसी वेश्या की तरह। उस रांड की तरह जिस पर से एक ही रात में कई ग्राहक गुजर चुके हों। मैं आखिरी ग्राहक हूँ। कुछ ऐसे ही अंदाज से वह लेटी है। शायद कुछ सोच भी रही है। मुझे इससे कोई मतलब नहीं। चाहे वह सोचती रहे या बड़बड़ाती रहे, इस वक्त मुझे कोई फर्क पड़नेवाला नहीं।

यही तो कुछ पल होते हैं, जिनमें मैं अपने गमों को भुलाने में सफल रहता हूँ। वर्ना मैं कौन हूँ? वह क्या है? चहारदीवारी के बीच सांस लेते हुए दो कीड़े। यह बेरोजगारी की स्थिति भी कैसी भयावह होती है! आदमी को आदमी से काटकर रख देती है। दो इंसानों के बीच नफरत भर देती है। वर्ना हम वही तो हैं, जो एक-दूसरे के चेहरे में घंटों देखा करते थे। एक-दूसरे से लिपटकर सारी-सारी रात पड़े रहते थे। न जाने रात कब बीत जाती थी। न जाने सूरज कब निकल आता था। न जाने शाम कब ढल जाती थी...

मैं अपना वजन उठाकर उस पर लाद देता हूँ। पालने में सोया बच्चा अचानक रोने लगता है। कमीने को इसी वक्त जागना था। कमबख्त को इसी वक्त रोना था।

पालने की डोरी पत्नी ने पहले से ही पलंग पर खींच रखी है। वह हौले-हौले पालना झुलाने की शुरूआत करती है। साथ दबी आवाज में कुछ कहती भी जा रही है :

'सज्जाद!' आज से दानेवाले ने उधार देना बंद कर दिया है।'

बच्चे के रोने की आवाज और तेज होती है। मैं अपने में खोने का प्रयास करता हूँ।

'इस महीने बिल नहीं भरेंगे तो बिजली भी कट जाएगी।'

कट जाने दो। घर का करीब-करीब सारा सामान बिक चुका है। पत्नी के गहने बिक चुके हैं। मेरी कलाई-घड़ी और ट्रांजिस्टर बिक चुका है। अगर हम इन सारी चीजों के बगैर जी सकते हैं तो बिजली के बगैर भी जी लेंगे।

धीरे- धीरे बच्चे के रोने की आवाज दबती जा रही है। पत्नी लाश की तरह पड़ी है। मैं अविराम दंड पेल रहा हूँ। मेरा जी अब भी नहीं भरा। जी भरने की यह क्रिया भी मुझे आज अजीब लगती है। जिन पलों में मैं आसानी से अपने दुःखों को भुला पाता था, आज वही पल न जाने क्यों अखरते हैं।

'मकान मालिक तीन बार आ गया।' पत्नी फिर बुदबुदाती है- 'बच्चों की फीस, बरसाती, यूनिफॉर्म...?'

मेरी साँस धीरे-धीरे फूलती जा रही है। अब मुझे कुछ भी सुनाई नहीं देता। बस, सिर्फ़ मैं हूँ और मेरे नीचे पिसता हुआ एक मुर्दा है। मैं हूँ और मेरी भूख है। भूख की तृप्ति का आखिरी पल है। इस पल को मैं जी-जान से निचोड़ लेना चाहता हूँ।

दम टूट जाता है। पत्नी की देह पर मैं ढल पड़ता हूँ। कुछ मिनटों तक मैं चुपचाप पड़ा रहता हूँ। करीब की मस्जिद से सुबह की अजान की आवाज उठती है ... अल्लाहो अकबर। पत्नी पर लेटे-लेटे ही मैं उसका अनुवाद करता हूँ। ईश्वर महान् है।

* * *

5

भैंसोंवाला टोला

छोटे-बड़े बच्चे वक्त से पहले ही आकर चबूतरे पर बैठ गए।

भैंसोंवाले टोले में तीन तरफ मकान थे। एक मंजिले और दो मंजिले मकानों के प्रवेश के बाहर चबूतरे थे। बीच में चौक था। पानी का एक नल भी सार्वजनिक इस्तेमाल के लिए यहाँ था। नल की चौकी लैटरीन के पास थी। तीन लैटरीन एक-दूसरे से जुड़ी थीं। उनके दरवाजे की पट्टियाँ टोले जितनी ही पुरानी और वनराज वकील जैसी जर्जर हो गई थीं।

टोले के इतिहास के जीते-जागते नमूने-से बुजुर्ग वनराज वकील अपने दरवाजे में दिखाई दिए। शोर करते बच्चों पर एक सरसरी नजर डाली और गला खखारते हुए बच्चों के बीच बैठ गए। उनकी कमर थोड़ी और झुक गई। कपड़ों में उन्होंने सिर्फ़ धोती पहनी थी, वह भी मैली। इसके अलावा कुछ और उनके बदन पर था तो वह जनेऊ। सीने पर सफेद बाल थे। सिर पर कुछ नहीं था। चमकती चाँद पर हाथ फेरते हुए उनकी नजर सामने के चबूतरे तक पहुँच गई। उनकी आँखों ने गैर से देख दलपतराम मास्टर को पहचान लिया। हौले से वे खड़े हुए, धीरे- धीरे कदम बढ़ाते हुए सीढ़ियों पर आए और चौक पार कर दलपतराम मास्टर तक पहुँच गए।

उसी वक्त मंछा काकी के घर से कहकहा उठा-हा... हा... हा...! कोई अट्टहास कर रहा था, लेकिन उस ओर किसी ने ध्यान नहीं दिया। बच्चों ने भी नहीं। वास्तव में इस अट्टहास के सब आदी हो गए थे। खासकर पिछले कुछ दिनों से वे इस हौलज़दा हँसी की गूँज दिन-रात सुनते आए थे। अलबत्ता, रात के सन्नाटे में मासूम बच्चों पर इसका असर जरूर होता था। कच्ची नींद में से चौंककर वे उठ बैठते थे।

जैसे-जैसे सूरज सिर पर चढ़ता गया, चौक में भीड़ बढ़ती गई। दिन इतवार का था। छुट्टी का था। मर्द-औरत सभी समय से पहले सुबह के काम निपटाकर अपने-अपने दरवाजे के बाहर चबूतरों पर दिखाई दे रहे थे। माहौल में रविवार की सुस्ती थी। साथ ही उत्सुकता की चमक भी दिखाई देती थी।

कहीं से एक कुत्ता आया और पूँछ हिलाता चौक के बीच में खड़ा हो गया। वहाँ एक खंभा था। इस खंभे को देख उसका एक पैर उठ गया। उसी वक्त लैटरीन में से बाहर निकले एक बच्चे ने डालडा का खाली डिब्बा दे मारा। कुत्ता चीखता हुआ भाग निकला। चबूतरों पर बैठे सभी बच्चे हँस पड़े।

फिर एक बार मंछा काकी के घर से बत्तीस डायनों की भयानक हँसी जैसी आवाज उभरी और उस आवाज के खत्म होने से पहले ही मंछा काकी आंगन में दिखाई दी। उसने नजरें फैलाकर देखा तो अब तक सारे चबूतरे खचाखच भर चुके थे। बच्चे पैर हिलाते ओटले के किनारे बैठे थे। उनके बीच कुछ नौजवान, अधेड़ भी दिखाई दे रहे थे। बाकी लोग बच्चों के पीछे कुर्सी डालकर बैठे थे। औरतें दीवार से लगकर खड़ी थीं। चौखट पर खड़ी थीं। दरवाजे के बीच में खड़ी थीं। कुछ पहली मंजिल की खिड़कियों से झाँकती नजर आती थीं। सबकी नजरें मंछा काकी पर टिकी थीं।

मंछा काकी ने आसपास, ऊपर-नीचे नजरें घुमाईं और पीठ फेरकर वापस अंदर चली गई। घड़ी से ग्यारह की टंकार सुनाई दी। श्यामलाल के बेटे की आँखें दीवार-घड़ी तक जाकर फिर झुक गईं। उसके हाथ में विज्ञान की किताब थी। कॉलेज की परीक्षा के लिए वह तैयारी कर रहा था। बाहर की भीड़ से उसे कोई मतलब नहीं था।

ओझा शिवराम सहन में दाखिल हुआ और भीड़ में चेतना आई। अलसाए बैठे मर्दों की उबासियाँ बंद हो गईं। आरामकुर्सी पर बैठे इत्मीनान से रविवारीय परिशिष्ट पढ़ते सज्जनों ने अखबार तह करके एक ओर रख दिए। ओझा ने परिचितों से नेता की तरह दूर से ही जय-जय की और मंछा काकी के दरवाजे के सामने खड़े होकर आवाज लगाई, 'आऊँ क्या, मंछा काकी?'

दूसरे ही पल मंछा काकी दरवाजे में फिर दिखाई दी, 'आओ!' कहते हुए उसका चेहरा खिल उठा, 'आपका इंतजार करते-करते मैं तो बूढ़ी हो गई।' शिवराम ओझा नाखून से सिर खुजलाते हुए मंछा काकी के पीछे-पीछे चला। दोनों जने भीड़ की नजरों से थोड़े वक्त के लिए ओझल हो गए। अब भीड़ की नजर मंछा काकी के दरवाजे पर टिकी थी।

'हो... हो... हो...!' अट्टहास के साथ इस बार थोड़े स्पष्ट शब्द भी सुनाई दिए, 'हाँ, मैं जोगिनी माता हूँ चुड़ैल हूँ। सबका कलेवा करने के लिए आई हूँ। कच्चा-कच्चा चबा जाऊँगी सबको। कुत्ते को भी नहीं छोड़ूँगी।'

मकान के अंदर एक छोटे कमरे में और बंद दरवाजे के सामने ओझा के साथ मंछा काकी खड़ी थी। कभी वे बंद दरवाजे को देखते तो कभी एक-दूसरे के चेहरे को। आखिर ओझा ने होंठ खोले, 'सब ठीक हो जाएगा। चिंता की बात नहीं।'

मंछा काकी से कहे बिना नहीं रहा गया, 'अपनी बहू की चिंता मैं नहीं करूँगी तो और कौन करेगा?'

'सही! सही! ' ओझा ने सिर हिलाकर नाखून से फिर गर्दन खुजलाई और हाथ में कुछ कीड़े जैसा आया तो उसे दो अँगुलियों के बीच मसलकर फेंक दिया। फिर जोड़ा, 'सगी बेटी से ज्यादा प्यार आपने अपनी बहू को दिया है। आपकी चिंता मैं समझ सकता हूँ।'

मंछा काकी की आँखों में न जाने कहाँ से पानी भर आया। चुपके से उसने पलकों पर अँगुली फेरकर नमी पोंछी। फिर भी ओझा से यह अनजान न रहा। मंछा काकी खुलकर रो पड़ी, इससे पहले उसने कह दिया, 'आप बाहर जाएँ तो मैं दरवाजा खोलूँ।'

'पर. .. पर ...' आँखें झुकाते हुए मंछा काकी ने पीठ फेरी और बड़े-बड़े आँसुओं की दो बूँदें लुढ़क गई।' शिवराम भाई! सावधान रहना, बहू दो दिन की भूखी है।' बाहर निकलने से पहले वह बोली।

ओझा मूँछों में हंसा।

मंछा काकी के आँगन में आते ही सब उन्हें टुकुर-टुकुर देखने लगे। मंछा काकी को किसी की परवाह न थी। चुपचाप वह अपने मकान की बाहरी दीवार से सटकर खड़ी हो गई। किसी ने कुछ पूछा भी नहीं। सब जानते थे, थोड़ी देर में नाटक शुरू होने वाला है।

नाटक शुरू हो, इससे पहले वनराज वकील के पोते अशोक ने किताब में से सिर उठाया। साढ़े ग्यारह बज चुके थे। भोर से अब तक उसने विज्ञान की परीक्षा के लिए लगातार तैयारी की थी। परीक्षा कल थी। अभी आधा दिन और पूरी रात बाकी थे।

एक लंबी उबासी लेकर उसने किताब मेज पर रखी और बाहर आया। नहीं, वह केवल दरवाजे तक ही आ पाया। वहीं उसके पिता आराम कुर्सी डाल कर बैठे थे। चबूतरे पर औरत-मर्द बच्चों के साथ बैठे थे, बाकी खड़े थे। इतना ही नहीं, आसपास के मकानों के चबूतरे भी भर गए थे।

अशोक को हैरत हुई। इतनी सारी भीड़ कब इकट्ठी हुई, इसका उसे पता ही नहीं चला। किसलिए इकट्ठी हुई, यह दूसरा सवाल था और दूसरे सवाल का जवाब उसे पहले मिला। ओझा शिवराम मंछा की चौखट पर अलाउद्दीन के जिन्न की तरह फूट निकला।

दर्शकों की आँखें फैल गई। शुरूआत ही ऐसी धाँसू होगी, इसकी किसी को कल्पना नहीं थी। ओझा के दाहिने हाथ की मजबूत पकड़ में मंछा काकी की बहू की चोटी थी। बाल खिंचने की वजह से बहू का चेहरा ऊपर उठ गया था। वह चिल्ला रही थी, 'छोड़ दो! मुझे छोड़ दो!' अपनी चोटी छुड़ाने के लिए वह भरपूर कोशिश कर रही थी।

ओझा ने उसका एक हाथ जकड़कर पीछे की तरफ मरोड़ दिया। मंछा काकी की बहू के गले से आह निकल गई। ओझा ने गर्व से दर्शकों की ओर देखा। अपनी बहादुरी पर खुद ही मुस्कराया और बहू को घसीटते हुए चौक के खंभे तक ले आया।

अशोक हैरत से देख रहा था। वह अपने घर की चौखट पर खड़ा था। उसके पैरों के पास आरामकुर्सी पर बैठे उसके पिता मुँह में नमकीन उड़ेल रहे थे। अशोक ने उनके पास उकडूँ बैठते हुए हौले से पूछा, 'ओझा क्या करेगा, बापू? ' 'क्या करेगा?' श्यामलाल, उसके पिता ने सवाल पर सवाल दागा और साथ जवाब भी दिया, 'अपना काम करेगा।'

मंछा काकी और ओझा, दोनों मिलकर बहू को खंभे से बाँध रहे थे।

'क्या आप मानते हैं कि निर्मला पर किसी चुड़ैल का साया पड़ा है?' अशोक ने फिर पूछा।

'क्यों?' श्यामलाल ने उसकी ओर बिना देखे ही कहा, 'तुझे शक है?' अशोक को जवाब देना ठीक न लगा। उसे चुप देख श्यामलाल ही आगे बोले, 'पिछले दो दिनों से उसने आसमान सिर पर उठा रखा था। चुड़ैल का साया न हो तो कोई ऐसा ऊधम थोड़े ही मचाता है!'

'शायद पागलपन हो!'

श्यामलाल ने चेहरा घुमाकर पहली बार बेटे की ओर देखा और किसी बेवकूफ की ओर देखते हों। ऐसे कहा, 'कोई समझदार लड़की एक रात में पागल हो गई हो, ऐसा तुम्हारे कॉलेज की किसी किताब में कहीं लिखा है?' अशोक खामोश हो गया।

बच्चे जिज्ञासा से देख रहे थे। स्त्री-पुरुषों की नजरें भी चौक के बीच टिकी थीं। ओझा और मंछा काकी ने मिलकर बहू निर्मला को खंभे से कसकर बाँध दिया था। निर्मला फटी आँखों से चारों ओर देख रही थी। बाल बिखरे हुए थे। शादी कर सोलह साल की उम्र में पति के घर आई, तब उसका एक-एक अंग ताजा खिले गुलाब की तरह खुशबूदार था। सत्रह साल की उम्र में रेल-दुर्घटना में पति की मौत होने पर गुलाब गुलाब रहा, लेकिन उसकी महक उड़ गई। आज अठारह साल की उम्र में न गुलाब बचा था, न महक। चेहरा मुरझा गया। गाल बैठ गए थे। पसलियाँ उभर आई थीं। फिर भी डूबी हुई दो आँखें चमक रही थीं।

अचानक उसने चीख मारी और हँसने लगी। ओझा की ओर देख बंदर की तरह दाँत पीसने लगी। ओझा ने उसकी हरकत की बिना परवाह किए अपने झोले में से एक छोटी-सी छुरी निकाली और सब सुन सकें इतनी ऊँची आवाज में निर्मला से कहा, 'कौन है तू? भूत है, जिन है या चुड़ैल?'

‘तेरी माँ! ' निर्मला ने बेशरमी से जवाब दिया।

‘यहाँ से जाने की क्या कीमत लेगी? ' हकीकत में ओझा निर्मला के भीतर कुंडली मारकर बैठी प्रेतात्मा से संपर्क साधने की कोशिश कर रहा था।

लोग ध्यान से सुन रहे थे।

‘यहाँ से चुपचाप चली जाने के लिए राजी हो तो तेरे नाम हम एक बकरे की बलि देंगे,' कहते हुए ओझा ने कड़ककर जोड़ा, 'वरना तेरा बुरा हाल होगा।' निर्मला ठठाकर हँस पड़ी। फिर कहा, ' मूर्ख! ये मेरे बंधन खोल दे। मैं चली जाऊँगी। कहीं भी चली जाऊँगी। कुएँ में छलांग लगा दूँगी। साबरमती में कूद पड़ेगी। पर यहाँ, अपनी इस सास का थोबड़ा देखने वापस नहीं आऊँगी।' इतना कहने पर उसकी सांस भर आई, दशा दयनीय हो गई, शब्द भीग गए।

‘शिवराम भाई!' उसने नए सिरे से शुरूआत की, 'भगवान की सौगंध खाकर कहती हूँ मेरी बात का यकीन करो। मुझे कुछ भी नहीं हुआ है।’

ओझा मूंछों में मुस्कराया और पास खड़ी मंछा काकी की ओर देखकर दबी आवाज में कहा, 'चुड़ैल सयानी है। मेरी जगह कोई और ओझा होता तो अब तक छलावे में आ जाता। पर मैं इतनी आसानी से फँसने वाला नहीं। कसम गंगा माई की, इस चुड़ैल को आपकी बहू की रग-रग से निकालकर बाहर न करूँ तो मेरा नाम भी शिवराम नहीं।’

वह झटके से निर्मला की ओर घूमा। निर्मला फटी आँखों से उसकी ओर देख रही थी। उसके हाथ में चमकती धारदार छुरी को देख रही थी और एक कँपकँपी निर्मला के बँधे हुए जिस्म में दौड़ गई।

‘जाती है या नहीं?' ओझा चिल्लाया।

निर्मला की आँखें घूमने लगीं।

‘जाती है या नहीं?' ओझा फिर चिल्लाया और कुछ जवाब न मिलने पर उसने छुरीवाला हाथ बढ़ाकर निर्मला के दोनों गाल पर एक-एक चीरा लगा दिया। गालों से खून की धाराएँ फूटीं और रेले नीचे की तरफ बहने लगे। चेहरे में जलन शुरू हुई। निर्मला कुछ समझे, उससे पहले ही ओझा का छुरीवाला हाथ फिर बढ़ा और...

‘बापू!' अशोक बोल उठा। उसकी आवाज भारी थी। आरामकुर्सी में बैठ नमकीन चबाते श्यामलाल ने अपने जबड़े उसकी ओर घुमाए और उसी क्षण उसकी आवाज दब गई। अब उसने हौले से कहा, 'बापू! आपको नहीं लगता कि जो कुछ हो रहा है, वह गलत है?’

श्यामलाल ने आसानी से ‘ना' कहा और जोड़ा, ‘तुझे ऐसा क्यों लगा?'

'जी...' जवाब देने से पहले उसने थोड़ा सोचा, 'निर्मला विधवा है।'

'विधवाओं को प्रेतात्मा नहीं छेड़ती, ऐसा तेरा मानना है?'

'जी.. .नहीं.. .नहीं... ' वह थोड़ा हकलाया, 'शायद छेड़े, पर. ..पर. ..पर... निर्मला ...?'

'बोल! बोल!'

उसे दूसरी शादी करने की इजाजत दी गई होती तो शायद आज का दिन नहीं देखना पड़ता।'

'मतलब?' श्यामलाल की आँखें चौड़ी हो गई। नमकीन चबाते जबड़े रुक गए।

'अपने प्रेमी से शादी करने के लिए ही तो उसने यह हो हल्ला शुरू किया था।'

निर्मला तड़प उठी। ओझा ने और तीन चीरे उसके सूखे जिस्म पर लगा दिए थे-दो कंधों पर और एक छाती के बीच में। विवश निर्मला तड़प उठी।

दो दिन की वह भूखी थी। ओझा के आदेश के मुताबिक अनाज का एक भी दाना उसे नहीं दिया गया था। एक अँधेरी कोठरी में उसने आँसू बहाते हुए दो दिन काटे थे। मंछा काकी से प्रार्थना करते हुए बिताए थे। बार-बार उसने हाथ भी जोड़े थे। आखिर चुपचाप अँधेरी दीवारों को वह ताकती रही थी। यह उसके नसीब में लिखा था। कोई उससे शादी करने को तैयार था। वह विधवा थी, फिर भी कोई उसे स्वीकारने को राजी था। लेकिन यह मिलन उसके भाग्य में नहीं लिखा था।

'जाती है या नहीं?'

ओझा के शब्द कान में पिघले सीसे की तरह गिरते ही उसने झटके से चेहरा उठाया और चीख पड़ी, 'नहीं! ' एक-एक घाव में से दुगुनी रफ्तार से खून बहने लगा। उसका सफेद ब्लाउज अब तक लाल हो गया था। दर्द पल-पल बढ़ता जा रहा था। लेकिन वह जानती थी, दर्द की भी एक सीमा होती है। इस सीमा के पार दर्द दर्द नहीं रहता। शायद इसीलिए बदले की भावना की एक चिनगारी उसकी आँखों में दिखाई दी।

'हिम्मत नहीं हारते, बहू बेटी! ' ओझा के पास माला लिए खड़ी मंछा काकी उसकी दयनीय हालत देख कह रही थी, 'हौसला रख, पलक झपकते ही तू पहले जैसी भली-चंगी हो जाएगी।'

वनराज वकील और दलपतराम मास्टर बच्चों के बीच बैठे थे। बच्चों की तरह उनके पैर भी चबूतरे पर से झूल रहे थे। दलपतराम मास्टर की गोद में चिप्स का पैकेट था। दोनों बुजुर्ग हौले-हौले चिप्स खा रहे थे और चौक में मंचित हो रही ट्रेजेडी पर चर्चा कर रहे थे।

'यह चुड़ैल इतनी आसानी से काबू में आए, ऐसा मुझे तो नहीं लगता।' दलपतराम मास्टर ने अपनी राय दी।

'तो?' वनराज वकील ने उनकी ओर देखे बिना ही सवाल उछाला।

'इसे तो मिर्च का धुआँ देना चाहिए।'

'ओझा शिवराम ऐसे पुराने विचारों को नहीं मानते।' वनराज वकील ने चिप्स उठाते हुए जोड़ा, 'किसकी दुकान से खरीदी?'

दलपतराम मास्टर ने उनका सवाल शायद सुना नहीं था। उनकी आँखें ओझा पर टिकी थीं। ओझा के हाथ में माचिस थी। माचिस में से उसने एक तीली निकाली, सुलगाई और जल्दी से निर्मला के एक घाव पर चिपका दी।

एक दर्दनाक चीख माहौल में उठी और टोले की दीवारों के साथ आकाश भी काँप उठा। लेकिन भीड़ पर इसका असर अधिक न हुआ। भैंसों वाले टोले में रहने वाले किराएदारों की चमड़ी भैंसों से कुछ ज्यादा ही मोटी थी।

इतवार का सूरज सिर पर चढ़ा। गर्मी बढ़ने लगी। चबूतरे पर बैठे लगभग सभी लोग छाया में थे, लेकिन चौक धूप में तप रहा था। ओझा की गरदन से लगातार पसीना बह रहा था। माला जपती मंछा काकी बार-बार साड़ी के पल्लू से चेहरा पोंछ लेती थी। ओझा बार-बार नाखूनों से सिर खुजा लेता था।

खंभे से बँधी हुई निर्मला की हालत गंभीर थी। घावों से रिसते खून से उसका चेहरा भयानक हो गया था। खुले घावों पर सूरज की किरणें सैकड़ों सुइयों की तरह चुभ रही थीं। ऊपर से ओझा उन घावों पर एक के बाद एक जलती तीली लगाता जा रहा था। बेबस प्राणी की तरह वह चीखती जा रही थी। लेकिन उसकी चीखें ज्यादा देर टिक न सकीं। बेहोश होकर वह खंभे पर ही लटकी रह गई। केवल उसका सिर एक तरफ़ लुढ़क गया।

ओझा के लिए यह कोई नया तजुर्बा नहीं था। इससे पहले कई केसों में कोई एक बार तो कोई तीन-चार बार बेहोश हुआ था। और कोई? चुड़ैल होश खो दे तब कौनसा उपाय आजमाना चाहिए, यह वह अच्छी तरह जानता था।

निर्मला के सारे बंधन खोलकर ओझा ने उसे तपती जमीन पर लिटा दिया। अब होश में आने में उसे ज्यादा देर नहीं लगेगी, ऐसा वह यकीन के साथ कह सकता था। तब-तक 'मंछा काकी!' नाखून से सिर खुजाते हुए वह मंछा काकी से मुखातिब हुआ, 'यह साली हरामी है, जाने में थोड़ा वक्त लेगी।'

रामनाम की माला जपती मंछा काकी की नजर जमीन पर चित लेटी हुई बहू पर टिकी थी। बिखरे हुए बालों पर पड़ा निर्मला का खून में रंगा और तीलियों से जला हुआ

चेहरा डरावना लगता था। सफेद ब्लाउज करीब-करीब लाल हो गया था। साड़ी उसके बदन को ढकने की नाकाम कोशिश करती चुपचाप पड़ी थी।

मंछा काकी की आँखों में आँसू आ गए। उसने भीगा चेहरा उठाकर सामने देखा तो कई चेहरे उभर आए। चेहरे और चेहरे। दरवाजे में खड़े चेहरे। खिड़कियों से झाँकते चेहरे। चबूतरे पर चिप्स खाते चेहरे। आरामकुर्सी पर बैठ नमकीन चबाते चेहरे।

'मिर्च का थोड़ा बूरा मिलेगा?' ओझा के शब्द फिर कानों से टकराने पर उन्होंने हैरानी से उसकी ओर देखा। बहू को वापस हँसती-गाती देखने के लिए वह मिर्ची के बूरे की क्या जरूरत पड़ी?

'धुंआ दोगे?' आखिर मन में उठती शंका होंठों पर आ गई।

ओझा ने 'ना' कह तनकर बताया, 'आज तक आपने कहीं ऐसा सुना है कि ओझा शिवराम ने किसी चुड़ैल को धुंआ दिया हो?'

मंछा काकी कुछ सोचते हुए भीतर गई और चाय की प्याली में मिर्च का बूरा लेकर वापस आई, तब तक उसकी बहू ने आँखें खोल ली थीं।

तपता सूरज आँखों में आते ही निर्मला ने आँखें मूँद लीं और होंठ खोले, 'पानी... पानी!'

'हाँ, रंडी! ' ओझा नौटंकी के नट की तरह चिल्लाया। धूप और गर्मी की वजह से वह खुद भी परेशान था। 'अभी तुझे ऐसा शीतल जल पिलाऊँगा कि मरते दम तक याद करेगी।' कहते हुए उसने मिर्च का थोड़ा बूरा लेकर निर्मला की छाती के बीच घाव में दबा दिया।

'ओ माँ! ओ माँ! ' चिल्लाती निर्मला तड़पने लगी। उसकी पीड़ा देखकर ऐसा लगता था जैसे तलवार के एक बार से दो टुकड़े हुई नागिन छटपटा रही हो। अशोक से यह अत्याचार देखा न गया। सहा न गया। वह मचलकर आगे बढ़ने गया। चबूतरे पर जमी भीड़ के बीच से अभी उसने कदम उठाया ही था कि श्यामलाल ने उसकी कलाई थाम ली। श्यामलाल को इस पल का मानो इंतजार ही था।

उसने पिता की आँखों में देखा। श्यामलाल एकटक उसकी आँखों में देख रहे थे। अशोक को पलकें झुकानी पड़ी। उसकी सांस रुंध गई। ज्यादा समय यहाँ रुके रहना उसके लिए मुमकिन न था। चुपचाप वह अंदर चला गया। नहीं, दरवाजे को एक जोरदार लात जमाकर अपने कमरे में चला गया।

निर्मला भाग निकलने के लिए जूझ रही थी, लेकिन उसकी सारी कोशिशें बेमानी थीं। एक ओर से उसके दोनों पैरों मंछा काकी ने दबा रखे थे तो सिर की ओर बैठे ओझा के सख्त पंजों में उसके दोनों हाथ फँसे थे। वह बेचारी चैन से तड़प भी कहाँ सकती थी?

‘ऐ चुड़ैल की औलाद!' फिर एक बार सब सुन सकें, उतनी ऊँची आवाज में ओझा ने ललकारा, ‘मैं तुझसे भी बड़ा हरामी हूँ। बोल! जाती है या नहीं?' ‘पानी. .. पानी...’

अपने दोनों घुटनों के नीचे निर्मला के हाथ दबाकर उसने और दो घावों में मिर्ची का बूरा भरा और वह 'ओ माँ! ओ माँ! पुकारती जिस्म को छुड़ाने के लिए छटपटाने लगी। उसका अंग-अंग चिता पर लेटे मुर्दे की तरह उछल-उछलकर पछाड़ें खाने लगा।

‘शांत हो, बहू! धीरज धर!' मंछा काकी उसे दिलासा दे रही थी। इसके अलावा वह कर भी क्या सकती थी।

ओझा की तिलमिलाहट भी कम न थी। आज तक उसने ऐसे कई प्रेत सिर्फ़ दो झापड़ मारकर निकाले थे। कुछ पुरानी चुड़ैलों को उसने मिनटों में उखाड़ फेंका था। लेकिन यह कमबख्त चुड़ैल नहीं थी, चुड़ैलों की रानी थी।

सड़क का कुत्ता भटकता-फिरता वापस गली में आया। इस वक्त सबका ध्यान पछाड़े खाती निर्मला पर टिका था। किसी ने कुत्ते की ओर देखने की दरकार नहीं की। कुत्ता पूँछ हिलाता ओझा के करीब आया और अचानक उसका एक पैर ऊपर उठ गया। यह कोई नई बात न थी। जब भी वह खंभा देखता था, उसका पैर उठ जाता था। लेकिन आज ओझा वहीं बैठा था।

कुत्ते ने पेशाब की पिचकारी मारी और पूँछ हिलाता चला, तभी ओझा को महसूस हुआ कि पीठ गीली है। उसने चेहरा घुमाकर वजह जानने की कोशिश की और चौक में से कुत्ते को जाते हुए देख वजह उसकी समझ में आ गई। उसी वक्त मंछा काकी चीख पड़ी, ‘शिवराम भाई!' ओझा कुछ समझे, इससे पहले निर्मला उछलकर उस पर टूट पड़ी। ओझा की गर्दन उसके हाथ में आ गई थी। पूरी ताकत लगाकर वह ओझा की गर्दन दबा रही थी। दर्शकों की सांसें रुक गई। हालात में अचानक आए परिवर्तन ने लोगों को चौंका दिया था। बाजी पलट गई थी। चुड़ैल ओझा पर सवार हो गई थी।

‘अब ओझा की खैर नहीं!' किसी ने कहा, ‘उसकी जान लेकर ही यह चुड़ैल गर्दन छोड़ेगी।’

गर्दन उससे पहले ही छूट गई। दो दिनों की भूख और आज के अत्याचारों की वजह से निर्मला इतनी कमजोर हो गई थी कि ओझा के उलटे हाथ के एक ही वार ने उसे धूल चटा दी। वह लुढ़ककर गिरी, उसी तपती जमीन पर। ओझा राक्षस की तरह उस पर सवार हो गया। सबसे पहले उसने निर्मला का ब्लाउज फाड़ा। फिर साड़ी खींच ली। ब्रा और पेटीकोट खोल डाले। वह पूरी तरह नंगी हो गई। ओझा ने फिर एक बार छुरी खोली और उसके सारे बदन पर एक-एक इंच का अंतर रखकर लाल लकीरें खींच डालीं। निर्मला का पूरा जिस्म खून में रंग गया। अब उसमें इतनी भी शक्ति न थी कि वह तड़प सके। हाथ उठा सके। लाश ही तरह वह खामोश पड़ी थी।

ओझा उसके दुर्बल बदन के दोनों ओर एक-एक पैर रखकर दैत्य की तरह खड़ा हो गया। लेकिन अब भी यह चुड़ैल जाने का नाम क्यों नहीं लेती? हाथ बढ़ाकर उसने मंछा काकी से मिर्च के बूरे की प्याली ली। मुट्ठी-भर लिया और प्याली फेंककर निर्मला की दोनों जांघों के बीच ठूँस-ठूँसकर भर दिया।' ओ मां.. ओ मां.. ' बस, फीकी आवाज में निर्मला इतना ही बोली और फिर एक बार बेहोश हो गई।

ओझा हाथ झाड़ता हुआ उठ खड़ा हुआ। मंछा काकी की ओर देखा। तमाशबीनों की ओर देखा। भीड़ को वह करीब-करीब भूल ही गया था। मंछा काकी रामनाम की माला जपती हुई लहूलुहान पड़ी बहू को टुकुर-टुकुर देख रही थी।

ओझा कह रहा था, 'कल सुबह तक ठीक हो जानी चाहिए, वरना मुझे बुलाने में संकोच न करना।'

* * *

6

999

साल- 2020

मेरा असली नाम बीसी था। फिर बीसी-बाईस। अब केवल 22 के अंक से जानी जाती हूँ। यहाँ, इस शहर में करीब सभी लोग अंकों से पहचाने जाते हैं। कोई 27 है कोई 203 है। कोई 999 है। कोई 501 है। ये सभी मेरे पड़ोसी थे। ये सब मुझे नहीं जानते। न ही उन्हें जानने की मैं जरूरत महसूस करती हूँ। उन्हें जानने का कोई मतलब भी नहीं था। सभी अपने अपने रोजमर्रा के काम में व्यस्त हैं। 27, हवाई टैक्सी का ड्राइवर है या पायलट, मैकेनिक भी है। कभी वह मेरे सामने आता है तो मैं पलभर उसकी ओर देखती रहती हूँ।

27 का असली नाम रोश था। बाद में रोश- 27, अब सत्ताईस के अंक से जाना जाता है। जब मैं बीसी थी और वह रोश था, हम दोनों आदम और हव्वा की तरह करीब थे। इस धरती पर मानो केवल हमारा ही वजूद था। मेरा जन्म रोश-27 की पसलियों में से नहीं हुआ। हव्वा, आदम की पसली से पैदा हुई थी। मैं रोश-27 के शुक्राणु से बनी हूँ। प्रयोगशाला में पैदा हुई हूँ और जितने समय में एक गुड़िया तैयार हो जाती है, उतने ही समय में मैं इंसान बनी हूँ।

वैसे तो मेरी उम्र केवल आठ महीना कही जा सकती है, लेकिन मेरे शरीर की रचना बीते हुए कल की किसी भी तंदुरुस्त, सोलह वर्षीया लड़की-सी गुदाज है। और मैं अतीत की लड़की नहीं। मेरे शरीर के करीब-करीब सभी अंग मशीनी हैं। हाथ, पैर, आँखें, दिल, छाती, योनि, पेट, हड्डियाँ, नसें... सभी मशीनी हैं। फिर भी रोश-27 का एक अंश इन सब मशीनी अंगों के बीच कहीं धड़क रहा है वह अंश जब तक धड़कता रहेगा, मैं भी रोश-27 को याद करती रहूँगी।

मेरा पड़ोसी, 203, घर छोड़कर चला गया है। लोग यह भी कहते हैं कि उसे इस धरती की आबो-हवा रास नहीं आई इसलिए उसने अंतरिक्ष में कहीं घर बसाया है। अब वह अंतरिक्ष में रहता है। अपने साथ वह 501 को भी लेता गया है।

203 और 501 यहाँ, मेरे पड़ोस में साथ रहते थे, अंतरिक्ष में भी साथ रहते हैं। लेकिन उन दोनों में से कौन औरत है और कौन मर्द, यह मैं यकीन के साथ नहीं कह सकती। क्योंकि वे दोनों पूरी तरह से मशीनी इंसान हैं। यंत्रों की तरह मैंने उन दोनों को एक-दूसरे से टकराते हुए देखा है। खटाखट खटाखट खटाखट..

वे टकराते हैं तब किसी कारखाने की सभी मशीनें एक साथ काम करने लगी हों, ऐसी आवाजें उठती हैं। मिनट भर में ही वे अलग होकर वापस अपने रोजमर्रा के कामों में व्यस्त हो जाते हैं। मिनट-भर से ज़्यादा उन्हें प्यार करने की इजाजत नहीं है। महीने में एक से ज्यादा बार वे एक-दूसरे को छू नहीं सकते। मैं अपने रोश-27 से पिछले तीन महीनों से कटी हुई हूँ।

रोश-27 अंतिम बार मुझे मिला तब वह अपनी हवाई-टैक्सी की मरम्मत कर रहा था। फिर 203 और 501 को अपनी टैक्सी में बैठाकर चला गया। तीन महीने बीत गए। शायद उसने अंतरिक्ष में गैरेज खोलकर धंधा शुरू कर दिया हो! शायद अब वह वापस नहीं आएगा।

999 अभी मेरे पड़ोस में है। वह कहीं जाने की तैयारी कर रहा है। मैं उसके मशीनी अंगों को दीवार पर झूलते हुए देख सकती हूँ। हाथ हैं, पैर हैं, आँखें हैं, दिल है, चेहरा है, शिश्न है। सब दीवार पर हैं। 999 सिर्फ़ एक परछाई है। वह परछाई दीवार तक जाती है। एक के बाद एक अंग अपनी सही जगह पर जुड़ते जाते हैं। धीरे-धीरे परछाई नया रूप लेती है। थोड़ी देर में 999 सपाट चेहरा लिए मेरे सामने आकर खड़ा हो जाता है। मैं उसकी आँखों में देखती हूँ। फिर पूछती हूँ-

'कहाँ चले?'

'मुझे आज हैड-क्वार्टर पर बुलाया गया है।'

'कोई खास काम?'

'मैं नहीं जानता।' वह जवाब देता है।

मैं उसे रोकने की नाकाम कोशिश करती हूँ। मुझे 27 को भुलाकर थोड़ा वक्त उसके साथ बिताना है। उसके पास वक्त नहीं है। वह थोड़ा डरा-सा लगता है। यह वह भी जानता है और मैं भी जानती हूँ।

इस वक्त हैड क्वार्टर के मशीनी आदमी हमें देख रहे हैं। हमारी हर हरकत को वे गौर से देखते रहते हैं। हम अपनी मर्जी से एक भी कदम आगे नहीं बढ़ा सकते। बढ़ाते ही शून्य में से एक आवाज गूँज उठती है-सावधान! एक साथ कई कंप्यूटर्स चीख उठते हैं। हम बेबस है।। मैं बेबस हूँ। 999 विवश है। फिर भी, मेरी लाचारी समझकर पलभर के लिए

वह रुक जाता है। उसे मेरी ओर बढ़ना है। वह बढ़ नहीं सकता। मुझे उसकी तरफ़ दौड़ना है। मैं एक कदम भी नहीं बढ़ा सकती। हमारे मशीनी शरीर पर हैड-क्वार्टर के कम्प्यूटर्स पूरा नियंत्रण रखते हैं। इस पल भी हम उन कम्प्यूटर्स के काबू में हैं। एक-दूसरे की शक्ल देख रहे हैं। हमारे बीच सिर्फ दो फुट का फासला है और यह फासला भी हम तय नहीं कर पाते। हम मुड़-मुड़कर देखते हुए एक-दूसरे की विपरीत दिशा में चले जाते हैं।

* * *

7

खनक

टोपा बाहर निकल गया।

टाइपिस्ट भास्कर राव, कांतिलाल और स्टेनो शैला अफ़सरों के पीछे टोली में बाहर आए और बिखर गए। टोपा ने कलाई-घड़ी में देखा- एक बजकर दस मिनट। चेहरा घुमाकर दफ्तर की इमारत को देखा। वह उसे शार्क मछली के विशालकाय और खुले जबड़ों जैसी लगी। रोजाना वह अपने-आपको धकेलकर अंदर डालता था और समय पूरा होने पर बाहर फेंक देता था।

धीरे-धीरे आगे बढ़ता हुआ वह बसस्टॉप तक आया और कतार में खड़ा हो गया। स्टेनो शैला उसके पास ही खड़ी थी। वह मंद-मंद मुस्करा रही थी। टोपा को भी मुस्कान बिखेरनी पड़ी, होंठ भींचकर।

काफे-मद्रास के उठते शोर और इस्पात की प्लेटों की आवाज ने उसकी भूख जगा दी। आज शनिचर था। आधा दिन बीत जाने पर बाकी आधा सवाल बनकर उसके जेह्न पर छाया था।

घर जाने की इच्छा न थी। वह बस-स्टॉप पर ही खड़ा रहा, यह सोचते हुए कि कहाँ जाया जाए? और एक के बाद एक दो बसें आईं, रुकीं, शैला को उड़ाकर चली गईं। उसके बाद आए यात्री भी नहीं बचे थे।

वह दुविधा में खड़ा था। अभी तक वह फैसला नहीं कर पाया था कि बाकी आधा दिन घर पर बिताया जाए या किसी मित्र के यहाँ! (इसकी वजह शायद उसका खाली पेट था।) ढीली हो गई पतलून उसने दोनों हाथों से खींचकर ऊपर चढ़ाई और वह काफे-मद्रास में चला गया।

शोरगुल, भाप और सड़ी-गली मेज-कुर्सियों से फैलती हलकी बू के बीच उसकी पतलून फिर से टाइट हो गई। पेट अब खाली नहीं था। दिमाग भी तर था। बिल चुकता कर वह बस-स्टॉप के करीब आया और सामने खड़ी बस के प्रवेश तक जाकर फुटपाथ पर लौट आया।

उसके पाँव अनिश्चित डग भरते माइकल के घर की दिशा में बढ़ रहे थे। माइकल पियक्कड़ था। इसी कारण उसे बियर का ख्याल आया, पसंद आया। ताजगी के लिए वह जरूरी था। फिर? थोड़ा आराम और थोड़ी बकवास और थोड़ी हँसी और थोड़े लतीफे और..

माइकल चुटकुलों का शहंशाह था। खासकर मांसाहारी व्यंग्य और जब वह एक पैग लेता तब उसके लतीफ़ों की सीमा का विस्तार आकाश को छू लेता।

'ए... माइकल!'

मकान के आगे खड़े होकर वह दहाड़ा। उसकी नजर तीसरी मंजिल के एक झरोखें पर ठहरी थी। चंद पलों के लिए वह टकटकी बाँधे देखता रहा। एक बार फिर उसने जबड़े खोले। अबकी वह गेंद की तरह शब्द उछाले इससे पहले ही माइकल की पत्नी रीटा झरोखे में आई, फिर हाथ से इशारा किया।'कब आएँगे?' फिर एक बार संकेत में जवाब मिला। उसने गरदन झुका दी, दोनों हाथ पतलून की जेब में डाले और चहलकदमी करता, कुछ सोचता खान के मोहल्ले की ओर मुड़ गया।

मोहम्मद अली रोड, भिंडी बाजार, कसाई गली, मुंडा गली, पाला गली और सभी मुसलमान। खान भी मुसलमान था। डबल ग्रेजुएट था। पाँच वक्त की नमाज पढ़ता था और इतवार के दिन रेस के मैदान में उसकी मौजूदगी भी निश्चित होती थी।

मुहर्रम में, खासकर शबे आशूर को सीना चीरकर खून बहाने में वह कभी पीछे नहीं रहता था और क्रिसमस में शराब पीकर वॉमिट करने में भी उसका जवाब नहीं था। अजीब स्वभाव, लेकिन टोपा को पसंद था।

खान के मकान के पास आकर उसने एक नजर ऊपर डाली और सीढ़ियाँ चढ़ गया। एक... दो... तीन ... आठ... बारह... दूसरी मंजिल। उसने दरवाजे पर दस्तक दी।

'कौन?' अंदर से आवाज उठी।

'मैं... सुशील टोपा।'

दरवाजा खुल गया।'जरा एक मिनट!' कहकर खान अंदर गया और बीवी को चिलमन के पीछे धकेल तुरंत वापस भी लौट आया, 'आ जाओ।'

टोपा दाखिल होकर सोफे पर बैठ गया। अचानक उसे महसूस हुआ-वह काफी चला है, काफी थका है। सिर पीछे की ओर ढलक गया। कुछ देर के लिए आंखें मूँदकर खामोश पड़ा रहा।

'दफ्तर से सीधे आए?' खान उसके सामने बैठा था।

'हूँ।'

‘खाना खाया?’

‘है’

‘होटल में?’

‘हूँ।’

खान उसकी बंद आँखों को देखता रहा।'झपकी लेना हो तो वहाँ लेट जाओ।' उसने लंबे, सोफा-कम-डबलबैड की ओर इशारा किया।

‘ताश खेलेंगे।' टोपा ने आँखें खोलकर कहा और कुछ पलों के लिए पलकें फिर गिरा दीं। खान ने सिर खुजलाया। खड़ा हुआ साइनबोर्ड खोला। ताश के पत्ते लेकर वह वापस आया, टोपा की आँखें खुली थीं। अब वह थोड़ा चुस्त लग रहा था।

‘क्या खेलोगे?' खान ने पूछा।

‘रमी।’

‘इंटरनेशनल?’

‘हूँ...’

‘सूखी या गीली?’

टोपा ने जेब से बटुआ निकालकर दस-दस के दो नोट तिपाई पर रखे। खननननन...

उसने आँखें उठाईं। चूड़ियों की आवाज थी वह। चिलमन के पीछे कहीं से उठी थी। उसने नजरें झुकाई, ताश के पत्ते पीसकर बीच की तिपाई पर रखे। ‘काटो।’

खान ने दो हिस्से किए।

‘बीवी को कब ले आए? ' टोपा ने पत्ते बाँटते हुए पूछा।

‘पिछले हफ्ते। शादी के बाद हम साथ नहीं रह पाए थे। तुम क्या नहीं जानते, पहले महीने में ही उसने टांय-टांय शुरू की और मैंने उसे तड़ीपार कर दिया था..’

टोपा ने बाकी पत्ते नीचे रखकर अपने उठा लिए। लाल का सत्ता, नव्वा, गुलाम, काली के तीन पत्ते। तुरुप के पाँच (एक ओर खिसकाए) और फूल के...

खननन...

नजरें उठाने की इच्छा हुई। साहस नहीं कर सका वह। सिर्फ़ कनखियों से देख लिया। वही सफ़ेद चिलमन, कमरे को दो हिस्सों में बाँटती, एक दीवार से दूसरी दीवार तक फैली।

उसने पत्ता उठाया और कुछ सोचकर वापस फेंक दिया।

'शुक्रिया।' खान ने मुस्कराकर कहा और वही पत्ता उठा लिया। टोपा ने अपने हाथ के पत्तों का क्रम बदला, खान के फेंके हुए पत्ते की ओर देखा। वह था काली का इक्का। निकम्मा था। उसने नया पत्ता उठाया।

खननननन..

और फेंक दिया।

'शुक्रिया।' खान ने उठा लेते हुए फिर कहा।

'मैंने क्या फेंका?'

'लाल की बेगम।'

'उफ! ' पछतावे की सिलवटें उसके माथे पर उभरीं। काली और फूल की रानियाँ उसके हाथ में थीं, वे निकम्मी हो गईं।

सात मिनट तक पत्तों का सिलसिला (उठाना, क्रम में रखना, फेंकना) चलता रहा।

खान ने पत्ता दबाया।

'खेल खत्म?'

जवाब में वह हँसा और अपने पत्ते खोल डाले। टोपा ने गौर से देखा-दो 'रन' और ...

'कितने प्वाइंट?'

टोपा ने एक 'रन' और एक 'सेट' को अलग कर पत्ते सामने रख दिए।

'बयालीस।'

पत्ते इकट्ठे कर खान पीसने लगा। टोपा की आँखें उसके हाथों पर टिकी थीं, ध्यान चिलमन के पीछे हो रही हलचल पर। दबे पाँवों की चलहकदमी, दबी-दबी आवाजें, दुपट्टे की सरसराहट और उसकी जिज्ञासा जाग उठी।

इसके पहले भी वह कई बार खान से 'रमी' और 'फ्लैश' खेल चुका था। कभी क्लब में, कभी पिकनिक पर, कभी उसके घर भी। इसी सोफे पर बैठकर उसने कई बार खान को मात दी थी। तब किसी ने उसकी एकाग्रता में बाधा नहीं डाली थी। था भी कौन? खान और चहारदीवारी-बिना चिलमन की, सूनी, कुंआरी।

'काटो!' खान ने पत्ते उसके सामने रखे। नया खेल शुरू हुआ। वही सिलसिला शुरू हुआ। (पत्ते उठाना, क्रम में रखना, फेंकना) वही खनक उभरी... खननननननन... वही हश्र हुआ। वह दोबारा हारा।

'तुम्हारा ध्यान आज खेल में नहीं! ' खान ने उसके चेहरे पर के भाव पढ़ने की कोशिश करते हुए व्यंग्य किया, 'शायद हमारी भाभी की याद आई होगी।' टोपा के होंठों पर फीकी मुस्कराहट फैली और धीरे-धीरे बिखर गई। 'नहीं,' उसने बताया, 'थक गया हूँ।'

'मैंने पहले ही कहा था, एक झपकी ले लो। तुम नहीं माने। खैर, अब भी कुछ नहीं बिगड़ा। हम घंटा भर बाद भी खेल सकते हैं।'

'यही ठीक रहेगा।'

खनननननन...

खान ने चिलमन की ओर देखा, टोपा के सामने देखा।'सही वक्त पर चाय आई।' वह खड़ा होकर परदे की ओर बढ़ा। टोपा ने चेहरा उठाया, झटके के साथ। खान की पीठ उसकी तरफ थी, फिर भी चिलमन के बीच से निकले एक हाथ को वह कलाई तक देख पाया। उस हाथ में चाय की ट्रे थी, चमड़ी गोरी थी, सूरज की पहली किरणों में स्नान करते बगुले के पंख जैसी, बाकी जिस्म को उसने कल्पना में देख लिया।

खान ने ट्रे अपने हाथ में ली। टोपा पत्ते इकट्ठे करने लगा। चाय का एक कप उसके आगे रखा गया। अब विश्राम का प्रश्न नहीं था। उसने कप उठाया। होंठों तक लगाकर वापस रख दिया। चाय गर्म थी, महक बुरी न थी, रंग भी सही था।

अबकी साहस कर उसने एक चुस्की ले ही ली। होंठ जल उठे। जबान बिलबिला उठी, फिर भी उसने चाय का जायका पकड़ लिया।

'बेगम के हाथों बनी चाय शायद तुम पहली बार पी रहे हो।' खान ने चाय को तश्तरी में डाल फूँक मारनी शुरू की।

'स्वादिष्ट है।'

'सच?'

टोपा ने सिर हिलाकर 'हाँ' कहा।

'लेकिन तुम्हारी बीवी के हाथ की मसाला चाय का मजा कुछ और ही होता है।'

'बात सोचने की जरूर है।' उसने हँस देते हुए कहा और सोच में डूब गया। वह नाजुक हाथ, चिलमन के बीच से उभरा संगमरमर का ख्वाब। और जिस्म? संगमरमर में तराशा हुआ जीता-जागता बुत। आकाश से उतरी हुई एक परीजाद, वीराने में खिला एक फूल।

ठंडी हो गई चाय का कप उठाकर वह एक ही साँस में गटक गया। 'दिलो-दिमाग फ्रेश हो गए। ' भीतर पैर पसारते खयाल के कूड़े को झाड़ते हुए उसने कहा, 'ताश मुझे, दो।'

खान ने पत्ते उसके हाथ में धर दिए। नए खेल की शुरूआत हुई। तिरछी आँखों से टोपा के चेहरे में देखते हुए उसने एक पत्ता उठाया और फेंक दिया। टोपा ने नीचे पड़े हुए पत्ते को देखा, हाथ के पत्तों पर नजर घुमाई और उठा लिया।

'पहली बार तुम्हारा फेंका हुआ पत्ता काम आया है।' उसने निकम्मा पत्ता फेंकते हुए खुशी का इजहार किया।

खान ने ताश पर से पत्ता उठाया और मुस्करा दिया।

'क्या आया?'

'जोकर।' और उसे सही क्रम से लगाया। 'यह लो।' दूसरा पत्ता फेंकते हुए वह बोला, 'तुम भी क्या याद करोगे कि किसी दिलदार से पाला पड़ा है।' टोपा ने वह पत्ता उठाया

'मैंने क्या कहा था?'

और वापस तिपाई पर रख दिया।' सॉरी! ' उसने दूसरा उठाया और...

खनननननन...

वह भी हाथ से छूट गया।

'तुमसे कुछ भूल तो नहीं हो रही है न? ' खान ने हैरत जताते हुए पूछा।

'क्यों?'

'तुमने कौनसा पत्ता फेंका है?'

'काली का नौवा।'

'ठीक से देखो।'

उसने नजरें झुकाई। अट्ठा था। झपटकर वह उठाने गया। खान ने उसके हाथ का रोका।'एक बार फेंका हुआ पत्ता दोबारा उठाने की इजाजत नहीं।' और उसने अपने पत्ते खोलकर बिछा दिए।

'पचहत्तर प्वाइंट।' टोपा ने अपने पत्तों का पंखा दिखाते हुए कहा।

'आज तुम नहीं जीत सकोगे।' खान ने हिसाब का जोड़ लगाया,' जानते हो, अब तक तुम्हारे कितने प्वाइंट हुए हैं?'

टोपा ने उसकी आंखों में देखा।

'दो सौ पचहत्तर।'

टोपा ने हिसाब कर तेरह रुपए पचहत्तर पैसे गिन दिए। 'अब मैं चलूँगा।' खड़े होकर उसने खान से हाथ मिलाया। फिर याद आ गया, एक हाथ कलाई तक और वह तेजी से बाहर निकल गया।

घर के करीब आने पर उसने कलाई-घड़ी देखी-रात के ग्यारह बज चुके थे। सीढ़ियाँ चढ़कर वह कमरे में आया तो उसकी नजर खर्राटे ले रही पत्नी पर पड़ी। उसके पाँव रुक गए। पत्नी ने सिर्फ़ चोली और पेटीकोट पहना था। चोली के पाँच बटनों में से एक टूटा हुआ था। दो खुले थे। पेटीकोट घुटनों के ऊपर चढ़ आया था। टोपा ने करीब पड़ी एक चद्दर उठाई और पत्नी के शरीर को पाँवों से लेकर गले तक ढाँप दिया।

* * *

8

बिना ताज के ताजमहल

भीतर से दरवाजा बंद कर तारा ने खिड़की के पर्दे भी खींच दिए। कमरे में लेटा हुआ सड़क की रोशनी का टुकड़ा नदारद हो गया। बंद वातावरण नीम-अँधेरा हो गया, स्थिर हो गया।

दबे पाँव आगे बढ़कर तारा ने अलमारी खोली। दिल तेजी से धड़क उठा। चारों दीवारें बेजान होते हुए भी जीवंत थीं। संजय स्टडी में था, संजय बैडरूम में था, संजय दीवानखाने में था ... कहाँ नहीं था? साइनबोर्ड पर सजा फोटो-फ्रेम मुस्कान फैला रहा था।

कंधों पर से पीछे उसने एक तिरछी नजर डाली और रूमाल में हिफाजत से बँधा पत्रों का पुलिंदा उठा लिया। हाथ काँपने लगे। क्षण-भर को उसने अपने हाथ पर खड़े रोएँ देखे, पुलिंदे पर एक नजर डाली और पलंग की पाटी पर बैठ उसे खोल दिया। ब्याह से पहले किसी लड़की को लिखे पति के प्यार-भरे पत्रों का ढेर उसके सामने था। फैली आँखों से वह देखती रही। पढ़ूँ? एक प्रश्न उसके भीतर खड़ा हो गया। न पढ़ने के लिए उसे अनेक प्रयास करने पड़े, अनेक कारण ढूँढ़ने पड़े।

नहीं-नहीं! अपने को ही मना करते हुए उसने रूमाल के आमने-सामने के छोर खींच दिए और गाँठ लगा दी। संजय से रिश्ता गड़बड़ा जाएगा। किस्मत फूट जाएगी। और फिर नित नए झगड़े। तू-तू मैं-मैं, बड़ा टंटा। द्वंद्व। सुखी दांपत्य में पलीता लग जाएगा। सबकुछ छिन्न-भिन्न हो जाएगा। और बच्चे...

कम्माल! रूमाल के दोनों छोर सरक गए थे, गाँठ खुल गई थी। तुरंत ऊपर का पत्र उठाकर उसने खोल दिया।

प्रिय राबी,

उसने पति की प्रेमिका नाम का पढ़ा।

तुम्हारा संजय अंतिम दो शब्द पढ़े।

बीच की इबारत पढ़ने का धीरज उसमें शेष नहीं था। सबसे पहले तो वह यह जानना चाहती थी कि वह युवती कौन थी? और फिर..

तुम सुंदर नहीं।

संजय ने लिखा था।

फिर भी मैं तुम्हें ताजमहल कहूँगा। तुम मुझे पसंद हो। पहली मुलाकात में अच्छी नहीं लगी थीं। सच कहता हूँ। बस, टूरिस्ट समझकर मैं तुम्हारे पास आया था। संगमरमर के चबूतरे पर तुम थीं। तुम्हारी आँखों के सामने ताज का चिकना गुंबद था। मैंने बड़ी नम्रता से तुम्हें कहा था-

'मैडम, बस छूटने का समय हो गया है।' तुम सिर्फ़ मुस्कराई थीं, गाइड की भूल पर, क्योंकि तुम टूरिस्ट न थीं। मैं तुम्हारा चेहरा और लिबास हैरत से देखता हुआ सब टूरिस्टों के साथ बाहर निकल गया था।

दूसरी मुलाकात-लगभग दो महीनों बाद।

आँखों को कुछ अच्छा लगा था। शायद तुम्हारी भूरी, पारदर्शक आँखें। शायद तुम्हारे सिर पर सजा गुलाबी स्कार्फ। शायद तुम्हारे चेहरे पर फैले सतरंगी भाव। शायद तुम्हारे जिस्म से लिपटी तंग साड़ी। शायद...

तीसरी मुलाकात-मौसम अल्हड़ था, सुहावना था। टूरिस्ट शीतल चाँदनी में नहाते ताज को देख रहे थे। मैं फव्वारे के पास गहरी हरी घास पर बैठा था। करीब बैठते हुए तुमने कहा था, 'गुड इवनिंग, मिस्टर गाइड।' मैंने चौंककर तुम्हारा चेहरा देखा था, बेवकूफ की तरह। तुम मुस्कराई थीं। मैं भी हँस दिया था। हम दोनों खिलखिलाकर हँस पड़े थे। निर्मलता से। उस हँसी की गूँज मैं रोजाना रात में सुनता हूँ। जीवन की शांति लुट गई है। फिर एक बार तुमसे मिलने की इच्छा है। 3 जुलाई को नए टूरिस्टों के साथ आगरा आऊँगा। फिर तुम्हारे दर्शन होंगे। फिर एक चाँद, कटा हुआ और तुम और हरी घास और ताज।

तारा की भौंहें तन गईं। पत्र पूरा होने से पहले उसे दो बार माथे पर से पसीना पोंछने की आवश्यकता पड़ी। छाती में धड़कते दिल की आवाजें उसने स्पष्ट सुनीं। चमड़ी पर सफेदी फिर गई। खून पानी हो गया था। कारण? विवाहित जीवन के सात साल संजय ने चेहरे पर निर्दोषता का नकाब ओढ़कर एक पतिव्रता से धोखा किया था।

वह दूसरा पत्र पढ़ रही थी। बेचैन आँखें झपाटे से एक वाक्य पूर्ण कर दूसरे पर दौड़ रही थीं।

जिंदगी मोटर के टायर की तरह है। अपनी धुरी पर गोल-गोल घूमती रहती है। एक स्थान से दूसरा स्थान। लाल मिट्टी से काली मिट्टी। कश्मीर, नैनीताल, दार्जिलिंग। लगता है, मैं एक नन्हा-सा तिनका हूं। हवा के झकोलों के साथ दसों दिशाओं में भटकता रहता हूं। प्रतीक्षा एक चिड़िया की है, जो तिनके को चोंच में लेकर अपने दिल के घोंसले में

सजा ले। फिर वह तिनका वहीं रहे। चिड़िया का रहे। चिड़िया तिनके की रहे। राबी, प्रिय राबी।

वृंदावन के सूने-सूने बगीचे डसते हैं। अलमोड़ा के बर्फीले पहाड़ अब नहीं भाते। कोडाइकनाल बदशक्ल है। सब कुछ घुलकर तुम्हारे रूप में ढल गया है। तुम हो तो धरती है। तुम हो तो गगन है। तुम्हारा वजूद कुदरत का नजारा है। कभी-कभी मुझे अपने आप पर शंका होती है। मैं कौन हूं? क्या हूं?

तुम्हारा, केवल तुम्हारा
संजय

तारा विचलित हो उठी। तुम्हारा, केवल तुम्हारा संजय। राबी का संजय। सात साल पहले बिका हुआ संजय। आज तक उसने तारा में जो दिलचस्पी ली वह सिर्फ ढोंग था? छलावा था? लंबी यात्रा पर जाने से पहले वह हमेशा तारा के चेहरे को देखता रहता, मिनटों तक और लौटने पर पागल-सा उसे अपनी बाँहों में भर लेता। जैसे वियोग का एक-एक क्षण उसने दिल के टुकड़े चबाकर बिताया हो। क्या यह वही संजय था?

पसीने की बूँदें माथे पर से फिसल गईं। टप-टप-टप। पुराने कागज ने उन्हें सोख लिया। जिंदगी को भी कोई सोख रहा था। सोख चुकी थी। वेदना, बेचैनी के साथ घृणा के निशान उसके चेहरे पर अंकित हो गए।

तुमसे मिले सिर्फ़ एक महीना बीता है। एक युग तो नहीं बीता। तुम मत हँसो। एक जन्म बीत गया हो ऐसा धोखा होता है। अगर तुम्हारे होंठों के निशान मेरे गालों पर ताजा न होते तो शायद मैं विश्वास कर लेता।

होंठों के निशान! तारा के हृदय पर किसी ने हथौड़े से प्रहार किया। चुंबन! चुंबन! चुंबन! और गूंज उठती रही। जाने-अनजाने उसका हाथ ऊपर उठकर होंठों को रगड़ गया। कुछ पुंछ गया। संजय का वह आखिरी चुंबन था।

टूरिस्ट कोडिनार के डाक बंगले में विश्राम कर रहे हैं। मैं मछलीमारों के झोपड़ों में खड़ा हूं। मेरे सामने विशाल समंदर है। दूर-दूर से कमर तोड़ती आती लहरें किनारे की रेत पर जुल्फें बिछा रही हैं। नीले जल की स्वच्छता में मैं तुम्हारी निर्मलता देखता हूँ। प्रिय राबी! तुम निश्चित रहना। मेरा प्यार अखंड है। मैं तो कहूंगा कि तुम्हें सफाई देने की आवश्यकता नहीं थी। तुमने एक सैनिक से प्यार किया। पहला, पागल प्रेम। वह युवक चीनियों से जूझने हिमालय की छाती पर चढ़ा और गोद में लेट गया। रो-रोकर तूने रात और दिन काटे। वह अतीत था। मैं भविष्य मैं तुम्हारी जिंदगी में घुलकर एक होना चाहता

हूं। बॉस को अर्जी देकर मैंने शादी के लिए एक महीने की छुट्टी मंजूर करा ली है। मई महीने की तीसरी तारीख को टूरिस्टों को बद्रीनाथ, केदारनाथ की यात्रा पर ले जाना है। इस वर्ष की यह मेरी अंतिम यात्रा होगी।

तुम्हारे सपनों का सहारा
संजय

तारा को अनुभव हुआ, किसी ने उसकी छाती में जोर का मुक्का मारकर उसे बेहोश कर दिया है। चेहरा स्थिर, शरीर काठ। नजर पूर्ण हुए पत्र पर चिपकी। तारा! एकाएक उसका मुख सुर्ख हो गया। जिस निर्दोष युवक को उसने पति माना वह अपराधी था। जिन चरणों में उसने अपना जीवन समर्पित किया वे कलंकित थे। जिस युवक की शीतल छाँव में उसने शांति ढूंढ़ी, वह आग की दरी थी। आज तक तू जलती रही, नासमझ रही। अब...? तलाक।

बच्चों का क्या?

तलाक।

बीते हुए सात सालों का क्या?.

तलाक।

सूर्य की किरणें चमक रही हैं। उन किरणों में मैं तुम्हारे दर्शन करता हूँ। रात के अँधेरे बेझिझक मेरे कमरे में बढ़े आ रहे है। मेरे निकट बैठते हैं। तुम्हारा संदेश सुनाते हैं। सारी रात मैं और चार दीवारें सुना करती हैं। पौ फटते ही जाने कहाँ गायब हो जाते हैं। बस, मैं उनके पीछे दौड़ता हूँ। क्षितिजरेखा अब दूर नहीं रही। गंगा की विशालता मैं। पानी के सिर्फ़ एक गिलास में देखता हूँ। कंचनजंगा को टुकड़े-टुकड़े कर देने की शक्ति मेरे अंग-अंग में है।

तारा हाँफने लगी। उसकी साँस तेज हो गई।

बद्रीनाथ की यात्रा में एक अजूबा देखा। भगवान के दर्शन के लिए यात्री उत्सुक हो रहे थे। अगर मैं यह कहता कि भगवान हमारे दिल में बसते हैं तो? राबी। राबी। राबी। एक सच्चाई सामने आई है। जिस दिल में प्रेम नहीं होता, उसमें भगवान का बसेरा भी नहीं होता।

एक सप्ताह में बंबई से मैं रवाना होऊँगा। इच्छा तो आज ही इसी क्षण ट्रेन में चढ़ जाने की है। लेकिन यह संभव नहीं है। अभी काफी तैयारी करनी बाकी है। कल मैंने तुम्हारे लिए आधा दर्जन साड़ियाँ खरीदी। दो हैंडलूम की हैं, एक सिल्क की और बाकी

बनारसी। रंग जामुनी, पीला और हल्का नीला। तुम्हें पसंद आएँगी। तुमने 'एलिजाबेथ-आर्डन' की लिपस्टिक मँगवाई थी। वह नहीं मिली। 'गोया' की चलेगी? चार किस्म के शेड मिले हैं। और क्या लिखूँ? सोचा था उससे कुछ ज्यादा ही खरीदी हुई है। तुम क्रोधित होना। आज तक मुझे सिर्फ तुम्हारा प्यार ही मिला है।

तारा चौंक उठी। शेष पढ़ते-पढ़ते उसकी नसें खिंच गई। शरीर ने कई कँपकँपी महसूस की एक-एक शब्द ने उसकी आँखों में अजीब लकीरें पैदा की अस्वस्थता को झटक उसने शेष अंश पढ़ा-

पत्र लिखा रहा था कि डाकिया, तुम्हारा पत्र थमा गया। सपाटे से पढ़ गया। बस के टायर मेरी छाती पर दौड़ गए। एक असहनीय बोझ-तले मैं कुचल गया। तुम्हारा सैनिक मित्र जीवित है। लौट आया है। तुम दुविधा में हो। मेरी हालत भी खंड-खंड है। मैंने भाग्य को एक सुंदर सपना माना था। आज पता लगा-सपने टूट भी सकते हैं। क्या इस संसार में प्यार करनेवालों को कभी खुशी नहीं मिलती? देवदास की किस्मत तो सबको नसीब नहीं हो सकता खैर, तुम्हें परेशान होने का कोई कारण नहीं। मैं तुम्हारी भावनाओं से परिचित हूँ। सैनिक का जिक्र तुमने हमेशा जाने-अनजाने मुझसे किया था। तुम क्या नहीं जानतीं राबी! जीवन टिकाए रखने की जद्दोजहद में मैं देश के लिए कुछ भी न कर सका। मेरे लिए तो यही गर्व की बात है कि देश की सेवा करनेवाले मर्द के लिए आज मैं कुछ कर सकूँगा। इस माटी का कर्ज अदा कर सकूँगा। तुम दोनों के बीच से मैं खुशी-खुशी दूर हो जाता हूँ।

तारा को एक सख्त झटका लगा। भीतर का जोड़-जोड़ हिल गया। पति के बारे में अपनी सोच में उसे कहीं भूल का अहसास हुआ। संजय चरित्रहीन नहीं था।

तुम्हें यकीन नहीं होता? मैं खुश हूँ। थोड़े दिनों में तुम्हारी शादी होगी। इससे बढ़कर प्रसन्नता की बात मेरे लिए और क्या हो सकती है?

तारा की आँखें भर आई। संजय के शब्दों में से उठती झूठ की बू ने उसे चौंका दिया। संजय की फितरत से वह वाकिफ थी। यह पत्र लिखते समय उसका रोआँ-रोआँ रोया होगा। महीनों पागलों की तरह भटका होगा। बिना अन्न के उसका शरीर सूखकर काँटा हो गया होगा। इस सबकी उसने कल्पना कर ली। सैनिक तुम्हारा सच्चा साथी है। राबी, तुम निश्चित होकर डोली चढ़ जाओ। तुम्हारे जीवन का एक अध्याय केवल मेरे दिल तक सीमित रहेगा। इस पत्र के साथ भेजी हुई सब साड़ियाँ तथा अन्य चीजें तुम्हारे ब्याह की सौगात हैं। आशा है, इसे तुम स्वीकार करोगी।

तुम्हारा एक मित्र
संजय

तारा की आँखें नम हो गईं। बूंदें गालों पर लुढ़क आईं। एक आदर्श युवक खाका उसके सामने सिंच गया। वह संजय था। टुकुर-टुकुर देख रहा था। हंस रहा था। रो रहा था? नहीं। समय के थपेड़े सबकुछ मिटा सकते हैं।

उसने अंतिम पत्र खोला। हस्ताक्षर सनी के थे। सिर्फ़ चंद वाक्य लिखे थे जिन्हें वह सरसरी निगाह से देख गई।

संजय,

तुमने मेरे सारे प्रेम-पत्र लौटा दिए। धन्यवाद। मैंने मांगा तो नहीं था। खैर, इस पत्र के साथ मैं तुम्हारे प्रेम-पत्र भेज रही हूं। आगरा आओ तो बेझिझक मिलना। तुम्हारे लिए मेरे घर के द्वार हमेशा खुले रहेंगे।। पत्र लिखते रहोगे न? तुम्हारी एक मित्र

राबी

भीगे हुए चेहरे को पोंछ तारा ने प्रेम-पत्रों का पुलिंदा बनाकर फिर से रूमाल में बांध लिया। अलमारी तक आते-आते एक प्रश्न खड़ा हुआ। विवाह के पहले संजय ने ये सारी बातें उसे क्यों नहीं बताईं? एकाएक उसके चेहरे पर मुस्कान की हल्की रेखा दौड़ गई। इस प्रश्न के उत्तर में उसके मन ने पूछा-आवश्यकता थी? राबी अतीत है, तुम भविष्य हो।

और प्रेम-पत्रों का पुलिंदा उसने फिर पति की दराज में रख दिया।।

* * *

9

विधवा

आग बरसाते हुए मई महीने का सूरज, चिलचिलाती धूप, हवाओं के साथ बहती लू चौपाटी का बलता हुआ समंदर, छिछले पानी में तपती काली शिलाओं के उठे हुए सिर ... 123 नंबर की बस लड़कियों के हॉस्टल के सामने से सपाटे से गुजर गई।

श्री तोलाराम ने खिड़की से बाहर सिर निकालकर दौड़ती हुई बस से पान की पिचकारी छोड़ी। हवा के साथ उड़ता हुआ मैला लाल रस कई छींटों में कोलतार की सड़क पर फैल गया।

सिर अंदर लेते हुए श्री तोलाराम ने जेब से रूमाल निकाला, मुँह पोंछा, माथे पर जमी हुई पसीने की बूँदें पोंछीं, फिर चंद सेंटीमीटर उठकर अपने स्थूल जिस्म के नीचे दबे लगा कोट का छोर खींच निकाला और नोटबुक से हवा खाने लगे। चहल-पहल कारों, टैक्सियों और बसों से भरी सड़क, स्त्री-पुरुषों के पसीने से चूते जिस्म, मजदूरों से अधिक परेशान मालिकों के शरीर, होंठ, गाल, माथा, गरदन पर नाज़ुक रूमाल दबाती, बड़बड़ाती और आगे बढ़ जाती लड़कियाँ। सड़कों के बीच द्वीप में खड़ी कारों के चमकते बदन।

बस 'स्टैंड' पर रुकी और एक के बाद एक तीन यात्री उतरकर शेड में दौड़ गए।

'चलो, आ जाओ... आ जाओ!' कंडक्टर ने भीतर से आवाज दी।

एक यहूदी लड़की अंदर दौड़ आई। उसके पीछे एक मुसलमान बेवा थी। बेवा के सीने से एक अधनंगा, बीमार बच्चा चिपका हुआ था।

यहूदी लड़की की और कनखियों से देखते हुए (कंडक्टर ने अपनी ढीली पतलून थोड़ी ऊपर उठाई, घंटी बजाई, बस कोलाबा की ओर चल दी।

सिर्फ तीन यात्री थे इस बस में।

1. श्री तोलाराम : दो शख्सों की जगह रोककर, पैर फैलाए अकेले बैठे थे और नोटबुक से हवा खा रहे थे।

2. खादीधारी जवान : उजला कुर्ता, उजला पाजामा, काला वास्केट, चेहरे पर चाँदी की चमक थी।
3. ओ.एन.जी.सी का क्लर्क : सफेद कमीज, गहरी नीली पैंट जिस पर तेल के दाग थे, टाई हवा में लहरा रही थी।

अपने काले बुर्के को सँभालते हुए मुसलमान विधवा प्रवेश के करीब की एक सीट पर बैठ गई। बच्चे को उसने गोद में लिटा दिया।

एक सरसरी निगाह तीनों यात्रियों पर डाल यहूदी लड़की ने ड्राइवर के पीछे वाली सीट पर जगह ली। पसीने से गीला उसका तंग टी-शर्ट टुकड़ों में पारदर्शक हो गया था। शार्ट (नेकर) जाँघों के ऊपर चढ़ आई थी। बाकी सारे अंग खुले थे, गोरे थे, गुलाबी भी थे, सिर्फ़ आँखों को छोड़कर। नाक पर धूप का काला चश्मा था।

यहूदी लड़की के खुले अंगों ने बस के सुस्त माहौल में चुस्ती पैदा कर दी। क्लर्क के चश्मे की डंडी ऊपर-नीचे होने लगी। खादीधारी युवक की आँखें गहरी साँसें लेने के बहाने सिर के साथ ऊँची होतीं और धीरे-धीरे वापस झुक जातीं। श्री तोलाराम की मोटी गरदन के निकट गतिशील नोटबुक की गति थोड़ी और तेज हो गई थी।

कंडक्टर गला खंखार अपनी टोपी को तिरछी कर और सीना फुलाकर लड़की के सामने आ खड़ा हुआ। वह जैसे मैदान मार गया हो ऐसे बाकी तीनों यात्रियों के चेहरे उतर गए।

काले बुर्के के दो छेदों में से विधवा की कंचे-जैसी आँखें घूर रही थीं- श्री तोलाराम के खुले मुँह को, क्लर्क की नाक पर उतर आई चश्मे की डंडी को, सिर खुजलाते खादीधारी युवक को।

'टिकट प्लीज... ' कंडक्टर के शब्दों में शहद घुला था।

लड़की ने बटुआ खोला। तीनों यात्री भीतर झाँकने के लिए उत्सुक हो उठे। गरदन ऊपर उठ गई। नजरें बटुए में घुसने के लिए मार्ग ढूंढ़ने लगीं। आखिर नाजुक-नाजुक रामतरोई-सी अँगुलियों की हरकत को गौर से देखकर संतोष मान लिया, लेकिन नजरें इंच-भर भी नहीं हटीं।

रीगल सिनेमा से थोड़े फासले पर बस रुकी। ऊपर बैठे दो यात्री बाहर निकलकर सिनेमाघर की ओर बढ़ गए। 'स्पिलबर्ग' की नई फिल्म इसी हफ्ते लगी होने के कारण बाहर भीड़ काफी थी। एक्सट्रा टिकट के लिए लोग छीना-झपटी कर रहे थे। यहां की धूप बेअसर थी।

घरररररररर..

यंत्र थरथराए। इंजिन तले से पानी की कुछ बूंदें टपकीं और बस फिर आगे बढ़ी। यहूदी लड़की की अँगुलियाँ अभी भी बटुए में भटक रही थीं। दैनिक इस्तेमाल की चीजें भीतरी हिस्सों से ऊपर आकर फिर गायब हो जाती थीं। नन्हा-सा जापानी पंखा, लिपस्टिक की ट्यूब, रूमाल, इत्र की शीशी, छोटा आईना अँगुलियों के बीच लुका-छिपी खेल रहे थे और ...

अब भी सभी आँखें वहीं केंद्रित थीं। ऊपर के होंठ ऊपर और नीचे के नीचे स्थिर हो गए थे। साँसें जैसे रुक गई थीं।

अंत में यहूदी लड़की ने बटुए में से बटुए के बेटे जैसा चमड़े का छोटा-सा पॉकिट निकाला, जिप खोली और सौ का एक नोट कंडक्टर के आगे बढ़ा दिया। यात्रियों की जान में जान आई।

'सॉरी, मैडम!' कंडक्टर ने कंधे से झूलते अपने पाकिट में पूरा हाथ घुसा देते हुए दु:ख जताया, 'नो चेंज।'

गोरी चमड़ी उलझन में पड़ गई।

यात्री परेशान हो उठे।

कोई कुछ बोले इससे पहले श्री तोलाराम की हमदर्दी जाग उठी। उन्होंने मुस्कराकर पूछा, 'कहाँ जाना है, मैडम?'

'कोलाबा से आगे।'

'मैं भी वहीं जा रहा हूँ..कंडक्टर! ' उनकी आवाज कड़ी हुई, 'पैसा हम देगा। मैडम को टिकट दो।'

कंडक्टर ने चौड़ी आँखों से श्री तोलाराम के चेहरे में सीधा देखा।

'श्रीमान जी! ' लड़की ने खड़े होते हुए सेठजी से कहा,'मैं यहीं उतर जाऊँगी।' वह आगे बढ़ी, जैसे रेम्प पर कोई फैशन मॉडल आगे बढ़ी। गोरे- गोरे अंग हिले। साथ क्लर्क का दिल भी हिल गया। वह भी खड़ा हो गया,।' इस धूप में आप कहाँ जाएँगी? ' लड़की का रास्ता रोकते हुए उसने नम्रता से कहा, 'सिर्फ पचास पैसे का सवाल है न, मैं दूँगा।'

श्री तोलाराम की आँखों में खून उतर आया। क्लर्क ने जेब में हाथ डाला। उसकी आँखें लड़की के टी-शर्ट के एक खुले बटन पर ठहरी थीं, दूसरे बटन को खोलने का प्रयास कर रही थीं।

'क्षमा कीजिएगा... ' वह पैसे निकाले इससे पहले लड़की बोल उठी, 'आपके जज्बात की मैं कद्र करती हूं लेकिन...'

'मैडम! ' मौका पाते ही खादीधारी युवक ने बीच में कहा, 'आप विदेशी हैं। हमारे देश की मेहमान हैं। अगर आप उतर जाएंगी तो वह सिर्फ़ हमारा नहीं, बल्कि इस देश का भी अपमान होगा।'

लड़की का चेहरा गद्गद् हो गया।

क्लर्क का चेहरा सख्त हो गया। मन-ही-मन युवक के पुरखों की धूल झाड़ते हुए वह अभी जेब टटोल रहा था कि युवक ने पचास पैसे का सिक्का बढ़ाते हुए कंडक्टर से साफ शब्दों में कहा, 'एक टिकट मैडम के लिए। ' क्लर्क बर्फ हो गया। उसे अहसास हुआ, युवक की आवाज में विजयी टार्जन की पुकार थी। गर्व था।

कंडक्टर ने टिकट काटा।

'शुक्रिया।' लड़की ने युवक से कहा, 'बहुत-बहुत शुक्रिया।'

पलभर में तो वह पानी-पानी हो गया, पचास पैसा वसूल हो गया।

'टिकट! ' कंडक्टर ने मुसलमान विधवा के आगे खड़े होते हुए अपनी मूल खुरदरी आवाज में कहा।

विधवा ने चेहरा उठाया। कंडक्टर के चेहरे पर एक नजर डालकर उसने काले बुर्के में हाथ डाला। वह सीधा ही मैली चोली में उतर गया। चिथड़े-सा एक रूमाल हाथ में आया। बाहर निकालकर-उसे खोला। पैसे गिने। पैंतालीस पैसे थे उसमें। पांच पैसे का सिक्का कहाँ फिसल गया?

उसने फिर भीतर हाथ डाला। पाँच पैसे का सिक्का ढूंढ़ता हुआ हाथ चोली के दो-तीन हुक तोड़कर बाहर निकल आया। कमबख्त कहाँ छिपा था? या फिर कहीं गिर गया?

यह मुमकिन न था। क्योंकि आज तक ऐसा पहले कभी नहीं हुआ था। घर से निकलने से पहले वह खर्च के पूरे पैसे गिनकर रूमाल में बाँध लेती थी। वैसे आज वह तीन रुपए लेकर निकली थी। सबसे पहले पचास पैसे का उसने एक टिकट कटवाया था। सार्वजनिक अस्पताल में बच्चे की दवाई के दो रुपए दिए थे। बाकी बचे थे। पचास पैसे और अब वह घर लौट रही थी।

एक बार उसने हाथ पीठ पर भी फेरा देखा। निराशा के सिवा उसे कुछ न मिला। मायूस नजरों से उसने कंडक्टर की ओर देखा।

'किधर जाना है?' कंडक्टर ने पूछा।

'कोलाबा से आगे झुग्गी-झोपड़ी में रहती हूँ।' विधवा की आवाज में लाचारी थी। 'लेकिन ... पाँच पैसे कम हैं।'

'कम हैं! ' कंडक्टर की भौं- तन गई। हाथ बढ़ा। घंटी बजी। बस रुकी। ड्राइवर ने मुड़कर पीछे देखा।

'चलो नीचे... नीचे उतरो! ' विधवा रुआँसी हो गई।

'कंडक्टर साहब!' उसने दोनों हाथ जोड़ते हुए गुजारिश की, 'मेरा बच्चा बीमार है। सवेरे से कुछ खाया भी नहीं। इस धूप में चलकर जाऊँगी तो मेरा बच्चा दम तोड़ देगा।'

'क्या है, मास्टर? क्या बात है?' ड्राइवर ने अपनी सीट पर से आवाज दी। कंडक्टर ने बताया, 'इस औरत को मुफ्त में सफर करना है।'

ड्राइवर ने बैठे-बैठे ही पाँव पछाड़ा।

'सिर्फ पांच पैसे कम हैं।' विधवा ने श्री तोलाराम की ओर घूमते हुए कहा, 'आप ही मदद कर दीजिए।'

श्री तोलाराम ने जेब में रखी डिबिया से पान की एक और गिलौरी निकालकर मुँह खोला।

'बस में भीख माँगते हुए आपको शर्म आनी चाहिए।' क्लर्क बोला।

'कंडक्टर! ' खादीधारी युवक भड़क उठा था, ' मुँह क्या देखते हो? बाहर खदेड़ दो। बस 'डिले' हो रही है।'

विधवा गिड़गिड़ाती, पाँच पैसे की भीख माँगती बस से उतर गई।

अब श्री तोलाराम ने खिड़की से बाहर सिर के साथ गर्दन भी निकालकर पान की दूसरी पीक मारी, धूप में बस को घूरती खड़ी विधवा की ओर देखा और गला खँखारकर बड़बड़ाए, 'पता नहीं कब सुधरेगी यह कौम!'

और पिघलते कोलतार की सड़क पर टायरों के निशान छोड़ती बस कोलाबा से आर.सी. चर्च की दिशा में आगे बढ़ गई।

* * *

10

छँटनी

अब, यह सूर्योदय सुहावना नहीं लगता।

मैं तैयार होकर दफ्तर जाने के लिए निकल पड़ा। बस में चढ़ा, तो अनेक विचार मेरे मन-मस्तिष्क में उमड़-घुमड़ होने लगे। कंडक्टर करीब आया तो मैंने जेब से दस-दस पैसे के दो सिक्के निकाले। बस में काफी भीड़ थी। जी नहीं चाहता था कि आज मैं दफ्तर जाऊँ। पर यह कमबख्त बस आगे ही बढ़ती चली जा रही थी।

चर्चगेट आया। मैं उतर पड़ा। मेरे साथ कुछ पैसेंजर और उतरे और बिखर गए। मैं दफ्तर में दाखिल हुआ, तो सन्नाटा नजर आया। वही सन्नाटा, जो कुछ दिनों से जहरीली गैस की तरह फैलता गया था। मैं कुर्सी पर बैठा। पंखे का बटन दबाया। आँखें घुमाई। सभी कुछ खामोश था। सारे कर्मचारी चुपचाप काम कर रहे थे। किसी में इतना होश तक बचा नहीं था कि मेरी ओर आँखें उठाकर देख लें। वैसे मैं न कोई विज्युलाइजर था, न आर्ट डायरेक्टर, फिर भी इस क्रिएटिव एडवर्टाइजिंग एजेंसी में आर्ट डिपार्टमेंट का सबसे पुराना कर्मचारी होने के नाते स्टाफ के सभी सदस्य मुझे आदर की नजरों से देखते थे। मैं दफ्तर में दाखिल होता, तो यही लोग मेरा मुस्कराकर स्वागत करते थे। कोई सिर्फ़ मुस्कान फैलाता था, तो कोई अपनी ऊंची आवाज में 'शुभ प्रभात' कह देता था। मिस फ्लोरेंस तो अपनी कुर्सी छोड़ मेरे करीब दौड़ आती थीं। फिर अपने दोनों हाथ मेरी मेज पर रख हौले से कहती-जिंतान? बाद में उसने माँगना भी छोड़ दिया था। वह आकर मेरे सामने खड़ी हो जाती और मैं। अपनी दराज से जिंतान की डिबिया निकालकर मेज पर रख देता था। डिबिया से वह एक गोली निकालकर वैसे ही मुस्कराते हुए वापस लौट जाती थी।

मैं अपने ड्राइंग-बोर्ड पर पेपर पिन करते हुए कभी कहता, 'मिस फ्लोरेंस, अब तो शादी कर लो।'

'अब क्यों?' वह प्रतिप्रश्न करती।

'राजेश खन्ना भी जब कुँआरा नहीं रहा।'

'तो क्या? ' जिंतान की गोली चूसते हुए वह मुस्कराती, 'कोई अच्छा-सा लड़का ढूँढ़ दो, कल ही ब्याह रचाकर हनीमून मनाने नैनीताल चली जाऊँगी।' मैं जानता था कि

सही उत्तर यह नहीं। मिस फ्लोरेंस अकेली नौकरी करती थी और अपनी बूढ़ी माँ के साथ विधवा बहन के परिवार को भी पालती थी। ऐसी आर्थिक समस्याओं के बीच वह अपने बॉय फ्रेंड के साथ कैसे ब्याह रचा सकती थी? शायद इसी कारण शादी-ब्याह की बातों से ही उसका मन बहल जाता था।

पिछले बुध को जब वह मेरे सामने नहीं आई, तो मैंने ही दराज से जिंतान की डिबिया निकालते हुए उसे याद दिलाया। वह सिर्फ़ फीकी हँसी हँसकर इस तरह मेरे सामने आ खड़ी हुई, जैसे कोई लाश कब से उठकर आई हो। मैंने सोचा, शायद बॉय फ्रेंड से किसी बात पर ठन गई हो। वह शादी के लिए अधीर हो रहा था और मिस फ्लोरेंस विवाह के प्रस्ताव से दूर भागती जा रही थी। पर हकीकत यह नहीं थी।

उसके मुरझाए चेहरे का कारण जब मुझे पता चला, तो मैं भी परेशान हो उठा। मुझे फिर एक बार सोचना पड़ा कि आखिर मिस फ्लोरेंस ने ऐसा क्यों किया? क्यों अपना पाँच साल पुराना परमानेंट जॉब छोड़कर हमारे दफ्तर में आई? अभी तो उसे यहाँ आए हुए चार महीने भी नहीं हुए थे और छँटनी की हवाएँ चलने लगी थीं। फिनिशिंग आर्टिस्ट कपूर भी सहमा-सा नजर आ रहा था। क्या वह भी यही सोचने लगा था कि छँटनी सिर्फ़ उसी की होने वाली है? पर यह भय तो सभी कर्मचारियों के मन में घर कर गया था। कोई यकीन के साथ नहीं कह सकता था कि वह बदकिस्मत कौन होगा? फिर भी सारे आर्ट डिपार्टमेंट में तनाव महसूस किया जा रहा था। वे कर्मचारी भी डरे-डरे-से लगने लगे थे जिनके पद पर परमानेंट का लेबल लगा हुआ था।

'कपूर!' मैंने बीच ही में कह दिया, 'कंपनी घाटे में हो, तब हमें बोनस कैसे मिल सकता है?' वह मुझे इस तरह देखने लगा, जैसे मैं मैनेजमेंट का कोई जासूस हूँ, हालांकि मैं भी उन लोगों की तरह एक मामूली मुलाजिम था। पर सबसे पुराना और सीनियर।

'कम-से-कम ... ' आखिर उसने अपने मन की बात जता ही दी, 'आप थोड़ी सिफारिश कर दें, तो मेरा काम बन जाएगा।' मैंने उसका हौसला बढ़ाने के लिए कह दिया था कि मौका आने पर मैं डायरेक्टर साहब से जरूर जिक्र छेडूँगा। वह कुछ अविश्वास की लकीरें अपने चेहरे पर खींचता हुआ वापस चला गया था। आज उसका चेहरा देखकर लग रहा है, जैसे वह अपनी पत्नी के साथ पाँचों बच्चों को चिता पर चढ़ाकर श्मशान से अभी-अभी लौटा हो। उसकी आँखों में न सुख की कोई किरण नजर आ रही थी, न दुःख की कोई झलक। सभी कुछ खत्म हो चुका था। अब वह सिर्फ़ इसलिए जी रहा है कि वह जिंदा जलकर मर नहीं सकता। वैसे देखा जाए, तो कपूर का चेहरा पहले से ही कुछ ऐसा संजीदा था। बड़ी-बड़ी, नींबू-सी आँखें हर चीज को ऐसे देखतीं, मानों उसने जीवन में कभी पहले देखी ही न हों। अब वे आँखें अंधे कुएँ की तरह अंदर धंस गई हैं। साँप उसे भी सूँघ गया है।

सोच रहा हूँ-साँप ने किसे छोड़ा है? उत्तर में सिर्फ़ एक ही आदमी नजर आता है और वह है, फिगर आर्टिस्ट पूनम। चाहे जीवन सुख से छलबला रहा हो, चाहे दुख के बादल घिरे हों, वह जीवन का लुत्फ़ उठाना जानता है। दफ्तर के ऐसे गंभीर माहौल में भी वह किसी का भी मजाक उड़ा सकता है। मजाक के लिए कोई विषय नहीं सूझता, तो वह स्वयं अपने को ही विदूषक बना लेता है।

पिछले महीने विदेश से आए हुए कंपनी के एक डायरेक्टर श्री गिलबर्ट ने आर्ट डिपार्टमेंट में एकाएक प्रकट होकर एक जोरदार भाषण दिया। उनके शब्दों से यह स्पष्ट जाहिर हुआ था कि आर्ट डिपार्टमेंट में बैठे हुए भी चित्रकार मानवी नहीं, बल्कि उल्लू थे। न किसी में मौलिक सृजन की शक्ति थी, न कोई मौलिक विचार रखता था। इसी कारण कंपनी की बंबई-ब्रांच को इस साल नब्बे हजार रुपयों का घाटा हुआ। यह सुनना था कि पूनम हैरानी जताते हुए बोल उठा, ' कमाल है! हमारा टार्गेट तो एक लाख का था', पर इससे पहले डायरैक्टर साहब पैर पटकते हुए बाहर निकल चुके थे।

मैंने फिर एक बार मिस फ्लोरेंस पर नजर डाली, तो वह खोई-खोई-सी अपनी कुर्सी पर बैठी थी। आँखों के सामने सभी कुछ होते हुए भी, धुंध छा गई थी। ऐसे हँसमुख चेहरे को मैंने पहले कभी उजड़े रंग में डूबा हुआ नहीं देखा था।

प्रश्न यह उठा कि ऐसी गंभीर मुखमुद्रा में मैंने पहले किसे देखा था? मिस ज्योति को? श्रेयांस को? पीठवा को? ये सभी तो मेरा मुस्कराकर स्वागत करते थे। मिस ज्योति तो कभी-कभी अपने मन की गांठें भी मेरे आगे बैठकर बेझिझक खोल दिया करती थी। उसी से मैंने यह जाना था कि उसका एक भाई था। वह शिप पर काम करता था। अचानक किसी दुर्घटना में उसका एक पैर कट गया। तबसे वह घर में बैठा रहता है। मिस ज्योति कमाती है और वह खाता है। घर में बूढ़ी माँ और बूढ़ा बाप भी है। छोटी-छोटी दो बहिनें भी हैं।

अभी मैं सोच ही रहा था कि पूनम अपना कार्टून-सा चेहरा लिए हुए मेरे करीब आया। जैसे कोई राज की बात बतानी हो, उसने मेरे कान तक अपने होंठों को लाते हुए दबी आवाज में कहा, ' कवात्राजी, आज से मैच शुरू होने वाला है।'

मैंने अनजान बनते हुए पूछा, 'कैसा मैच?'

'मैनेजमेंट वर्सेस डिपार्टमेंट।'

'ओह। समझा।'

'डायरेक्टर साहब चर्चगेट एंड से बालिंग करेंगे।'

न चाहते हुए भी मैं मुस्करा दिया।

'देखते हैं, किस-किस की विकेट गिरती है!'

उसने अपनी बात पूरी की और तभी अचानक किसी बड़ी चीज के गिरने की आवाज उठी। मैं खड़ा हो गया। देखा, तो मिस फ्लोरेंस लुढ़ककर, अपनी कुर्सी के पास फर्श पर गिरी थी। मुझे हैरानी तो इस बात की हो रही थी कि और चित्रकार अपनी जगह से हिले तक नहीं थे। बस, उन्होंने एक नजर मिस फ्लोरेंस की नीचे पड़ी हुई देह पर डाली और कुछ क्षणों के लिए सिर्फ़ नजरों से दया जताते रहे। शायद उन्होंने यह सोच लिया था कि किसी-न-किसी को गिरना ही था। मिस फ्लोरेंस ढह गई इसमें अचरज की क्या बात है? चंद मिनटों के बाद कोई दूसरा भी अपनी चिंता का बोझ लिए इसी तरह, कहीं भी चक्कर खाकर गिर सकता है।

पूनम से मैंने पानी लाने के लिए कहा। वह 'कूलर' की दिशा में दौड़ा। मैंने मिस फ्लोरेंस के शरीर को संभालते हुए मेज पर लिटा दिया। उसके होंठ बेहोशी में भी काँप रहे थे, 'नहीं-नहीं!' वह कुछ बड़बड़ा रही थी-' उसे मत आने दो! ढकेल दो बाहर! ' मुझे यह समझते हुए ज्यादा वक्त नहीं लगा कि मिस फ्लोरेंस इस दफ्तर के चपरासी को मौत का परवाना लेकर आनेवाले यमदूत के रूप में देखती थी। वह जानती थी और आर्ट डिपार्टमेंट के सारे चित्रकार भी जानते थे कि डायरेक्टर के केबिन में गया हुआ चपरासी किसी भी पल छँटनी का सफेद लिफाफा लेकर किसी के भी सामने उपस्थित हो सकता है। मिस फ्लोरेंस ने कल्पना में उसे लंबे डग भरते हुए देखा और वह बेहोश होकर गिर पड़ी।

पूनम के हाथ से पानी का गिलास लेकर मैंने थोड़ा पानी मिस फ्लोरेंस के मुँह पर छिड़का। धीरे-धीरे वह होश संभालने लगी। आँखें खुलीं, तो कुछ पलों के लिए छत के पंखे को घूरती रही। उसे सभी कुछ याद आ गया। वह उठ बैठी। फिर कुछ उदास-सी, कुछ लज्जित-सी मुद्रा में मेज पर से सरककर अपनी कुर्सी में दुबक गई। न उसने कुछ कहा, न किसी की ओर देखा।

मैं भी अपनी कुर्सी पर आकर बैठ गया। न जाने यह तनाव कब तक बना रहेगा? पिछले एक हफ्ते से इस दफ्तर की यही हालत है। जब भी चपरासी डायरेक्टर साहब की केबिन में जाता हुआ नजर आता है, तनाव बढ़ जाता है। दूसरा हफ्ता भी खत्म होने को है। मैनेजमेंट ने शायद अब तक कोई फैसला नहीं लिया-किसे निकाला जाए, किसे रखा जाए? पर हम सभी को यकीन है कि ज्यादा नहीं तो पंद्रह में से दो कर्मचारियों को सदा के लिए छुट्टी मिलने वाली है। पर ये दो बदकिस्मत कौन होंगे, यह राज कोई भी नहीं जानता था। हर सुबह लोग सहमे-सहमे दफ्तर में दाखिल होते थे और शाम को एक-दूसरे के फीके, पीले, उदास चेहरों को घूरते हुए चुपचाप बाहर निकल जाते थे। न कोई किसी से कुछ कहता, न बात करता था। जरूरत पड़ने पर कम-से-कम शब्दों में बातें होती थीं- आर्टपूल आ गए? नहीं। बात खत्म। रैफरेंस कहाँ हैं? यहाँ। बात खत्म। सोल्युशन दो! लो।

बात खत्म। ऐसा लगता था, मानो शब्दकोश के करीब-करीब सारे शब्द किसी ने मिटा दिए हों।

तीसरा सप्ताह शुरू हुआ और दफ्तर का सन्नाटा और गहरा गया। अब तो मुझे पूनम का कार्टून चेहरा भी गंभीर दिखाई पड़ने लगा। पूछा, 'क्या बात है?' तो उसने मुस्कराने की कोशिश करते हुए बताया, 'मैंने सोचा था, सिर्फ़ दो ही विकेट गिरेंगी।'

'तो?'

'डायरेक्टर साहब का बंपर चार विकेट लेना चाहता है।'

'यह तुमने कैसे जाना?' मुझसे बिना पूछे नहीं रहा गया।

उसने बताया, 'कल शाम मैनेजमेंट की मीटिंग में एक चपरासी मौजूद था।' इस बार बिजली मुझ पर भी टूटी। कल तक मैं इस धोखे में था कि छँटनी सिर्फ़ जूनियर चित्रकारों की होगी। पर आज न जाने क्यों, यह अहसास हुआ कि यह बाढ़ मुझे भी अपने साथ घसीट ले जा सकती है। अपनी वर्षों की नौकरी मैंने पहली बार खतरे में देखी। कोहरे के गुब्बार मेरी आँखों में तैरने लगे। फिर मैं यह स्वीकारने को तैयार नहीं था कि मैनेजमेंट मुझे दरवाजा दिखा सकता है। दोपहर को खाने के बाद पूनम और कपूर, मिस ज्योति के साथ मेरे पास आए और कुर्सियों पर बैठ गए। कपूर ने शुरूआत की, 'कवात्राजी!' अब सहा नहीं जाता। अगर हममें से कुछ एक को मैनेजमेंट फुटपाथ पर फेंक देना चाहता है, तो फेंक दे, पर ऐसे तनाव में हम लोग कैसे काम कर सकते हैं? ' पूनम अपना मजाकिया स्वभाव भूल चुका था। वह खामोश बैठा रहा। मैंने मिस ज्योति के उखड़े चेहरे में देखा, वह शायद कहना चाहती थी-अगर नौकरी से उसे निकाल दिया गया, तो उसके लँगड़े भाई और नन्ही-नन्ही बहनों का क्या होगा? एक बूढ़ी माँ भी है, जिसकी परवरिश का जिम्मा उसके सिर है।

'कवात्राजी! ' आखिर पूनम ने ज़ुबान खोली और अजीब-सा सवाल किया-' आप किस टीम में हैं?'

'क्या मतलब?'

'हमारे साथ या मैनेजमेंट के साथ?'

मैं अब भी नहीं समझा, 'इससे क्या फर्क पड़ता है?'

'बहुत', उसने अपने निराले अंदाज में बताया, ' अगर सचमुच ही हमारी चार विकेटें गिरीं, तो हम सभी फील्ड छोड़ देंगे।'

मैं यह कहने जा रहा था कि मैं भी आप लोगों के साथ हमदर्दी रखता हूँ। पर दूसरे ही पल मुझे अपनी पत्नी याद आ गई, जो इस वक्त मैटरनिटी होम में थी। एकाध दिन में मैं

एक और बच्चे का बाप बनने वाला था। अगर मैंने भी इनके साथ हाथ मिलाया, तो उन सबका क्या होगा, इस विचार ने मुझे चौंका दिया। वे तीनों मेरे चेहरे को ताकते रहे। शायद उन्होंने खुली किताब की तरह मेरी आँखों में उत्तर भाँप लिया था। वे एक साथ खड़े हो गए।

'ठहरो! ' मैंने उन्हें रोकते हुए कहा, ' मैं आप लोगों के साथ हूँ। पर आप लोगों से मेरी एक गुजारिश है।'

'कहो!'

मैंने बताया, 'अगर हममें से किसी एक को भी निकाला जाए, तब भी हम सब काम छोड़कर बाहर निकल जाएँगे।' यह विनती मैंने शायद इसलिए की थी कि अब मैं अपने आपको खोखला महसूस करने लगा था हो सकता है, मैनेजमेंट चार कर्मचारियों के बजाए सिर्फ़ एक ही को खदेड़ दे और वह एक मैं हो सकता हूँ। ऊपर बैठे हुए चपरासी ने बटन दबाया। लाल बत्ती बुझ गई। वह केबिन में दाखिल हो गया। हम सभी टकटकी बाँधे देखते रहे। फिर एक बार दफ्तर में खामोशी छा गई।

यह सच है कि मानसिक तौर पर हम लोग इतने सहमे हुए थे कि जब भी चपरासी केबिन में दाखिल होता, हम यही सोच लेते थे कि वह बाहर आएगा तो उसके हाथ में एक सफेद लिफाफा होगा। उस लिफाफे में एक पत्र होगा- श्रीमान...। आपकी सेवाओं की अब हमें जरूरत नहीं। कृपया चीफ एकाउंटेंट से मिलकर अपना हिसाब निबटा लें।

न जाने क्यों, मैंने नजरे घुमाई। चारों ओर बैठे हुए मुर्दे देखे। वे न हिल रहे थे, न उनकी पलकें झपक रही थीं। मुझे शक है कि उनकी सांसें भी रुकी हुई थीं। पल-पल बीत रहा था और मेरे भी होशो-हवाश उड़ते चले जा रहे थे। दिल इस तरह धड़क रहा था कि कहीं मुँह में न आ जाए।

चपरासी जब केबिन से बाहर निकला, तो उसके कदम वहीं रुक गए। उसके हाथ में एक सफेद लिफाफा भी दिखाई दे रहा था। वह दुविधा में खड़ा था। छँटनी के लिफाफे के साथ आगे बढ़ना उसके लिए आसान नहीं था। वह दूर ही खड़ा था।

एकाएक मिस फ्लोरेंस खड़ी होकर पागल की तरह चीख उठी, 'नहीं! नहीं! उसे मत आने दो। धकेल दो बाहर।' वह कुछ और कहें इससे पहले ही ढेर होकर फर्श पर गिर पड़ी। न किसी ने उसकी पुकार सुनी, न किसी ने उसकी ओर देखा। इस वक्त सभी की हालत दयनीय थी। मैं भी फटी-फटी आँखों से अपनी दिशा में आगे बढ़ रहे चपरासी को देख रहा था। शायद जीवन में पहली बार आज मुझे चपरासी का चेहरा यमदूत-सा लगा।

चपरासी मेरे आगे खड़ा हुआ, तो सभी के चेहरे मेरी दिशा में घूम गए। मैंने अस्वस्थ होने की कोशिश करते हुए उसके हाथ से लिफाफा लिया। मेरे हाथ काँप उठे। मैं लिफाफा

खोलने जा रहा था कि चपरासी ने मुझे रोका। फिर दबी आवाज में कहा, 'कवात्राजी! मिस फ्लोरेंस जब होश में आएँ, तो कृपया उन्हें यह लिफाफा दे दें।'

मैंने हैरान होते हुए लिफाफे पर टाइप किया हुआ नाम पढ़ा-मिस फ्लोरेंस और फिर नजरें झुकाईं। मिस फ्लोरेंस फर्श पर औंधी पड़ी थी।

* * *

11

हरमसरा

कर्नल हिज हाइनेस, फर्जंदे दिलबंद, रसिकुल इतिकाद, दौलते-इंगलीशिया, राजए राजगण, महाराजा सर करतारसिंह तलवार बहादुर, सी.सी.आई.एफ., के.सी. एस.आई. वगैरह-वगैरह यानि कि हम खुद सरल शब्दों में कहें तो हमारा नाम करतारसिंह है। इस वक्त हमारी उम्र पचहत्तर साल की सीमा लाँघ रही है, फिर भी हमें उम्मीद नहीं कि हम छिहत्तर साल में कदम रख सकेंगे।

सच कहें तो हमारे दिन लद गए हैं। हमें वे दिन याद आ रहे हैं, जो हमारे बचपन के थे। हमें वे रातें याद आ रही हैं जो हमारी जवानी की थीं। हमें हमारे अब्बाहुजूर की याद भी सता रही है।

हमारे अब्बाहुजूर तलवारबहादुर, जिनका अस्ल नाम तलवारसिंह था वे मैदाने-जंग के शेर थे। उनकी काया छह फुट ऊँची थी और अँग्रेज अफ़सर भी उनके सामने बौने लगते थे। पटियाला की बागडोर हमारे अब्बाहुजूर के हाथ में थी और अपने दौर में वे हिज हाइनेस महाराजा सर तलवारबहादुर के नाम से पहचाने जाते थे। उनकी मौत के समय महल के हरमसरा में करीब दो सौ औरतें थीं, जिनमें दस महारानियाँ थीं, पचासेक रानियाँ कहलाती थीं और बाकी की कनीजें सिर्फ़ दासी या रखैल का काम वफादारी से अदा करती थीं।

अब्बा हुजूर के बारे में हम ज्यादा कुछ नहीं कहेंगे, क्योंकि युद्ध और सियासत के सिवा उनके जीवन में कुछ और हो तो वे उनके हरमसरा की परियाँ थीं, पर आज तक, जीवन के आखिरी पलों तक हम यह सोच नहीं पाए हैं कि उन्हें करीबन दो सौ औरतों को अपने हरमसरा में कैद रखने की क्या जरूरत थी? युद्ध और सियासत से उन्हें शायद ही फुरसत मिलती और कभी-कभी ही वे हरमसरा की हसीनाओं को भोगने के लिए समय जुटा पाते। उन दो सौ औरतों में से पचास ऐसी भी थीं, जिन्होंने सालों से मर्द की परछाई तक नहीं देखी थी। बेचारी ... सालों तक तड़पती रहीं। कइयों ने तो देह की आग से तंग आकर अपने गले में फाँसी का फंदा भी डाल लिया था।

हमारे अब्बा हुजूर हिज हाइनेस महाराजा तलवारबहादुर ने अपने जीवन में कोई भूल की हो, कोई गुनाह, कोई अपराध किया हो तो वह सिर्फ़ यही एक है और उनकी इस भूल से हमने सीख ली। अलबत्ता हरमसरा निभाना शहंशाहों के लिए बड़ी शान की बात होती है। जिस सुलतान के हरम में जितनी ज्यादा सूरें हों, उसकी शान उतनी ही बढ़ जाती है। पर उस झूठी शान के लिए मासूम लड़कियाँ पिंजरे के पंछी की तरह तड़फड़ाएँ, हम यह भी नहीं चाहते थे।

दूर-दूर के मुल्कों में बसनेवाले जाने-माने वैद्य, हकीम और डॉक्टरों को हमने अपनी रियासत में बसाया। दो डॉक्टरों को हमने अपने महल में जगह दी। इसके अलावा एक राजवैद्य और एक हकीम हमारे महल में पहले से ही मौजूद थे। इन डॉक्टरों की इनायत से हमें उतनी शक्ति मिल जाती थी ताकि एक ही रात में हम कम-से-कम पंद्रह लड़कियों की मुराद पूरी कर सकें। हमारे हरमसरा की हर औरत चाहे वह महारानी हो, रानी हो या फिर मामूली दासी, उसे हफ्ते में न सही महीने में एक बार मौका मिलना ही चाहिए। इस बारे में हम भी होशियार थे। हमारे हरम की परियाँ आज भी हम पर प्यार बरसाती हैं और इसका राज यही है।

एक दिन (शायद वह हमारा जन्मदिन था और सत्रह तोपों की सलामी हमने ली थी) हमारी हैरानी के बीच हमें पता चला कि हमारे हरमसरा की एक कनीज ने गले में दुपट्टे का फंदा डालकर खुदकुशी कर ली है। गुरु गोविंदसिंह की कसम, हमें बहुत दुःख हुआ। हमने अपनी सालगिरह का जश्न रद्द कर दीवान को इस मामले में छानबीन करने का काम सौंपा। दूसरे हफ्ते हमारी मेज पर रिपोर्ट आई और हम गौर से उसे पढ़ गए।

किस्सा कोताह, जिस कनीज ने खुदकुशी की थी, वह पिछले डेढ़ साल से मर्द की मुहब्बत के लिए तरस रही थी। हरम के बूढ़े चौकीदार को रिश्वत देकर भाग निकलने की उसकी कोशिश भी नाकाम रही थी। इस पर तुर्रा यह कि चौकीदार ने उसे नंगी कर दस कोड़े मारे थे। बाद में उसने अपने ही दुपट्टे से अपनी जीवन-लीला तमाम कर ली थी।

दीवान की इस रिपोर्ट पर काफी देर तक सोच-विचार करने पर हमें अहसास हुआ कि कनीज की आत्महत्या की वजह हम ही हैं। पूरी होशियारी बरतने पर भी उस कनीज को साल-भर में एक बार भी हम प्यार नहीं दे पाए थे, बल्कि जिस दिन वह पहली बार हमारे हरम में दिखाई पड़ी थी, उसी रात हमें 'लीला महल' जाना पड़ा और वह नजरअंदाज हो गई। लीला महल में उस रात वाइसराय पधारे थे।

हमने कैटलॉग सिस्टम की शुरूआत की। हरम की सभी औरतों के नाम हमने कैटलॉग में 'नोट' कर लिए। हमारा काम आसान हो गया। रात में जो-जो रानियाँ हमारे बैडरूम में हाजिर होतीं, उनके नाम हम सवेरे 'टिक' कर देते। कैटलॉग हम अपने बैडरूम

में ही रखते थे और डिनर के बाद सिर्फ़ एक ही नजर डालने पर हमें पता चल जाता था कि उस रात किन-किन लड़कियों को बुलवाना चाहिए और हरमसरा की किस परी को बेचैनी से हमारा इंतजार है।

हमारे हरम में तीन सौ पचपन हूरें हैं। वैद्य और हकीम, हीरे-मोती और सोना-चाँदी-लोह भस्म मिलाकर हमारे लिए रोजाना 'कुश्ते' तैयार करते हैं। इन कुश्तों में एक प्याले में इतनी ताकत होती है कि कोई बूढ़ा इसे पी ले तो वह भी जवान हो जाए और उसके एक प्याले की कीमत हम एक हजार रुपए से लेकर दस हजार रुपए तक चुकाते हैं। एक ही रात में हम ऐसे पाँच-छह प्याले पीकर ज्यादा नहीं तो पंद्रह हसीनाओं को हँसते-हँसते रुला देते हैं। जी हाँ, औरतों की उस पीड़ा में भी खुशी ही छिपी होती है। दूसरे दिन विदेशी डॉक्टर रिपोर्ट के लिए हमारी मुलाकात लेते। कुश्ते के असर की पूरी रिपोर्ट हम उन्हें देते। उन्हें कुश्ते के फार्मूले का वैज्ञानिक अध्ययन करना होता है।

कभी-कभी हम अपने अँग्रेज डॉक्टरों को नामुमकिन काम भी सौंपते थे। मसलन, हमारी कोई अजीज रानी जवानी की सीमा लाँघ चुकी हो, हमारे साथ कई रातें गुजारने के बाद ढीली-ढाली हो चुकी हो, फिर भी उसकी जगह हमारे दिल में हो तो उसे फिर एक बार जवानी इनायत करने की जिम्मेदारी इन डॉक्टरों की होती। हम जानते थे, उन लोगों के पास ऐसा कोई जादुई चिराग नहीं था, जिसके बल पर वे किसी बुढ़िया को सोलह साल की सुंदरी बना सकें, लेकिन कई सालों की रिसर्च के बाद उन्होंने ऐसे इंजेक्शन जरूर ईजाद किए थे, जिनके इस्तेमाल से बुढ़ियाएँ भी जवानी के जोश में नाच उठें। उसके बाद हम उस मोहतरमा को उसके लिए खास तैयार करवाया हुआ कुश्ता अपने हाथों से पिलाते। बदले में वह जन्नत की खुशियाँ देती।

डॉक्टरों के लिए हमने खास इमारत चुनवाई है, जिसमें दिन-रात अनुसंधान चलता रहता है। इस इमारत में एक छोटा-सा लेकिन ठंडा ऑपरेशन थियेटर भी है। एक अस्पताल के लिए जरूरी हों, ऐसे सारे साधन हमारे इस मिनी अस्पताल में मौजूद हैं। लेकिन यह नर्सिंग होम और रिसर्च सेंटर सिर्फ़ हमारे हरमसरा की अप्सराओं की सेवाओं के लिए है।

आप सोच सकते हैं कि हम अपनी परियों का कितना खयाल रखते होंगे। फिर भी साल-भर में दो-तीन लड़कियां अपने हाथों से अपना ही गला घोंटकर खुदकुशी कर लेती थीं, यह हमारे लिए आज भी हैरानी के साथ दु:ख की बात है।

पिछले साल एक लौंडी ने खुदकुशी की थी। उसकी खुदकुशी की वजह भी हमारी समझ में आ गई थी। लेकिन इस साल एक साथ दो रानियों ने महल के झरोखे से छलाँग लगा दी, तब हम सचमुच चौंक उठे। छानबीन करने पर पता चला कि हमने उनकी छातियों का जो ऑपरेशन करवाया, वह उनके लिए शर्मिंदगी की वजह बन गया था। हमें

उन बेवकुफों पर सचमुच दया आ गई। हकीकत में उनकी छातियाँ जरूरत से काफी बड़ी और शेपलेस थीं। हमने सोचा, अगर उन दोनों रानियों की छातियां पक्की कैरियों जैसी हों तो उनकी काया नाजुक और नर्म लगे। जन्नत की हूरों को भी उनसे हसद हो, क्योंकि उन दोनों रानियों के जिस्म में और कहीं कोई कमी न थी।

यह काम हमने अपने फ्रेंच सर्जन को सौंपा और हमारी अपनी निगरानी में उन दोनों रानियों पर जर्राही हुई। एक महीने के बाद तंदुरुस्त हो जाने पर उन दोनों को हमने अपने बैडरूम में बुलवाया। कसम गुरु गोविंदसिंह की, उन दोनों का जोबन देखकर हम हैरान रह गए। पक्के आम और इन दोनों रानियों की छातियों में कहीं कोई भेद हो तो वह सिर्फ़ रंग का ही था। इतना ही नहीं, उनके रूप में भी गजब का फर्क नजर आता था। अब वे हकीकत में अगरबत्ती के धुएँ-सी कोमल लगती थीं। अफसोस कि उन बेवकूफों के पास कलाकार की नजर नहीं थी कि वे खूबसूरती को पहचान सकें।

इन दोनों रानियों की सफल जर्राही के बाद हमने कुछ और नुस्खे भी आजमाए। अब तो फुरसत के वक्त में (कभी वक्त की कमी होने पर भी हमारी अप्सराओं के लिए खास वक्त निकालकर) हम खुद छाती की नई-नई डिजाइनें तैयार करने लगे। किस कनीज की छाती का आकार कैसा होना चाहिए, यह हम कागज पर सफाई से बनाकर फ्रेंच सर्जन को सौंप देते और वे हमारी डिजाइन के मुताबिक जर्राही करते। अंदाज़न तीसेक कनीजों, सात रानियों के शेप बदलने के बाद हमें अपने खयाल भी बदलने पड़े और इसकी असली वजह थी... दो बेवकूफ़ रानियों की खुदकुशी। इस पर आप सोच सकते हैं कि हम और राजाओं की तरह जिद्दी किस्म के नहीं, बल्कि समझदार और वक्त को पहचानने वालों में से हैं। अलबत्ता हमारी तारीफ़ करने का अधिकर हमें नहीं है।

हमारे अब्बाहुजूर हिज हाइनेस महाराजा सर तलवारबहादुर अपनी पचपन साल की उम्र में बीस स्कूलों तथा एक कॉलेज की इमारत खड़ी कर पाए थे। लेकिन प्रजा के ऐशो-इशरत के बारे में उन्होंने कभी सोचा भी हो, ऐसा हमें याद नहीं। उनके मातहत हम सही माने में सात्विक जीवन बिताते थे। उनकी दिली ख्वाहिश थी कि उनके बाईसों बेटे बड़े होकर उनके-जैसे संत पुरुष बनें। लेकिन भगवान ने इंसान को दिमाग दिया है और उस दिमाग की वजह से एक इंसान दूसरे इंसान से अलग होता है। हमारे अब्बाहुजूर ने परलोक से इस लोक को अहमियत दी। हमने भी, क्योंकि जो है सो यही जीवन है। यही पल है, और पल में जीना हमने सीखा है। आने वाले कल की हमने कभी परवाह नहीं की। हमने अपने खानदान और मेहमानों के मनोरंजन के लिए लीला महल की इमारत खड़ी की है, जो भूपेंद्रनगर की ओर जानेवाले मार्ग पर बारादरी के बागीचों के करीब

दिखाई देती है। उसमें दाखिल होने के लिए सिर्फ एक ही दरवाजा है। लोहे के इस फाटक में से होकर आप विशाल बगीचे में आते हैं और बगीचा पार करने के बाद ही 'लीला महल' में कदम रखा जा सकता है। इस महल की दीवारें तीस फुट ऊँची हैं और महल के चारों ओर घने दरख्त खड़े हैं, जो इस महल में ताकझाँक करनेवालों की नजरों को रोकते हैं।

लीला महल के अंदर हमने एक शानदार कमरा तैयार करवाया है, जो 'प्रेमावास' के नाम से मशहूर है। इस कमरे की दीवारें देशी-विदेशी कीमती तस्वीरों से सजी हैं। इन तस्वीरों को चुनने में भी हमने उतनी ही होशियारी बरती है जितनी कि हम अपनी रानियों को चुनते वक्त बरतते हैं। प्रेमावास की एक-एक तस्वीर में देश-विदेश के मर्दों की काम-लीलाओं का बेमिसाल मंजर है। फर्श पर हमने पर्शियन कालीने बिछाई हैं, तो पलंग पर मखमल के नीले तकिए रखे हैं।

सौ से ज्यादा मेहमान एक ही वक्त एक साथ जलक्रीड़ा के मजे ले सकें उतना चौड़ा हौज भी हमने महल के सेहन में बनवाया है। मई की चिलचिलाती धूप में भी हम इस हौज का पानी 40 से 50 डिग्री ठंडा रखना जानते हैं। सूरज सिर पर आया हो और लू से इंसान के साथ जानवर भी परेशान हो उठे हों, तब हम हौज के जल में बर्फ़ की सिल्लियाँ तैरती छोड़ देते। यहाँ भी हमारी सोच ने हमारी मदद की थी। हम जब तैरते होते तब बर्फ की हरेक सिल्ली पर एक-एक लड़की को शरबत और शराब की सुराही के साथ बिठाते। बारी-बारी सभी के हाथों से एक-एक जाम पीते और हर एक को जलक्रीड़ा कर लुत्फ़ भी देते।

साल के कुछ त्यौहार भी हम यहीं मनाना पसंद करते। हमने ब्रिटिश वाइसराय को एक शाम हमारे साथ यहीं गुजारने का न्यौता दिया था। और उस दिन सौ से ज्यादा मेहमान भी हाजिर थे। लीला महल और हौज देखकर वे लोग हैरान रह गए थे। इतना ही नहीं, सिर्फ़ एक शाम बिताने के लिए तशरीफ लाए हुए ब्रिटिश वाइसराय ने पूरी रात हौज में गुजारी थी। बर्फ की सिल्लियों के साथ फिसलती हसीनाओं के हाथों से शराब के जाम पिए थे। हमारे अफलातून दिमाग की खुलेआम तारीफ़ की थी। हमें सत्रह तोपों की सलामी के बजाय निजाम की तरह इक्कीस तोपों की सलामी मिलनी चाहिए, ऐसी सिफारिश भी उन्होंने 'ब्रिटेन' के 'ताज' को की थी।

जब कोई हमारे दिमाग की तारीफ़ करता है तो हमें खुशी होती है, लेकिन जब कोई शख्स हमारी झूठी तारीफ़ करता है तो हम उसे हाथी के पैरों तले कुचलवाने में जरा भी देर नहीं करते। कसम गुरु गोविंदसिंह की, आज तक हमने एक भी शख्स को हाथी के पैरों तले कुचलवाया नहीं और यह हमारी रहमदिली का सबूत है।

कहा जाता है कि चाँदनी की तरह जवानी भी चार दिनों की होती है और जीवन के चौथे पड़ाव में हम कदम रख चुके हैं। आज भी हम हकीमों के कुश्ते और वैद्यों की भस्म खाते हैं। फिर भी पहले की तरह ताकत जोश नहीं मारती। एक शाम में सिर्फ़ दो ही लड़कियों के साथ रात गुजारने का मौका आने पर भी हमें सफलता नहीं मिलती। पर नाकामी स्वीकारना हमने सीखा नहीं। हम उन कुँआरी लड़कियों को फ्रेंच डॉक्टरों के हाथों सौंप देते हैं। ऑपरेशन थियेटर में उन पर जर्राही होती है। और हमारा रास्ता आसान हो जाता है। हमें वे दिन याद आ रहे हैं, जब कुँआरी लौंडियाँ हमें नंगा देखकर चीख उठती थीं।

पिछली फरवरी से हमने रेडियम ट्रीटमेंट लेने की शुरूआत की है। लेकिन उससे कोई ज्यादा फर्क हमारे जिस्म में नजर नहीं आता। एक ही रात में पंद्रह हसीनाओं को हँसते-हँसते रुला देने की बातें अब सिर्फ़ कहानी लगती हैं। हमें चिंताओं ने घेर लिया है, हमें हमारी फिक्र कम है, हमारी रानियों की ज्यादा। आखिर वे भी इंसान हैं और बिना मर्द कैसे तड़पती होंगी, यह हम सोच सकते हैं। पिछले साल तीन कनीजों और एक महारानी ने गले में दुपट्टा डालकर आत्महत्या कर ली थी। हम सचमुच ही सोच रहे हैं। बहुत ही जल्द अगर कोई उपाय ढूंढ़ा नहीं गया तो शायद हमारी मौत से पहले ही हमारा हरमसरा श्मशान बन जाएगा।

उन्हीं दिनों एक किताब हमारे हाथ लगी। हमें लगा कि तंत्रज्ञान की वह किताब भगवान ने हमारे लिए ही धरती पर उतारी है। क्योंकि इस इल्म के बारे में जानकारी हासिल करने के बाद हमारी सोच में जबरदस्त परिवर्तन आया। तंत्रशास्त्र हमें इल्म की किसी भी किताब से बेहतर और सच्चा लगा। उसी हफ्ते हमने तंत्र संप्रदाय के महापंडित श्री संतोषानंद को बंगाल से बुलवाकर अपने महल में वामपंथ की स्थापना की। इस बीज के बोने की असल वजह यह थी कि वामपंथी औरत-मर्द रिश्तों को नहीं स्वीकारते।

हफ्ते में दो बार हमारे 'मोती महल' में हम वामपंथी इकट्ठा होते। पंडित संतोषानंद तांत्रिक हमारे गुरु थे और साधना के समय चीते की खाल ओढ़, चेहरे पर लाल रंग मलकर वह देवी पूजा करते। देवी की तारीफ के भजन एक सुर में गाए जाते। पूजा-पाठ खत्म होने पर शराब की नदियाँ बहतीं। औरत-मर्द बेझिझक सुरापान करते। उसके बाद बिलकुल नंगी हालत में एक कुँआरी लड़की देवी के सामने पेश की जाती। वह कुँआरी लड़की देवी की पूजा करती और जैसे-जैसे रात बढ़ती जाती, नशा बढ़ता जाता। रात बारह बजे के आसपास कुछ औरत-मर्द को चुनकर गुरुजी उन्हें देवी के सामने और हमारे बीच हमबिस्तर होने के लिए इशारा करते। साथ ही एक बैल का भोग भी देवी को चढ़ाया जाता। खून के फव्वारे उड़ते। कुछ ही पलों में सारे रिश्ते भूले-बिसरे हो जाते। न हम महाराजा रहते, न हमारी रानियाँ रानी रहतीं। कनीजें, दरबार के अधिकारी, चौकीदार सब एक हो जाते।

हमारे हरमसरा की औरतों की खातिर, हमारी दिलरुबा हूरों की खातिर हमने अपना सिख धर्म भी साँप की केंचुली की तरह उतार फेंका। आज तक किसी राजा ने अपनी रानियों की खातिर ऐसी महान कुर्बानी दी हो, ऐसा हमने न कहीं देखा, न सुना है।

इस वक्त हमारी उम्र पचहत्तर का आंकड़ा पार करने की कोशिश कर रही है। पर हमें उम्मीद नहीं कि हम छिहत्तर में कदम रख सकेंगे। हमारी आखिरी साँसें गिनी जा रही हैं। शराब, हुस्न और जीवन को हमने पूरी ताकत से निचोड़ लिया है। हमें किसी बात का अफ़सोस नहीं। हमने जीवन में काफी सुख देखे हैं और उतने ही हमने अपनी अप्सराओं को भी दिए है। अपनी रानियों को हमने हीरे-जवाहरातों में सजाया है। मोतियों का चारा डाला है।

हम बिस्तर पर लेटे हैं। बस, मौत आनी ही चाहिए-शायद घंटेभर में, शायद आध घंटे में, शायद कुछ मिनटों में ही। हमारे इर्द-गिर्द हमारी हुकूमत के बड़े अधिकारी खड़े हैं। तीन रानियाँ भी हमारे पैरों के पास बैठी हैं। वे तीनों हमारे पैर दबा रही हैं। चुपके-चुपके आँसू बहा रही हैं।

हमारे आखिरी पलों में भी हमारे अफलातून दिमाग अपना करिश्मा दिखाता है। हम इशारे से सबको बाहर चले जाने की गुजारिश करते हैं। हमारी रियासत के दीवान के साथ सारे अधिकारी और डॉक्टर भी चुपचाप बाहर निकल जाते हैं... हमारी तीनों महबूब रानियाँ अब भी हमारे पैर दबा रही हैं। हम उन्हें निर्वस्त्र होने के लिए इशारा करते हैं। उनकी आँखों से बहते आँसू अचानक रुक जाते हैं। वे एक-दूसरे के चेहरों में देखती हैं। हमारे सामने देखती हैं और हमारे हुक्म पर अमल करती हैं। एक के बाद एक वे अपने सभी कपड़े उतार देती हैं। हम उन्हें जेवर उतारने से रोकते हैं। हम कम-से-कम आज अपनी अजीज रानियों को बिलकुल उर्या देखना नहीं चाहते।

तीनों रानियों के नाक, कान, सीने पर सजे हीरे, मोती के गहने जगमगा रहे हैं। तीनों की आँखों से मोती जैसे आँसू फिर बहने लगे हैं और गालिब का एक शेर हमें याद आता है-

गो हाथों में जुंबिश नहीं, आँखों में तो दम है
रहने दो अभी सागरो-मीना मेरे आगे।

* * *

12

अनिता, ओ अनिता

अनिता लड़की है। उसके सिर पर पाँव नहीं। उसकी छाती पर आँखें नहीं। उसके पेट में हाथ नहीं। उसके कंधे पर नितंब नहीं। उसके नितंब पर होंठ नहीं। उसके होंठों पर अँगुलियाँ नहीं। उसकी कमर पर कान नहीं। उसके कानों पर हृदय नहीं। उसके हृदय में दाँत नहीं। आँख, कान, नाक, होंठ, स्तन, पेट, हाथ, पाँव सब अपनी जगह हैं।

अनिता साधारण लड़की है। भूख लगने पर खाना खाती है। थक जाने पर लेट जाती है। हँसने की इच्छा होने पर दाँत दिखाती है। रोने का मन होने पर कृष्णन की गोद ढूंढ़ती है। कृष्णन की गोद में शांति है। तृप्ति है। कृष्णन का शरीर बर्फ की सिल्ली है। कृष्णन का शरीर बर्फ क्यों बना? कब बना? अनिता नहीं जानती। वह केवल इतना जानती है, कृष्णन से उसका परिचय हुआ तब वह जैसा था, बिलकुल वैसा आज भी है। आज भी वह बैठक कक्ष में बैठना पसंद करता है।

अनिता उसके सामने बैठती है। पहले उसकी बगल में बैठती थी। फिर थोड़ी दूरी रखकर बैठने लगी। अब सामने बैठी है। बस सिर्फ रोने का मन होने पर उसके करीब चली आती है। हँसने की इच्छा होने पर उसके गले में दोनों बाँहें डाल देती है। अनिता उससे मीलों दूर होने पर भी उसके अंतरमन में है। अनिता के मीलों दूर होने पर भी वह अनिता के हृदय में है। फिर भी वह बैठक से आगे नहीं बढ़ता। बैठक में कमरे की सीमाओं को उसने बतौर जीवन की सीमाओं के स्वीकार कर लिया है।

अनिता लंबे सोफे पर से खड़े होते हुए दबे स्वर में कहती है-मैं आपको चाहती हूँ।

अगर देखा जाए तो यह कहने की उसे आवश्यकता नहीं। आज से पहले वह यह वाक्य कई बार दोहरा चुकी है। फिर भी मेंहदी की तरह उसे घोटती जाती है। वह जानती है, कई बार घोटे गए शब्द का रंग गहरा होता है। गहरे रंग का शब्द फीके, पीले, कंकाल जैसे शब्द की अपेक्षा अधिक प्रभावशाली होता है।

अनिता के फ्लैट में बैठक के अलावा बैडरूम भी है। बाथरूम भी है। कभी-कभी अनिता सोचती है, समस्त विश्व जितने बड़े बाथरूम के बारे में। सोचती है, वह बाथरूम सूर्य के आसपास चक्कर काटता हो। उस बाथरूम के आसपास चाँद चक्कर काटता हो।

उस बाथरूम को कृपया कोई धरती न समझे। पर्वतसिंह कहता है : इस कमबख्त धरती पर सबसे पहले दो नंगे इंसानों ने जन्म लिया था। दोनों मर्द थे। दोनों बलशाली थे। दोनों के शरीर पर वीर्य का ओज था। गुप्तांग पर पेड़ का पता। दोनों की कसी हुई मांसपेशियों को सूर्य की तपती हुई किरणों ने ताँबे जैसा बना डाला था।

एक दिन दोनों भिड़ गए। बात मामूली होती तो सँभल जाती। बात मामूली नहीं थी। दोनों के शरीर में वासना का बेलगाम लावा भभक उठा था। दोनों एक-दूसरे की ओर विचित्र दृष्टि से देख रहे थे। साँसें पल-पल तेज़ हो रही थीं। दिल की धड़कन दोनों स्पष्ट सुन सकते थे।

गुप्तांगों पर से पत्ते एकाएक झर गए। दोनों चौंक उठे। दोनों सिर झुकाकर देख रहे थे। परिवर्तन असहनीय था। न जाना गया, न देखा गया, न सोचा गया, न समझा गया। फिर भी वे समझ गए।

झुक जा! दोनों ने एक साथ एक आवाज में हुक्म दागा। क्षणभर की प्रतीक्षा कर दोनों मस्त हाथी की तरह एक-दूसरे पर टूट पड़े। और दोनों में खूँखार जंग हुई। दुनिया का पहला युद्ध। एक ढल पड़ा। लोगों ने उसे औरत का नाम दिया। जो अडिग खड़ा रहा, उसे लोगों ने मर्द कहा।

पर्वतसिंह जोड़ता है : मैं मर्द हूँ। अनिता, तू औरत है। तेरा काम ढलना है। तू सिर उठाएगी और मर्द तुझे झुका देगा। तू खड़ी होगी और मर्द तुझे लिटा देगा। तेरे बदन पर वह चादर की तरह फैल जाएगा। मिनी युद्ध का पुनरागमन होगा। मर्द जीतता जाएगा। औरत हारती जाएगी। औरत की हार निश्चित है। इतना कहने के बाद पर्वतसिंह यों ही हँस देता है।

बैडरूम के पर्दे गिराते हुए अनिता उसके पीले दाँतों को देखती रहती है। पर्वतसिंह पंजाब का मेकेनिक है। सरदारों की तरह सिर पर पगड़ी बाँधता है। सरदारों की तरह दाढ़ी रखता है। लंबे बालों को पगड़ी में बाँधता है। दाढ़ी को सफेद कपड़े में जकड़े रखता है। उसकी पहाड़ी देह में सचमुच फौलाद है। यह शक्ति अपार है। इस शक्ति ने अनिता को पागल बनाया है।

'अनिता!' बैडरूम की नीम रोशनी में पर्वतसिंह अपने कपड़े उतारता है, 'तू मुझे क्यों पसंद है?' कपड़ों को वह चाहे जहाँ फेंकता है। उन्हें हैंगर में लटकाने या तहकर कुर्सी की पीठ पर रखने की आवश्यकता उसे कभी नहीं हुई, 'मैं क्यों अपना गेरेज छोड़कर तेरे पीछे पागल बनता हूं?' उसकी कमीज ड्रेसिंग टेबल के पास पड़ी है। बनियान कहाँ है, इसकी उसे भी खबर नहीं, 'तेरे बदन में ऐसा क्या जादू है?' उसकी पैंट अंडरवियर के साथ आधी अलमारी के नीचे है और आधी बाहर दिखाई दे रही है, 'तू बोलती क्यों नहीं, अनिता?' अनिता के सामने वह परीकथा के जिन की तरह खड़ा है।

चोली के पीछे का हुक खोलते-खोलते अनिता उसके नग्न शरीर को एकटक देख रही है। इसमें देखने को है ही क्या? सात सालों से तू यही देखती आई है। सर पर बँधे बाल। सफेद कपड़े में जकड़ी दाढ़ी। चौड़ा सीना। भरी हुई मांसपेशियाँ। पहाड़ी शरीर। सात साल पहले और बाद का जिस्म बिलकुल यही है।

पर्वतसिंह चार कदम भरकर उसके करीब आता है। अनिता कुर्सी पर बैठी है। पर्वतसिंह का सपाट पेट, पर्वतसिंह की कृपाण, पर्वतसिंह की खंभे जैसी जाँघें उसके सामने हैं। धीरे-धीरे उसका हाथ बढ़ता है। काँच की चूड़ियाँ खनकती हैं।

अनिता बैठक में कदम रखते हुए पूछती है, 'आपकी घड़ी में क्या बजा है?'

'साढ़े आठ।'

'समाचार आने चाहिए।'

रेडियो का बटन दबाकर अनिता मैजिक आई पर नजरें टिकाती है। मैजिक आई हरी होने पर मीटर घुमाती है। जापान की यात्रा से श्रीमती इंदिरा गांधी दिल्ली लौट आई हैं। इजराइली सैनिकों ने घुसपैठ करनेवाले अलफतह के तेरह गुरिल्लों को शूट कर दिया है। वियतनामियों ने अमेरिका का एक और हैलिकाप्टर मार गिराया है। वाराणसी से कुछ दूरी पर एक ट्रेन पुल पर से नीचे गिर पड़ी, जिसमें सौ से अधिक यात्रियों के मारे जाने का अनुमान है। लीजिए, अब पूरे समाचार विस्तार से सुनिए, .. उसके सामने बैठा कृष्णन कॉफी का कप उठाता है।

'आप कॉफी नहीं पिएँगी?'

अनिता 'ना' कहती है, 'आज मन नहीं है।'

कृष्णन कॉफी का कप तिपाई पर रख देता है। वह सोचता है- आज मनुष्य का जीवन कितना अजीब हो गया है।

अनिता उसके सामने सोफ़े पर बैठती है। कृष्णन की बात ध्यान से सुनने के लिए वह जाँघों पर कुहनियाँ रख अपना चेहरा पंजों पर टिका देती है। उसकी कमर कमान की तरह मुड़ी है।

कृष्णन कॉफी का घूँट भरते हुए बात आगे बढ़ाता है, 'रोज सैकड़ों मनुष्यों की मौत होती है। उनमें से कई कुत्ते की मौत मरते हैं, फिर भी हमारी रोजमर्रा की जिंदगी पर उसका तनिक भी असर नहीं होता। अफ्रीका में इस समय हजारों बूढ़े और बच्चे भूखे बैठे होंगे। शायद भूख के मारे ढल भी पड़े हों। रोटी के एक टुकड़े के लिए हाथ-पाँव मारते हुए उनकी सांसें रुक गई होंगी। और मैं कॉफी का घूँट भर रहा हूं। कोई समाचार सुनते हुए, डांसिंग फ्लोर पर थिरक रहा होगा। कहीं बर्थ-डे केक कट रहा होगा। तो कोई परिवार डल झील में नौका-विहार कर रहा होगा। इस युग में मनुष्य से नाता नहीं रहा है।' अंतिम घूँट

भरकर वह कॉफ़ी समाप्त करता है, 'एक सिपाही की जबानी मैंने सुना था। लड़ाई के दिनों में तीन दिनों से भूखा रहने पर वह अपने साथी सिपाही की गोली लगी देह में से गोश्त के दो बड़े टुकड़े काट, भूनकर खा गया था।'

'वह आदमी नहीं हो सकता।' अनिता बोल उठी।

'इसका क्या सबूत है कि हम हैं?'

कृष्णन का सवाल उसे चौंका देता है। मानस-पटल पर उमड़ते सभी विचारों को धकेलकर वह थोड़े समय के लिए शून्य का निर्माण करती है।

इस शून्य में वह धीरे से प्रश्न रखती है।

मैं कौन हूँ?

मैं कौन हूँ? अनिता, तू कौन है?

अनिता कहती है : सदियों पहले की यह बात है। तब पृथ्वी का निर्माण नहीं हुआ था। बस निर्माण की तैयारी थी। पृथ्वी ने आकार लिया। उसके साथ एक आत्मा का जन्म भी हुआ। यह आत्मा लहरें लेते सागर में थपेड़े खा रही थी। यह आत्मा शून्य में भटक रही थी। उसे कहीं चैन नहीं था। उसे कहीं शांति नहीं थी। एक दिन उस आत्मा ने परमाणु को देखा और उसमें प्रविष्ट हो गई। समय बीतता गया। रॉकेट गति से आगे बढ़ता गया। परमाणु को रूप बदलने की आवश्यकता पड़ी। उसका विकास शुरू हो गया। हजारों सालों की ठोकरों से विकसित इस परमाणु से एक महामानव ने जन्म लिया। उसकी ऊँचाई सौ फुट से भी अधिक थी। उसका जिस्म कद्दावर और पहाड़ी था। उसके बाहु लोहे से भी अधिक सख्त थे।

इस महामानव के पास सबकुछ था शांति के अलावा। जिस शांति की खोज में आत्मा परमाणु से महामानव बनी, उसी शांति के लिए वह महामानव से फिर परमाणु बनने की दिशा में बढ़ने लगी। कल का महामानव सौ फुट की जगह आज सात फुट से कम का रह गया है। उसे अभी भी स्थिर होने की आशा है। नहीं होगा तो पागल हो जाएगा। मैं पागल हो जाऊँगी। कृष्णन, मैं पागल हो जाऊँगी। वह फिर कहती है : मेरे पास रूप है। यौवन है। लपटें मारती जलती देह है। आपके पास शांति है। तृप्ति है। ओज है। कृष्णन, मुझे अपनी ये सारी नेमतें दे दो। अधिक नहीं तो इनका एक-एक अंश ही दे दो। मैं इनकी मुँहमाँगी कीमत चुकाने को तैयार हूँ।

बस, इससे अधिक और कुछ कहने की उसमें शक्ति नहीं। उसकी आँखें भर आती हैं। उसका चेहरा गीला हो जाता है। आज वह अपनी ही गोद में सिर छिपाकर रो देती है।

कृष्णन सोफ़े के हत्थे पर बैठकर उसकी पीठ थपथपाता है। उसके सिर पर प्यार से हाथ फेरता है। उसका चेहरा उठाकर रूमाल से आँसू पोंछता है। अनिता की धुली हुई

आँखें उसके चेहरे पर स्थिर हो जाती हैं। कृष्णन कुछ कहना चाहता है। उसके होंठ काँप रहे हैं। वह कुछ कह रहा है, 'अनिता, मैं सबकुछ आपके चरणों में रख दूँगा-शांति, तृप्ति, संयम... इनके सिवाय मेरे पास और है ही क्या? चलो, उठें! हम विवाह कर लें।'

पर्वतसिंह काली दाढ़ी के बीच पीले दाँत दिखाता हुआ खुलकर हँस पड़ता है। अनिता उसको हलकट कहती है। पिंप कहती है। भड़वा कहती है। पर्वतसिंह पर इन शब्दों का कोई असर नहीं होता। अनिता के स्तन पर दूसरी बार दाँत गड़ाने के लिए वह झुकता है। अनिता डबलबैड के बीच हाथ-पाँव पटकने लगती है। पर्वतसिंह का अट्टहास करता चेहरा उसके बाएँ स्तन पर चिपक जाता है। अनिता उसे मुक्के मारती है। काँच की चूड़ियाँ खनकती हैं। पर्वतसिंह शहद की मक्खी की तरह उसके स्तन पर बैठ गया है।

अनिता का मुँह खुल जाता है। 'ईडियट!' वह बड़बड़ाती है। वह खड़ी होने लगती है। पर्वतसिंह दोनों हाथों की अँगुलियों से उसे गुदगुदाने लगता है। अनिता से हँसे बिना नहीं रहा जाता। वह लगातार हँसती है। गुदगुदी करता पर्वतसिंह चिंपैंजी की तरह आवाजें करते हुए पल-पल उछल रहा है। अनिता हाँफने लगती है।'बस, बस कर! ' अनिता थक जाती है। खूब हँसने के कारण उसकी आँखों में पानी भर आता है।

पर्वतसिंह हैरान होकर देख रहा है। गीली आँखों को, अँगारे की तरह लाल हो गए स्तन को, खरोंच-भरी कमर को। उसे लगता है, वह सचमुच जंगली है। उसे थोड़ा पछतावा होता है। थोड़ा दुख भी होता है। पर ये अहसास एक-आध क्षण से अधिक नहीं टिकता। वह फिर से (अपनी फितरत के मुताबिक) चिंपैजी की तरह आवाजें निकालने लगता है। अनिता उछलकर डबलबैड के दूसरी ओर सरक जाती है।

डबलबैड के एक तरफ़ पर्वतसिंह पीले-पीले दाँत किटकिटा रहा है। डबलबैड के दूसरी ओर अनिता सफेद दाँत निपोड़ रही है। दोनों अस्थिर हैं। दोनों के दिमाग मशीनी रफ्तार से दाँव-पेंच सोच रहे हैं। अनिता जानती है-पर्वतसिंह उस पर हल्ला बोलने की तैयारी में है। पर्वतसिंह जानता है-अनिता उसे परेशान करने की योजना बना रही है। मिनी युद्ध की यह शुरूआत है।

पर्वतसिंह एकाएक डबलबैड पर चढ़कर अनिता पर कूद पड़ता है। अनिता गीले साबुन की तरह उसके पंजों से फिसल जाती है। युद्ध का नक्शा बदल जाता है। पर्वतसिंह की जगह अनिता खड़ी है। अनिता की जगह पर्वतसिंह खड़ा है। पीले और सफेद दाँत चमक रहे हैं।

पर्वतसिंह दूसरा हमला करता है। तीसरा, चौथा। डबलबैड के चारों ओर दौड़ शुरू हो जाती है। दोनों तेजी से दौड़ रहे हैं। अनिता बेतहाशा हँस रही है। पर्वतसिंह गुस्से से लाल हुआ जा रहा है। वह एक चाल चलता है। अपनी रफ्तार को बढ़ाकर वह एकाएक

रुक जाता है। उससे थोड़े फासले पर दौड़ती अनिता कुछ समझे, इसके पहले ही उसके निकट आ पहुँचती है। पर्वतसिंह अट्टाहास कर उठता है। अनिता की कोमल देह को दोनों हाथों में उठाकर वह डबलबैड के बीचोंबीच पटक देता है। अनिता के साथ-साथ वह खुद भी अनिता के ऊपर गिर पड़ता है।

कृष्णन कहता है : सृष्टि की उत्पत्ति के साथ कुछ पशुओं ने भी जन्म लिया था।

अनिता एकाग्र होकर सुन रही है। बैठक का पंखा चर-चर करता हुआ दोनों के सिर के ऊपर घूम रहा है। कृष्णन कह रहा है : भगवान को आशा थी कि युगांतर पश्चात् ये पशु दो हिस्सों में बँट जाएँगे। इनमें से एक हिस्सा रास्ते पर मारा-मारा फिरेगा। जंगलों में भटकेगा। दूसरा नगर बसाएगा। संस्कृति का निर्माण करेगा और सभ्य कहलाएगा।

युग बीत गए। नील नदी की संस्कृति, मोहनजोदड़ों की संस्कृति, हड़प्पा की संस्कृति अस्तित्व में आई। नएनए गाँव बसे। नगर बसे। मीलों तक बिजली दौड़ गई। स्काई स्क्रेपर आसमान को छू गए। रॉकेट चाँद पर जा उतरा। लेकिन भगवान को इससे प्रसन्नता नहीं हुई। पशुओं का एक हिस्सा मानव कहलाया, इससे भगवान को बहुत दु:ख हुआ। उसकी आशा खंड-खंड हो गई। उसने सोचा था कि पशुओं के मानव बन जाने पर पशुता मिट जाएगी। पशु मानव तो बना पर भीतर वह पशु ही रहा। उसने कपड़े तो पहने, पर भीतर से वह नंगा ही रहा। उसने मंदिर, मस्जिद, गुरुद्वारे खड़े किए, पर जहनियत हिंस्र ही रही।

'कारण? ' अनिता ने पूछ डाला।

'कारण केवल इतना ही-मनुष्य ने सभी दिशाओं में प्रगति की, पर मनुष्य बनने की दिशा में उसने केवल विचार किया और आज तक विचार ही करता रहा है। इन विचारों का परिणाम यह हुआ कि उसकी नैतिकता गिरती गई। गिरते-गिरते उसका दर्जा पशु से भी नीचे चला गया।'

अनिता विचारों में खो गई। उसे लगता है कि वह खुद भी एक पशु है। स्पष्ट कहा जाए तो वह एक कुतिया है। रास्ते में मारी-मारी फिरती कुतिया। नहीं, ऊंची हवेली में रहनेवाली कुत्ती। कभी पर्वतसिंह कच्ची शराब चढ़ाकर आता और चाबुक से उसकी पीठ लहूलुहान कर देता। फिर? झुक जा। अनिता अपने दोनों हाथ डबलबैड की पाटी पर टेक देती। और फिर दोनों हाँफने लगते। लार टपकती रहती। कृष्णन ठीक ही कहता है : मनुष्य पशु है।

विचार-तंद्रा टूटने पर वह कृष्णन के चेहरे में देखती है। कृष्णन देर तक उसकी आँखों में देखता रहता है। अनिता मंत्रमुग्ध-सी खड़ी होकर उसके चरणों में बैठ जाती है। चेहरा तिरछा और अस्थिर है। बाल बिखरे हुए। इन बेतरतीब बालों के पीछे अनिता का आधा चेहरा छिप गया है। बाकी के आधे चेहरे में से देखती उसकी कजरारी आँखों में फ्लैश लाइट का प्रकाश है।

'कृष्णन!' चेहरा उठाकर बाल पीछे करती हुई वह कहती है, 'मैं आपसे प्यार करती हूँ।'

कृष्णन के हाथ का स्पर्श उसके सिर पर होने से वह कुछ शांति का अनुभव करती है। उसमें थोड़ी शक्ति का संचार होता है। कृष्णन की सोहबत में अपनी कमजोरियों को भूलने में उसे अधिक समय नहीं लगता। कभी-कभी तो वह अपने सुख-दुख, प्यार-नफरत, घमंड... सबकुछ भूलकर निर्मल जल-जैसी हो जाती है। इसका कारण शायद कृष्णन के मन की पवित्रता हो। शायद कृष्णन महामानव है। फिर भी... यहीं उसके विचार रुक जाते हैं, कुछ समय के लिए स्थिर हो जाते हैं। पुराने साथी-सा एक प्रश्न उपस्थित होकर उसके विचारों को हलका-सा धक्का देता है-कृष्णन के साथ विवाह क्यों नहीं कर लेती? पर्वतसिंह और कृष्णन। अनिता को लगता है कि उसके विचार आगे बढ़ने के बजाय इन दोनों नामों के बीच उलझ गए हैं। इन दोनों नामों के बीच केवल बैठक और बैडरूम का अंतर है।

बाथरूम बैठक नहीं। बाथरूम बैडरूम भी नहीं। बाथरूम में एक आदमकद आईना है। अनिता सारे कपड़े उतारकर आईने के सामने खड़ी है। अपने अक्स को बार-बार देख रही है। उस इस देखने की भावना के प्रबल होते ही उसे लगता है कि अक्स उसे देख रहा है। वह हाथ ऊँचा करती है। अक्स एक हाथ ऊँचा करता है। वह दूसरा हाथ ऊँचा करती है। आईने में दूसरा हाथ ऊँचा होता है। दोनों हाथ नीचे करते हुए वह सफेद दाँत निपोरती है। स्तनों को दोनों हथेलियों में लेकर थोड़ा उठाती है। एक अँगुली मुँह में रखकर थर्मामीटर की तरह आँखों के सामने धरती है। अट्टहास करती है। बच्चे की तरह छलांग लगाती है। काँच की चूड़ियाँ खनकती हैं। सफेद टाइल वाले फर्श पर लोटती है। भरे हुए टब में लपकती है। बूँदें टपकाते शरीर को पोंछकर बाहर निकलती है। सफेद कमोड पर बैठती है। बैठे-बैठे सोचती है : सारे विश्व जितने बड़े एक बाथरूम के बारे में।

* * *

13

बिज्जू

1959 में वह 'एल.आई.सी. ' में था। 1962 में वह 'टाटा' में लगा।

1963 में उसने इस्तीफा दिया।

1965 में वह 'पश्चिम रेलवे' में दिखाई पड़ा था।

अब वह कहीं पर नहीं है।

मिसेज हुनमते कहती हैं, 'वह हर जगह है। हर पल में है।'

इस 'पल' का अर्थ 'धड़कन' होता है।

इस 'पल' का दूसरा अर्थ 'हृदय' होता है।

इस 'पल' का तीसरा अर्थ 'दिल' होता है।

इस 'पल' का चौथा अर्थ 'हार्ट' होता है।

इस 'पल' का पाँचवाँ अर्थ 'इंटरनेशनल रांड' होता है।

1959 में वह 'एल.आई.सी.' में था।

दुबला था।

लंबा था।

बालों के बीच में माँग निकालता था।

जामुनी आँखों ... आँखों की कोर से मुस्कराता था। आँखों की कोर से देखता था। आँखों की कोर से सोचता था। आंखों की कोर से बोलता था। आँखों की कोर से चिल्लाता था। आँखों की कोर से तड़पता था। आँखों की कोर से निरीक्षण करता था। आँखों की कोर उसके समुचे व्यक्तित्व का प्रतिबिंब थी।

एक रोज मिस अग्रवाल ने दबे स्वर में कुछ कहने की हिम्मत की।

'ए...।'

'हूँ...?'

'होंठों की कोर से हँस!'

'मुझे दिलचस्पी नहीं।'

'आँखों की कोर से क्यों हँसता है?'

'यह तेरी गलतफ़हमी है।'

उसका ऑफिस सुबह साढ़े नौ बजे शुरू होता और पाँच के बाद वह मुक्त हो जाता था। बीच के वक्त में उसे अधिक रुचि न थी। वैसे तो साढ़े नौ के पहले और पाँच के बाद के वक्त में भी उसे रुचि न थी। (फिर भी मिस अग्रवाल उसके बारे में जानने के लिए छिपे-छिपे कोशिश कर रही थी।) एक बार मिस अग्रवाल को ऐसा भी लगा था कि फाइल उसकी रुचि का विषय हो सकता है।

घड़ी में साढ़े नौ बजते ही वह अपनी कुर्सी सँभाल लेता और घंटों तक एक ही पोज में बैठा रहता। जैसे वह फाइलों का ढेर ढोने के लिए पैदा हुआ हो। जैसे वह किसी कारखाने की मशीन हो। किसी ने बटन दबा दिया हो। खटाखट.. खटाखट .. खटाखट मशीन शुरू हो गई हो। खटाखट.. खटाखट.. खटाखट. कागज अपने आप फाइल होते जा रहे हों। खटाखटा ...

'ए!'

'क्या!'

'तू बहुत काम करता है।'

'हाँ।'

'तुझे नहीं करना चाहिए।'

'नहीं करूँगा।'

'अगर मैं कहूँ कि करना चाहिए तो?'

'तो?'

मिस अग्रवाल के माथे पर प्रश्न चिपकाकर वह सीढ़ियाँ उतर गया। मिस अग्रवाल मेज-कुर्सियों की भीड़ में खड़ी-खड़ी सोचती रही :

वह कहाँ जाता होगा?

वह कहाँ रहता होगा?

उसका कौन होगा इस महानगरी में।

एक शाम मिस अग्रवाल ने ऑफिस-आवर के बाद उसके साथ जाने का निश्चय किया। टाइपराइटर पर कफन चढ़ाकर मिस अग्रवाल टॉयलेट में गई। थोड़ी देर में फ्रेश होकर वापस लौट आई। वह अभी भी फ़ाइलों में उलझा था। मिस अग्रवाल उसके सामने कुर्सी पर बैठ गई। उसने मिस अग्रवाल की ओर नहीं देखा। फिर भी मिस अग्रवाल बैठी रही। उसने आँखें भी नहीं उठाई। मिस अग्रवाल खड़ी हो, एक के बाद एक फाइलें बंद

कर दराज में रखने लगीं। उसकी आँखें ऊपर उठीं और मिस अग्रवाल के चेहरे पर दम-भर रुक दीवार-घड़ी तक पहुँच गई।

टन टनननननन...

मिस अग्रवाल के साथ वह फुटपाथ पर खड़ा था।

'कहाँ जाना है?'

'तू जहाँ ले चले ... वहाँ।'

'मैं कहीं नहीं जाना चाहता।'

'यहीं खड़ा रहेगा रात-भर?'

वह आगे बढ़ गया। मकान खिसकते गए। पेड़ सरकते गए। दुकानें पीछे छूटती जा रही थीं। आदमी सरकते गए। फुटपाथ खिसकता जा रहा था। मिस अग्रवाल उसके साथ-साथ आगे बढ़ती जा रही थी। चर्च सरकता गया। कब्रिस्तान आने पर वह रुका।

'यहाँ बैठें?'

'यह... यह तो कब्रिस्तान है।'

'मैं जानता हूँ।'

मिस अग्रवाल उसकी बगल में एक पक्की कब्र पर बैठ गई। पल-बीतते जा रहे थे। मौन असहनीय था। अँधेरों के गोले उलट-पुलट हो रहे थे।

'ए...!'

'हाँ!'

'यहाँ कब तक बैठेगा?'

'उजाले की आखिरी किरण पिघल न जाए, तब तक।'

'फिर?'

'हम घूमेंगे।'

'कहाँ?'

'यहीं पर।'

'फिर?'

'मैं एक कब्र खोदूँगा। उसमें एक औरत की लाश है। उस लाश को हम ताबूत से बाहर निकालकर घास पर लिटाएँगे।'

'और फिर ...?'

'तू स्कर्ट उतारकर ताबूत में लेट जाना। मैं तेरी बगल में लेटूँगा। पूरी रात लेटूँगा। सारी रात तुझे प्यार करूँगा। तू मुझे चाहती है न?'

'नहीं! नहीं! नहीं।'

मिस अग्रवाल झटके से खड़ी होकर दौड़ने लगी। अंधकार को चीरता हुआ उसका हास्य दूर तक मिस अग्रवाल का पीछा करता रहा।

1962 में वह 'टाटा कंपनी' में था।

(टाटा में लगने से पहले लिए गए इंटरव्यू का एक भाग)

'एल.आई.सी. की नौकरी आपने क्यों छोड़ी?'

'एल.आई.सी. में भूत था।'

'भूत!'

'फ़ाइलों का भूत।'

'व्हाट?'

'मेरे कैबिन में एक भयानक फाइल थी। बिज्जू के दाँत थे उसके। उन दाँतों में कागज फाइल होते थे। जरा-सी चूक हो जाने पर दाँतों में अँगुलियाँ फँस जाने का डर रहता था। दिनोदिन भूत का पेट भी फूलता जाता था। मैंने इस्तीफा दे दिया।'

'यू आर एक रियल क्रिएटिव जीनियस एंड वी नीड परसंस लाइक यू।' वह कॉपीराइटर की कुरसी पर बैठ गया।

यहाँ की फिजाँ के अनुकूल बनने का प्रयास करने की उसे जरूरत न थी। वह किसी भी जगह, किसी भी माहौल में, कैसी भी परिस्थितियों में जी सकता था। जीवन की आवश्यकताओं में उसने कभी भेद नहीं देखा था। जीवन और मृत्यु में भी कहाँ भेद था?

अस्तित्व एक स्थिति में से दूसरी में प्रवेश करता था। दूसरी में से तीसरी में, तीसरी में से चौथी और सो ऑन।

इन सब स्थितियों के लिए वह अभी से तैयार था। रमदानी पूछता, 'उसकी जरूरत है?'

वह सामने तर्क न देता। तैयारी किए बिना भी वह आसानी से जी सकता था।

एल.आई.सी. से टाटा।

जीवन से मृत्यु।

अधिक अंतर नहीं था।

रमदानी और उसकी मेज के बीच कोई पंद्रह फुट का अंतर होगा। यह अंतर भी अधिक नहीं था।

रमदानी अपनी आँखों के कोनों से उसकी आँखों के कोनों को पढ़ता रहता। आँखों के कोनों के साथ चमड़ी के कोने, हड्डियों के कोने, स्नायुओं के कोने और साथ में लहू के कोनों को भी निहारने की कोशिश करता। अधिक सफलता न मिलती।

रमदानी को एक बात का यकीन हो गया था। साधारण व्यक्तियों से वह अलग था। उसके बैठने का तरीका, उसकी चाल, उसकी बेरुखी, उसकी नजर, उसका पहनावा, उसके हर अंदाज में आकर्षण था। रमदानी जाने-अनजाने खिंचता चला जा रहा था ... खिंच चुका था...

'कल का क्या प्रोग्राम है?'

'कोई खास नहीं।'

'मैं रेसकोर्स जाने वाला हूँ।'

'हूँ।'

'तुम साथ चलोगे?'

'मेरी जरूरत है?'

रमदानी के माथे पर प्रश्न चिपकाकर वह गाड़ियों की भीड़ में गायब हो गया। रमदानी अभी जहाँ का तहाँ, जैसे का तैसा खड़ा था। उसके मन में अनेक प्रश्न घुल रहे थे :

वह कहा जाता होगा?

वह कहाँ रहता होगा?

उसका कौन होगा इस महानगरी में?

रमदानी ने एक बार फिर कोशिश की, साथ डिनर लेने की। वह राजी न हुआ। उससे अधिक बात भी न की।

रमदानी और अकुलाया।

रमदानी और आकर्षित हुआ।

रमदानी ...

सीधे फुटपाथ पर दोनों खड़े थे।

उसने नाक की सीध पर पाँव बढ़ाए। रमदानी साथ चला। वह रुक गया। फिर पूछा, 'कहाँ जाना है?'

'तुम्हारे घर।'

वह सहज हँसा, 'घर तो वे लोग बसाते हैं, जिनका कोई हो।'

'तुम कहीं-न-कहीं रहते तो होंगे न?'

'मैं कहीं पर भी रहता हूँ।'

'एक बात कहूँ?'

'हाँ।'

'आज की रात मैंने तुम्हारे साथ बिताने का फ़ैसला किया है-कहीं भी।' वह आगे बढ़ा। मकान सरकते गए। पेड़ खिसकते गए। दुकानें पीछे छूटती जा रही थीं रमदानी उसके साथ-साथ आगे बढ़ता जा रहा था। चर्च सरकता जा रहा था। कब्रिस्तान आने पर वह रुक गया।

'यहाँ बैठें।'

'यह ... यह तो कब्रिस्तान है।'

'मैं जानता हूँ।'

रमदानी उसकी बगल में एक पक्की कब्र पर बैठ गया। पल-पल गुजरते जा रहे थे। मौन असहनीय था। दूर-दूर अंधकार के गोले उलट-पुलट हो रहे थे। 'यहाँ कब तक बैठेंगे?'

'सूरज की आखिरी किरण डूब न जाए, तब तक।'

'फिर?'

'हम घूमेंगे।'

'कहाँ?'

'यहीं पर।'

'फिर?'

'फिर?'

'मैं एक कब्र खोदूँगा। उसमें एक औरत का मुर्दा है। उस मुर्दे को हम ताबूत से बाहर निकालकर लिटा देंगे।'

'और फिर..?'

'तुम पैंट उतारकर ताबूत में लेट जाना। मैं तुम्हारी बगल में लेटूँगा। सारी रात तुम्हें प्यार करूँगा। तुम मुझे चाहते हो न?'

एक जोर का मुक्का उसके होंठों पर रसीद कर रमदानी भाग निकला। अंधकार को चीरता उसका रुदन दूर तक रमदानी का पीछा करता रहा।

1965 उसने पश्चिम रेलवे में अर्जी दी। रेलवे में नौकरी मिलने से पहले दो साल बेकारी में गुजारे थे। अकारण वह बंबई से कलकत्ता, कलकत्ता से दिल्ली, दिल्ली से मद्रास, मद्रास से बंबई भटकता रहा। रास्ते में जो कुछ मिला, उसने खाया था। जिसके पास से मिला, उसने खाया था। माँगकर खाया था बिना माँगे खाया था, जीने के लिए खाया था। खाए बिना भी वह जिंदा रहा था। इस बेमानी यात्रा में उसने कपड़ों की भी परवाह नहीं की थी। मद्रास में तो वह सिर्फ़ घुटन्ने में भटकता रहा था। कलकत्ता में उसे

कहीं से साधु का एक चोला मिल गया था। दिल्ली में उसके पास सिर्फ़ दो लंगोटे बची थीं और उनमें से एक थी कंठ लंगोट। ये दोनों लंगोट एक साथ बाँधकर वह बेधड़क चाँदनी चौक में भटका था।

बंबई वापस आने पर अकस्मात उसकी मुलाकात मिसेज हनुमंते से हो गई। क्राफ़र्ड मार्केट के पास फटे पजामे और बनियान में खड़ा देख मिसेज हनुमंते उसे मजदूर समझ बैठी। उसने भी बिना कुछ कहे-सुने फलों की टोकरी उठा ली। मिसेज हनुमंते आगे चलीं। वह पीछे-पीछे कार तक गया और टोकरी को डिक्की में रख हाथ झाड़े। मिसेज हनुमंते ने पचास पैसे का सिक्का बढ़ाया। वह आँखों की कोर से हँसा। मिसेज हनुमंते एकटक देखती रही-उस शख्स को, उस चेहरे को। और दूसरे ही क्षण उसे लगा-यह... यह अंदाज मजदूर के नहीं मिसेज हनुमंते ने उसे सिक्के के साथ अपना कार्ड भी थमा दिया।

दूसरे दिन वह उन्हीं कपड़ों में मिसेज़ हनुमंते के बंगले पर पहुँच गया। नौकर कार्ड लेकर अंदर गया। मिसेज हनुमंते बाहर दौड़ आईं।

'आओ, आओ।'

वह दाखिल हुआ।

'क्या नाम है तुम्हारा?'

'नाम शब्द को मैंने कभी अहमियत नहीं दी।'

'मैं तुम्हें किस नाम से पुकारूँ?'

'यह मैं आप पर छोड़ देता हूँ।'

मिसेज हनुमंते ने उसे अपने स्वर्गीय पति के सूट के साथ कुछ और कपड़े भी दिए और इतवार को फिर बुलाया। एक महीने तक उसे मिसेज हनुमंते का खयाल तक न आया और जब वह लौटा तो उसके शरीर पर वही पुराना फटा पजामा था। एक चीर झंडे की तरह हवा में लहरा रहा था।

मिसेज हनुमंते कुछ पूछे, उसके पहले उसने बता दिया, 'सूट बेच दिया।'

'महीना- भर कहाँ रहे?'

'यहीं, इसी शहर में।'

'क्या करते रहे?'

'कुछ भी नहीं।'

मिसेज हनुमंते ने अलमारी में से पति के जूते निकालकर उसके आगे रखे, 'पहनकर देखो।'

उसने पहने। थोड़े बड़े थे। उसने जुराबों के साथ पहने। फिट थे।

मिसेज हनुमंते ने उसे पश्चिम रेलवे में लगवा दिया।

यह नौकरी उसे उबा देनेवाली लगी। यहां उसके लिए कोई काम न था। दिन-भर मुश्किल से चार-पांच कागजों पर वह दस्तखत करता, बस।

यह नौकरी उसे उबा देने वाली न भी लगी। उसके लिए यहाँ बहुत काम था। दिन में वह कई बार थूकने के लिए खिड़की तक जाता था।

'मैं लेरी कहूं तो कैसा रहेगा?'

'मुझे कोई आपत्ति नहीं।'

'लेरी'

'हूँ।'

'शाम को दफ्तर से छूटने के बाद तुम कहां जाते हो?'

'कहीं भी!'

'अकेले?'

'अकेला।'

'आज मैं साथ चलूँगी।'

'जरूरत है?'

मिसेज हनुमंते के माथे पर प्रश्न चिपकाकर वह तेजी से सीढ़ियाँ उतर गया। मिसेज हनुमंते फटी आँखों से देखती रही। सोचती रही :

वह कहाँ जाता होगा?

वह कहाँ रहता होगा?

उसका कौन होगा इस महानगरी में?

शाम को ऑफिस छूटने के वक्त मिसेज हनुमंते कार के सहारे उसका इंतजार करती खड़ी थीं। वह आया। मिसेज हनुमंते ने कार शोफ़र को सौंप दी। वह आगे बढ़ा। मिसेज हनुमंते उसके साथ चलीं। वह रुक गया। मिसेज हनुमंते भी रुक गई।

दोनों फुटपाथ पर खड़े थे।

'कहाँ जाना है?'

'तुम्हारे साथ।'

'मैं कहीं नहीं जाना चाहता।'

'घर नहीं जाओगे?'

'किसके घर?'

'तुम्हारे।'

'यह मेरा घर है-यह धरती, बिना दीवारों का घर। बस, सिर्फ़ एक छत है इसमें नीले रंग की।'

वह आगे बढ़ गया। मकान सरकते गए। पेड़ खिसकते गए। दुकानें पीछे छूटती जा रही थीं। फुटपाथ सरकता जा रहा था। मिसेज हनुमंते उसके साथ-साथ आगे बढ़ती जा रही थी। चर्च खिसकता जा रहा था। कब्रिस्तान आने पर वह रुका।

'यहां बैठें?'

'यह ... यह तो कब्रिस्तान है!'

'मैं जानता हूँ।'

मिसेज हनुमंते उसकी बगल में एक पक्की कब्र पर बैठ गई। पल-पल बीतते या रहे थे। मौन असहनीय था। दूर-दूर अंधकार के गोले उलट-पुलट हो रहे थे।

'यहां कब तक बैठेंगे?'

'सूरज की आखिरी किरण डूब न जाए, तब तक।'

'फिर?'

'हम घूमेंगे।'

'कहाँ?'

'यहाँ पर।'

'फिर?'

'मैं एक कब्र खोदूंगा। उसमें एक स्त्री की लाश है। उस लाश को हम ताबूत से निकालकर बाहर लिटाएँगे।'

'और फिर?'

'आप साड़ी खोलकर ताबूत में लेट जाना। मैं आपकी बगल में लेटूंगा। सारी रात लेटूँगा। सारी रात प्यार करूँगा। आप मुझे चाहती हैं न?'

'हूँ।'

अंधकार के समुद्र में वह आगे बढ़ा। मिसेज हनुमंते का हाथ उसके हाथ में था। दोनों एक पुरानी कब्र के पास आकर रुक गए। पल दो पल, और कमर से झुक वह अकेला अपने हाथों से कब्र खोदने लगा। ताबूत उभर आया। ढक्कन खोलते ही एक स्त्री का अस्थिपंजर भी नजर आया। दोनों हाथ से अस्थिपंजर को उठाते हुए उसके होंठों के कोने चमक उठे।

मिसेज हनुमंते साड़ी खोले तैयार खड़ी थीं। उसने इशारा किया। मिसेज हनुमंते चुपचाप ताबूत में लेट गई। वह अभी बाहर ही खड़ा था। उसके सहारे अस्थिपंजर खड़ा था। हड्डियाँ डोल रही थीं। रात की खामोशी में असहनीय वेदना थी। उससे सहन न हो सकी। धीरे- धीरे अस्थिपंजर को अपने साथ घसीटता हुआ वह आगे बढ़ कब्रिस्तान से बाहर निकल गया।

* * *

14

सांताक्लोज के तीन क्लोजअप

यारो, आज क्रिसमस की रात है।

मैं क्रिस्टोफर चैंबर के टेरेस पर खड़ा हूँ। रात के बारह बजने में अभी चालीस मिनट बाकी हैं। चालीस मिनट बाद जिंदगी के मायने बदल जाएँगे। चालीस मिनट बाद मैं कब्र की ओर एक कदम और आगे बढ़ जाऊँगा। वैसे हमारे लिए कब्र में जाने का सवाल नहीं उठता। यह देश खुद एक बड़ी कब्र है। और यारो, हम सब उसमें जी रहे हैं।

आज क्रिसमस की रात है। बॉस के आलीशान फ्लैट में पार्टी है। बॉस ने अपने खास दोस्तों को इस कॉकटेल-पार्टी के लिए बुलाया है। इस समय सब बीटल्स के संगीत की ताल पर डोल रहे हैं। शराब की नदियाँ बह रही हैं। यौवन तिपहलू वाइन गिलास में शर्बती रंग धारण कर झूम रहा है। स्त्री-पुरुष आज अपनी सभी मर्यादाओं, सभी रिश्ते-नातों की पुड़ियाँ बनाकर घर छोड़ आए हैं। मैं इस रंगरेली में हिस्सा नहीं ले सकता इसका मुझे अफसोस है। बॉस के दफ्तर में मैं एक मामूली क्लर्क हूँ।

आज की महफिल की थोड़ी-सी जिम्मेदारी अपने फुटबाल जैसे जिस्म के कारण मेरे सिर भी आई है। ठीक बारह की टंकार पर मुझे सांताक्लोज़ के वेश में तोहफ़े के फ़ैंसी थैले के साथ फ्लैट में दाखिल होकर पहले सबको सरप्राइज और फिर सरप्राइज-गिफ्ट देना है। मेरे फ़ैंसी थैले में तरह-तरह के उपहार हैं। सेंट और परफ़्यूम की शीशियाँ हैं, मेकअप के सैट हैं। स्कॉच की विदेशी बोतलें हैं, सूट-पीस हैं। पार्कर के पेन हैं। ताश के ईरोटिक पत्ते हैं।

सांताक्लोज के टमाटर जैसे लाल चटक वेश में मैं बारह बजने का इंतजार कर रहा हूँ। यहाँ टेरेस पर ठंड काफी है। फिर भी मुझे अभी एक-आध घंटा बैठना होगा। मैं जेब से ब्रांडी की बोतल निकालकर दो घूँट भरता हूँ। जिस्म में थोड़ी चुस्ती आती है। मेरी तिरछी आँखें कलाई-घड़ी पर ठहरती हैं। मेरे हाथ फ़ैंसी थैले में घुसकर कीमती तोहफों को छूने का आनंद लेते हैं। यारो, यह मजा कुछ और ही होता है।

मेरी नजर में अचानक एक बच्चा आता है। बच्चा अपने स्लीपिंग सूट में है। वह झुकता-छिपता टैरेस पर आकर आकाश की ओर देख रहा है। मैं अँधेरे कोने में से उसी ओर देखता हूँ। वह कुछ ढूंढ़ रहा है। शायद किसी ने उससे कहा होगा-आज रात

सांताक्लोज अपना फ़ैंसी थैला लेकर आएगा। उस थैले में चाबी वाले खिलौने होंगे और चॉकलेट के डिब्बे भी। परियां होंगी और उड़ते घोड़े भी। पिटर पेन होगा और टिंकर बेल भी... मैं अपने आठों बच्चों को ऐसे ही फ़ुसलाकर आया हूँ।

'डियर सांताक्लोज! ' बच्चा चाँद-तारों को देख कुछ कह रहा है, 'अभी आपको कितनी देर लगेगी? देखो, मैं आपके इंतजार में यहाँ बैठा हूँ। मुझे ठंड लग रही है।'

खामोश निगाहों से मैं बच्चे को देख रहा हूँ। वह अपनी जेब में हाथ डाल सफाई से तह कर रखा हुआ एक कागज निकालकर खोलता है। अपने मनपसंद तोहफों की सूची बनाकर वह साथ ले आया हो तो हैरत नहीं।

सांय-सांय कर चलती हवाओं में उसके लिए टैरेस पर ज्यादा समय रुके रहना मुमकिन नहीं। वह काँप रहा है। उसके हाथ में धरा हुआ कागज काँप रहा है। मुझे दया आ जाती है। मैं हौले से आगे बढ़कर उसके सामने खड़ा हो जाता हूँ।

वह चकरा जाता है। मगर संभलते हुए भी उसे ज्यादा समय नहीं लगता। खुशी से किलकारी मारकर वह मुझसे लिपट जाता है। अब उसका जिस्म काँपता नहीं। मैं उसे गोद में लेकर फर्श पर बैठ जाता हूँ। 'डियर सांताक्लोज!' वह चहकता है, 'आपकी सात बारहसिंगों वाली गाड़ी कहाँ है?'

'गाड़ी!' मैं पलभर सोचता हूं, 'वह तो मैंने बादलों पर पार्क की है।' वह आकाश को देखकर फिर मेरे चेहरे पर नजरें बिछाता है, 'मैं तो अपना नाम बताना भूल ही गया। मेरे डैडी मुझे जूनियर कहते हैं, पर मेरा असली नाम जैकी है।'

'जैकी ...।' प्यार से उसका नाम लेकर मैं कहता हूँ, 'कितना सुंदर नाम है!'

'मैं बहुत सयाना लड़का हूं। मुझे ढेर सारे गीत आते हैं।' फिर दबी हुई आवाज में पूछता है, 'आप सुनेंगे?'

'ज़रूर सुनूंगा।'

वह तुरंत शुरू हो जाता है-

'जिंगल बैल, जिंलग बैल, जिंगल ऑल दे वे।

सांताक्लोज इज़ कमिंग अलांग एंड राइडिंग ऑन हिज स्लेज।

जिंगल बैल, जिंगल बैल, जिंगल ऑल...'

मैं उसे आगे बढ़ने से रोक पूछ लेता हूँ, 'इस कागज में तूने यही गीत लिखा है?'

'नहीं-नहीं ... ' कहते हुए वह हँस पड़ता है, 'इसमें तो मेरे मनपसंद तोहफों की लिस्ट है।'

वह पढ़ता नहीं। सारी सूची उसे मुंहजबानी याद है, 'बड़ा टैडी बियर, डैडी जैसी रिस्टवॉच, बाइसिकिल, पटरी वाली इलैक्ट्रिक ट्रेन, टी.वी. सैट, सचमुच का हाथी...'

‘हाथी को तू रखेगा कहाँ?' मैं पूछता हूँ।

‘बाथरूम में!’

‘बाथरूम में किसलिए?’

‘अपने कमरे में रखूँ तो डैडी को पता न चल जाएगा?’

सूची को वह आगे बढ़ाता है। उसमें मिकी-माउस के कोमिक्स हैं, काउबॉय की पोशाक हैं। एक सचमुच की पिस्तौल है, फैंटम का आदमकद पुतला है।

‘डियर सांताक्लोज, यह सब आप मेरे कमरे में पहुंचा देंगे न? सुबह मेरी आँखें खुलेंगी, तब यह सब वहाँ होगा न?’

मैं चौड़ी आँखों से सिर्फ़ देखता रहता हूँ। ‘हाँ' कहते हुए संकोच होता है, ‘ना' कहते हुए दु:ख।

‘डियर सांताक्लोज!' मुझे सोच में पड़ा देख वह धीरे से कहता है, ‘इन सारे तोहफ़ों के बदले में मैं एक छोटा-सा तोहफा मांगू तो वह आपको जँचेगा? '

‘बिलकुल!' मैं खुश हो जाता हूँ 'जरूर जंचेगा। तू जो मांगेगा, वही तुझे दूंगा।’

मेरे गले में बांहें डालकर वह कहता है, ‘मुझे ... मुझे एक प्यारी-प्यारी मम्मी चाहिए। प्यारी न होगी तो भी चलेगी। मुझे एक मम्मी चाहिए। आप देंगे न? '

यारो, बच्चा चला गया है। आकाश की ओर देखकर मैं वापस कोने में बैठ जाता हूँ। अनगिनत तारे रात की अंधेरी चुनरी पर जगमगा रहे हैं। नीचे वाले फ्लोर पर चल रहे नाच-गाने की आवाजें मैं सुन सकता हूं। कोई लगातार हँस रहा है। कोई ऊंची आवाज में गा रहा है। कैसेट रिकॉर्डर बज रहा है। मगर ये सभी आवाजें दबी हुई हैं।

मैं एक स्पष्ट आवाज सुनता हूं। कोई रो रहा है। आज की हसीन रात में कौन रोता होगा? मैं कुछ सोचूँ उससे पहले ही मुझे अहसास होता है, कोई यहां टेरेस पर ही आँसू बहा रहा है। मेरा चेहरा तिरछा होता है। अस्सी साल की उम्र का एक वृद्ध पानी की टंकी पर चढ़कर घुटनों के बल बैठा है। उसे देखकर, वह चर्च में बैठा हो, ऐसा भ्रम होता है। उसकी आँखें, उसका चेहरा ऊंचा है। वह सिसकियां ले रहा है।

वह कब टैरेस पर आकर वहाँ से टंकी पर चढ़ गया, यह मैं नहीं जानता। इस वृद्ध को मैं डैनियल के नाम से जानता हूँ। बॉस का वह जिगरी दोस्त है। मेरे ख्याल से वह कॉकटेल-पार्टी में से लोगों की नजरें बचाकर यहाँ आया है। कभी-कभी अद्धा पीकर आँसू बहाते हुए मर्दों को मैंने देखा है। लेकिन यह खूसट डैनियल तो रोते-रोते सांताक्लोज को पुकार रहा है, ‘ब्रदर सांताक्लोज!' उसके दोनों हाथ घुटनों पर टिके हुए हैं, ‘बूढ़ों और बच्चों में ज्यादा फर्क नहीं होता। इसी नाते यहाँ आने की मैंने जुर्रत की है।

संसार के लाखों बच्चे आज की रात तुमसे कुछ-न-कुछ माँगते हैं। कुछ बच्चे माँगकर सो गए होंगे। कई तुम्हारी बाट जोहते जागते रहने की कोशिश कर रहे होंगे। मैं भी जाग रहा हूँ। क्या मुझे एक मामूली तोहफा नहीं दोगे?'

इतना कहकर वह चुप हो जाता है। मैं सोचता हूँ-इस बूढ़े की इच्छा क्या होगी? इस उम्र में उसे 'स्वीट सेवंटीन' से ब्याह तो नहीं रचाना है न?

कुछ पल इंतजार कर मैं उसके सामने उपस्थित होता हूँ। एकाएक वह टंकी पर से कूदकर मेरी नकली दाढ़ी पर चुंबनों की वर्षा करता है। मुझे देखकर वह इतना प्रसन्न हुआ है कि मेरी कमर में हाथ डालकर टेरेस पर नाचने लगता है। यारो, मुझे डर है,? कहीं मेरा मुखौटा निकल गया तो...

'डैनियल!' मैं ऊँची आवाज में पुकारता हूँ। उसके पाँव अचानक रुक जाते हैं। अपना नाम सुनकर उसे वास्तव में हैरानी हुई है। दूसरे ही पल वह मुस्कराता है। वह मुस्कराहट बेमतलब नहीं। सांताक्लोज तो राज की सभी बातें जानते हैं। इसमें ताज्जुब कैसा?

'बता, क्या इच्छा है तेरी?' मैं जानता हूँ उसकी इच्छा पूरी करना मेरे बूते की बात नहीं, लेकिन अपनी जिज्ञासा शांत करने की खातिर मैं पूछ लेता हूँ,

'घोड़े का नंबर चाहिए?'

वह 'ना' कहता है।

'जवानी वापस चाहिए तो...?'

वह हँसकर 'ना' कहता है।

'सोलह साल की सुंदरी से शादी तो नहीं करनी है न तुझे?'

हैरत में पड़ने की अब मेरी बारी है। मेरे तीनों बंपर ऑफर रिजेक्ट होने पर मैं अपने आपसे सवाल करता हूँ- आखिर यह कंकाल चाहता क्या है?

'मौत।' वह दोनों हाथ जोड़कर गिड़गिड़ाता है, 'मुझे सिर्फ़ मौत चाहिए। प्लीज... यह अपना थैला खोलो और मौत दो। मुझे मौत दो।'

यारो, ब्रांडी की पूरी बोतल गटागट पी जाने के बाद भी मुझे लगता है, मेरा जिस्म बर्फ़ बन गया है। मुझे अपनी कमजोरी का भी अहसास होता है। इंसान कितना निर्बल है!

मैं अपनी कलाई-घड़ी पर नजर डालता हूँ। बारह बजने में अभी दस मिनट बाकी हैं। अपनी नकली दादी-मूंछ ठीक कर, नीचे खिसका हुआ मोटा कपरपट्टा ऊपर लेता हूँ। ललाट पर गिरे हुए बालों को पीछे कर अपनी लंबी, विदूषक जैसी टोपी वापस रखने

जाता हूँ। तब अचानक मुझ पर हमला होता है। हमला पीछे से हुआ है। हमलावर के दोनों हाथों में मेरा गला फँसा है।

'यू ब्लडी पिग!' गालियों की बौछार शुरू होती है, 'यू ब्लडी शिट, फ्रॉड, चीट..!'

मैं चौंकता हूँ। आवाज औरत की है। फटे दूध-सी है। मैं छूटने के लिए जूझ रहा हूँ। इस बीच मेरे कंधों, मेरी गर्दन पर वह तीन-चार जगह काट खाती है। किसी तरह मैं उसकी गिरफ्त से छूटकर उसकी ओर देखता हूँ। वह नीचे, कोने में बैठ गई है। अब उसके चेहरे पर बेबसी है, उसकी आँखों में नमी। अभी उसका गुस्सा पूरी तरह शांत नहीं हुआ। बैठी-बैठी वह भीगी आवाज में अंटसंट बक रही है। यारो, अभी तक मैं यह समझ नहीं पाया कि पलक झपकते ही यह सब क्या हो गया। पल-भर ऐसा मुगालता भी होता है, कहीं... यह मेरी अपनी घरवाली तो नहीं? यह तो सचमुच स्वीट सेवंटीन है। कौन है? क्या है? सांताक्लोज़ से इसका क्या रिश्ता है? यह तो भगवान ही जाने!'

आँसू पोंछकर वह वापस खड़ी होती है। मैं दो कदम पीछे खिसक जाता हूँ। वह मेरे पास आकर रुक जाती है। मेरी आँखों में आँखें पिरोकर देखती है। उसके दोनों हाथ मेरे कंधों पर हैं।

'डार्लिंग!' प्यार से उसके होंठ थरथराते हैं, 'मुझे यकीन था, आज रात तुम जरूर आओगे।'

मैं खामोश नजरों से उसका चेहरा टटोलता हूँ।

'सच बताना ', मेरे गाल पर छोटा-सा चुंबन लेते हुए वह फिर कहती है, 'मुझे अकेली छोड़कर तुम अब नहीं जाओगे न!'

गाल पर लड़की के होठों का स्पर्श होते ही मुझे ख्याल आता है-मेरे नकली दाढ़ी-मूंछ थोड़े टेढ़े हो गए हैं। मुखौटा खिसक गया है। उसे मैं सीधा करता हूँ। लड़की मेरे सीने पर अपना माथा टेक देती है।'एक साल बीत गया उस बात को ... डार्लिग, तुम जानते हो, मैं माँ बनने वाली हूँ। तुम डैडी बनोगे। देखो-देखो, ये देखो मेरा पेट! ' कहते हुए वह मेरा हाथ अपने पेट पर रख देती है, 'है न बच्चा?'

मैं क्या कहूँ? पेट सपाट है। वह लजा रही है। मैं परेशान हूँ।

'पिछले साल,' वह आगे बताती है। 'आज के समय हमने साथ बैठकर शराब पी थी... उस टंकी के पीछे, छिपकर पी थी। तुम ब्रांडी की बोतल लाए थे। मैं ब्रांडी नहीं पीती। थैले में से रम की बोतल निकालकर तुमने मुझे दी थी। फिर.. फिर हमने साथ बैठकर, साथ लेटकर रम पी थी। खूब पी थी। उसी रात की याद, डार्लिंग, इस पेट में सो रही है।' कहते हुए वह खिलखिलाकर हँस पड़ती है। हँसते-हँसते रोने लगती है।

यारो, बहुत जल्दी बारह का साइरन गूँजने वाला है। अगर मुझे थोड़ी-सी भी देर हो गई तो मेरी नौकरी खतरे में पड़ जाएगी।

'मैंने अपने डैडी से कहा ...' फिर एक बार उसकी आवाज रुँध जाती है। ' मेरे बच्चे के पापा एक सचमुच के सांताक्लोज हैं, तो वे हँस पड़े। मम्मी मुझे दिमाग के डॉक्टर के पास ले गई। मेरी बात कोई नहीं मानता, डार्लिग!' वह एक ही साँस में बोले जा रही है, 'चलो, इसी वक्त तुम मेरे साथ चलो! मेरे मम्मी, डैडी सबसे कह दो कि मैं सच हूँ। मेरी बात में रत्ती-भर भी झूठ नहीं।'

बारह बजने की शुरूआत होती है। पहले डंके की गूँज सुनाई देती है। मैं अपना फैंसी थैला कंधे पर डाल, उसके पीछे-पीछे सीढ़ियाँ उतरने लगता हूँ। लगातार बकवास करती वह दो-दो सीढ़ियाँ कूद रही है। चौथी मंजिल आने पर यारो, मैं चोर की तरह चुपके से बाँस के फ्लैट में घुस जाता हूँ।

* * *

15

पेड़

टिक: टाक टिक : टाक टिक: टाक ...

मैं दीवार-घड़ी की आवाज सुन सकती हूँ।

आह... आह... आ ... अ अ अ अ ...

मम्मी कराह रही है।

-रानी! रानी! मैं तुम्हारे पास ही हूँ।

पापा नर्वस हैं।

-नर्स!

-यस, डॉक्टर!

पेशेंट को लेबर-रूम में शिफ़्ट करो।

किंचुक... किचुक... किचुक।

छोटे-छोटे पहियों वाली कार्ट लेबर-रूम की ओर आगे बढ़ती है।

आह... आ अ अ अ अ ...

पापा की आवाज नहीं सुनाई देती। डॉक्टर की देती है।

-ग्यारह मिनट बीत गए।

-यस, डॉक्टर!

लेडी डॉक्टर बार-बार मम्मी के गुब्बारे-से पेट पर हाथ रखती है। दबाती है। मेरे अंग स्पंज की तरह आकार बदलते हैं। मेरा शरीर दबाव महसूस करता है। मैं सिकुड़ जाती हूँ फिर फैल जाती हूँ। मेरे एक-एक अंग में लचीलापन है।

-नर्स!

यस, डॉक्टर।

-मेरे खयाल से अभी थोड़ा और समय लगेगा।

-कितना?

-दो-चार घंटे लग जाएं तो ताज्जुब नहीं! चौबीस घंटों में डिलीवरी होनी चाहिए। नहीं हुई तो ऑपरेशन करना पड़ेगा।

मम्मी को मेज पर से वापस कार्ट पर लिटा दिया जाता है।

किचुक .... किचुक... किचुक ...

आह ... आह ...

क्षण-प्रतिक्षण मम्मी की साँसों का सिलसिला क्षीण होता जा रहा है। हर साँस के साथ उसकी पीड़ा बढ़ती जा रही है। साथ में बड़बड़ाहट भी। उसकी स्थिति दयनीय है। उसकी वेदना असहनीय है। कोई नहीं जानता कब तक उसे ऐसे ही तड़पना होगा।

पर मैं जानती हूँ।

तेरह घंटे बाद मेरा जन्म होगा। तेरह घंटों तक मम्मी यों ही कराहती रहेगी। उसकी एक-एक आह में उसका एक-एक पाप मिटता रहेगा। वैसे कर्म-सिद्धांत की दृष्टि से देखा जाए तो मम्मी लाभ में है। मैं चाहती हूँ कि वह बड़ी देर तक रोती-कलपती रहे।

नौ महीनों के ऊपर बारह दिन गुजर चुके हैं। तेरहवाँ दिन शुरू होने में अभी चार घंटे की देरी है। लेडी डॉक्टर कहती है कि इस बार तकलीफ़ ज़्यादा होगी। तकलीफ का कारण मेरा स्वास्थ्य है। लेडी डॉक्टर की बात गलत नहीं है। मेरे अंगों का विकास पूरा हो चुका है। मैं अपनी मुट्ठियों को खोल सकती हूँ बंद कर सकती हूँ। सीमित दायरे में पाँव उछाल सकती हूँ। मेरी आँखें खुल गई हैं। मेरे कान तेज हो गए हैं। बाहर की हल्की-से-हल्की आहट भी मैं सुन सकती हूँ।

मम्मी गहरी साँसें लेने की कोशिश कर रही है। पापा उसे सांत्वना दे रहे हैं-बस, जल्द ही तुम नए बच्चे की माँ बन जाओगी। एक नन्हा-सा मुन्ना तुम्हारी गोद में समा जाएगा। मुझे यकीन है, इस बार लड़की नहीं होगी।

पापा की बात से ऐसा लगता है कि मुझसे पहले एक या एक से अधिक मेरी बहिनें जन्म ले चुकी है। वे सब मेरी प्रतीक्षा कर रही हैं। सबको उम्मीद है- लड़का होगा। लड़की की किसी को जरूरत नहीं। भीतर का रहस्य कोई नहीं जानता। कोई कुछ बता नहीं सकता। फिर भी झूठी आशाएँ बाँधते जाते हैं।

हे भगवान! जिस घर में लड़की की जरूरत नहीं, वहाँ मुझे क्यों भेज रहे हो? उनके पास मेरे प्रश्न का उत्तर नहीं है।

मैं दीवार-घड़ी की मधुर टंकारें गिनती हूँ। एक, दो, तीन, पाँच, छह, आठ ... आवाज रुक जाने पर फिर टिक : टाक, टिक : टाक, टिक : टाक ... शुरू हो जाता है। कोई मम्मी के पेट पर हाथ फेर रहा है। मैं बिलबिलाती हूँ। मम्मी की साँस सहज ही तेज हो जाती है। मैं पाँव उछालती हूँ। मम्मी चीख पड़ती हैं। मुझे अच्छा लगता है।

मम्मी की चीख, मम्मी की वेदना, मम्मी क्रंदन ... मुझे सबकुछ अच्छा लगता है।

पापा गिड़गिड़ा रहे हैं।

-शांत हो, रानी! शांत हो जाओ।

मम्मी को वे 'रानी' कहकर पुकारते हैं। मेरी मम्मी रानी जैसी होगी, यह कल्पना मुझे थोड़ी देर के लिए प्रसन्न कर देती है। मैं स्वर्ग में रहनेवाली परियों की रानी का विचार करती हूँ। वह दूध-सी उजली होती है। उनके पंख होते हैं। तितलियों की तरह वह उड़ सकती हैं। फूल-फूल डाल-डाल पर बैठ सकती हैं। परिंदों की तरह ऊँचे आकाश को छू सकती हैं। बादलों पर सवार हो सकती हैं। उनके चेहरे से सिर्फ़ सादगी झलकती है। मैं मम्मी के चेहरे की कल्पना उससे करती हूँ। मम्मी तो दूध-सी उजली नहीं हैं। फिर भी पापा उसे रानी क्यों कहते होंगे? शायद पापा की आँखों में वह रानी होंगी। पापा उन्हें गुलाबी नजरों से देखते होंगे।

मैं नर्स की आवाज सुनती हूँ।

-मिस्टर कोटवाल!

-जी...

-आप बाहर बैठें, अभी काफी समय लगेगा।

पापा जिद करते हैं।

-मैं यहाँ बैठूँ इसमें आपको हर्ज क्या है?

-नौ बजे के बाद यहाँ बैठने की इजाजत नहीं। नर्सिंग-होम का यह नियम है।

-पर...

-प्लीज ... और मरीजों को डिस्टर्ब न करें।

पापा के जूतों की दूर होती चरमराहट मुझे सुनाई देती है। मैं मुट्ठियाँ उछालती हूँ। मम्मी चीख पड़ती है, पापा फौरन दौड़ आते हैं।

-रानी! रानी! मैं यहीं हूँ। तुम जरा भी चिंता न करना।

नर्स उन्हें लौट जाने को मजबूर करती है।

मम्मी की साँसें फिर एक बार गड़बड़ाती जा रही हैं। उनसे मेरी हरकतें सहन नहीं होतीं। उनके मुँह से लानतें भी बढ़ती जाती हैं। उनकी मलामतों का कारण मैं नहीं, उनकी अपनी कल्पनाएँ हैं, अपना तजुर्बा है और वह सही भी है। वह जान गई हैं, इस बार भी उन्हें लड़की होगी। और एक लड़की उन्हें इतनी पीड़ा पहुँचाए, यह वह नहीं सह सकतीं। लड़कियों का धर्म तो बुजुर्गों की आज्ञा का पालन करना होता है। जिस खूँटे से बांध दें, वही बंध जाना होता है। बाँझ हो तो ताउम्र ताने-तिश्ने सुनना होता है। न हो तब भी कोई

फर्क नहीं पड़ता। दु:ख और लड़की, दोनों सहेलियाँ हैं। या यह कहूँ कि सड़े-गले समाज में लड़की के जन्म के साथ मौत भी जन्म लेती है तो वह झूठ नहीं होगा।

कहीं कोई मुर्गा बोल रहा है। दीवार-घड़ी के डंके मैं पाँच तक गिन चुकी हूँ। बाहर की दुनिया में कदम रखने का मेरा समय करीब आ रहा है। थोड़ी ही देर में मैं कोख की दीवारों को भेदकर धरती पर फिसल आऊँगी। प्रकाश की तीव्र किरणें मेरी आँखों को चौंधिया देंगी। मैं चश्मा पहनूँगी। काला, हरा, नीला, गोल ... फिर भी मेरी आँखों को ठंडक नहीं होगी।

-हे भगवान, मुझे तुम्हारी स्वर्ग-सी सुंदर सृष्टि नहीं चाहिए। यहाँ, घने अंधेरे में ही मैं खुश हूँ। कोई भले मुझे कुएँ का मेढक समझे, मेरा यह गोशा तुम्हारे कल-कल बहते नदी-नाले, आकाश से बातें करते पेड़-पर्वत से बेहतर है। मुझे नहीं जाना, कहीं भी नहीं जाना। मैं यही पड़ी रहूँगी।

भगवान मेरी एक भी नहीं सुनते। मेरी प्रार्थना बेअसर है या भगवान के कान भी मनुष्यों की तरह बहरे हो गए हैं।

मम्मी मन-ही-मन डिलीवरी के लिए अपने आपको तैयार कर रही हैं। घड़ी की मैं छह की टंकारें सुनती हूँ। पापा फिर से मम्मी के पास आकर बैठे हैं। -

रानी, नाश्ता कर लो। चाय ठंडी हो रही है।

मम्मी चाय का गर्म घूँट हलक से नीचे उतारती हैं। मेरी हालत चौड़े बर्तन में उबलते सूअर जैसी हो जाती है। मैं अपने दोनों पाँव उछलकर क्रोध जताती हूँ। मेरे कान मम्मी की आहे सुनते हैं। लानतें सुनते हैं। पापा में करुणा है।

-रानी! रानी! सच बताना, आज से पहले तुम्हें कभी इतनी तकलीफ़ हुई थी? नहीं न? क्योंकि वे सब लड़कियां थीं, इस बार लड़का है। लड़का थोड़ी तकलीफ तो देगा ही।

मम्मी के होंठ कांपते हैं। वह कुछ कह रही हैं। वह ठीक ही कह रही हैं। वह अभागिन है। उनके पेट में लड़कियों का पेड़ है और लड़कियों के पेड़ पर लड़के नहीं लगते।

* * *

16

सतह

इट्स टू! दे हैव डन इट! मैन लैंड्स ऑन द मून ...

बीच सड़क पर वह खड़ा था। बिलकुल नग्न। खुले आकाश की तरह। डिलीवरी टेबल पर धँस आए बच्चे की तरह। वह खामोश खड़ा था। उससे थोड़ी दूरी पर फुटपाथ पर मैं खड़ा था। मेरा कौतूहल मुझे आगे बढ़ने से रोक रहा था। मेरी जिज्ञासा पल-पल बढ़ रही थी :

वह कौन था?

क्या था?

किसलिए था?

था या नहीं था?

था। उसके दोनों ओर कारें दौड़ रही थीं। लोगों की चहल-पहल थी। स्त्री-पुरुष उसकी ओर तिरछी नजरों से देखते हुए तेजी से आगे बढ़ जाते थे। मैं एकटक उसे देख रहा था। मेरी नजरें उसके मासूम चेहरे पर टिकी थी-आँखें पतले डोरे जैसी थीं। बाल छोटे। शरीर स्वस्थ लगता था। और उसका कारण था। ऊँचाई में वह औसत आदमी से थोड़ा कम था। छोटे कद के अनुपात में उसका वजन अधिक था।

पूरी रफ्तार से दौड़ी आई एक कार उसके बिलकुल पास से गुजर गई। उसके शरीर पर कपड़े होते, तो हवा में जरूर फरफराते। नहीं थे, कसम खाने को एक लंगोटी भी न थी। फिर भी वह बेधड़क था। चेहरा स्थिर। आँखें गोल-गोल घूम रही थीं। सड़क पर से ऊंचे मकानों पर, मकानों से आकाश में, आकाश से फिर ऊँचे मकानों और फिर सड़क पर लौट आती थीं।

दूसरी एक कार एकदम उसके सामने ही आकर रुक गई -नंगे बाबा! चालक की सीट पर बैठे हुए कॉलेजियन-से लगते युवक ने मजाक किया, 'बीच से हट जाओगे, तो मेहरबानी होगी।' जवाब में यह पीठ फेरकर खड़ा रह गया। युवक ने कार दो कदम आगे लेकर उसके साथ सटा दी। वह हटा नहीं, हटने का कोई संकेत तक नहीं दिया। युवक गाड़ी को रिवर्स में लेने के लिए तैयार न था। उसकी मूँछें बताती थीं कि वह राजपूत था और राजपूत हमेशा आगे ही बढ़ता है।

कुछ निठल्ले लोगों की भीड़ इकट्ठा हो गई। उस भीड़ में एक हवलदार भी था। उसने एक उचटती नजर कार पर डाली। एंबेसेडर थी। चमचमा रही थी। उसमें दूसरी नजर उस नंग- धड़ंग खड़े पुरुष पर डाली और एकाएक उसके कूल्हे पर एक डंडा जमा दिया। नंगा पुरुष चीखता हुआ दौड़ा। सब ठहाका लगाकर हंस पड़े। मैंने उसका पीछा किया।

सड़क के बीचोंबीच वह दौड़ रहा था। मैं फुटपाथ पर तेजी से डग भर रहा था। उसकी गति अधिक तेज थी। मैंने भी अपनी रफ्तार बढ़ाई और उसके समानांतर दौड़ने लगा। अनेक बार ठोकरें खाईं, गिरा, उठा, पर उसका पीछा न छोड़ा। चौराहा आने पर वह रुक गया। उससे कुछ अंतर रखकर मैं भी हाँफने लगा।

ऑटोमैटिक सिग्नल खुल-बंद हो रहे थे। कारें, लॉरियाँ, खटारे रुकते थे, आगे बढ़ जाते थे। नंगा पुरुष जहाँ का तहाँ खड़ा था। पर इस बार वह खामोश न था। उसके हाथ ट्रैफिक पुलिस की तरह ऊँचे-नीचे हो गाड़ियों को दिशा-संकेत दे रहे थे। किसी को उसकी परवाह न थी। कोई भी उसकी ओर देखने की जरूरत नहीं समझता था और देखता तो तिरछी आँखों से। हँसता तो मन में।

हवलदार ने फिर एक बार उसके चूतड़ पर डंडा फटकारा और वह कुलांचे भरता हुआ दौड़ा। सामने खुला मैदान था। वह मैदान में चला गया। कोमल घास को कुचलता हुआ वह काफी देर तक दौड़ता रहा। राह में अवरोध आने पर दो बार तो उसने ऊँची छलाँगें लगाईं। आखिर में एक घने पेड़ तले आकर वह बैठ गया। उसकी पीठ तने से टिकी थी। पाँव पसरे थे। हाथ गोद में थे। वह सिर उठाकर एकटक पेड़ के पत्तों को देख रहा था।

द ल्यूनर मॉडयूल लैंडेड पर्फेक्टली इन द सी ऑफ टैंक्विलिटी! आर्मस्ट्रांग सैड, द ईगल लैंडेड।

धीरे-धीरे मैं उसके सामने आया। उसने मेरे चेहरे में देखा। मैं बैठा। वह खड़ा हो गया। मैं खड़ा हुआ। वह बैठ गया। ऐसा कई बार हुआ। आखिरी बार मैं बैठा तो वह लपककर पेड़ पर चढ़ गया। ऊपर जाकर उसने गरदन झुकाई। मेरी तरफ देखकर दाँत निपोरे। कटखने बंदर की तरह थोड़ा हँसा और एक मजूबत शाख पकड़कर झूलने लगा।

मैंने एक ठेलेवाले से कुछ फल-चीकू, केले आदि खरीदे और पेड़ तले आकर उसकी ओर बढ़ाए। वह तुरंत नीचे आया। मेरे हाथ में से सारे फल झपटकर फिर ऊपर चढ़ गया। मैं ठगा-सा देखता रहा। वह निश्चिंतता से एक के बाद एक फल खा रहा था। उसमें से बीज निकाल-निकालकर मेरे सिर पर फेंकता जा रहा था। केले का छिलका मारते हुए भी वह नहीं हिचकिचाया। फल खत्म हो जाने पर उसने पेट पर हाथ फेरा। मैंने जेब में से बीड़ी का बंडल निकालकर हाथ बढ़ाया। उसने ललचाई नजरों से देखा और

फिर धीरे-धीरे नीचे आया। थोड़ी झिझक, थोड़ा संकोच उसकी आँखों में था। मैंने उसे बंडल नहीं दिया। बीड़ी भी न दी। मैं जमीन पर बैठ गया। वह मेरी बगल में बैठा।

-बीड़ी पीनी है?

उसने 'हां' कहा।

बंडल में से एक बीड़ी निकाल मैंने उसके होंठों में फंसाकर दियासलाई जलाई। उसने एक साथ दो-तीन हलके कश लिए। मैंने अपनी बीड़ी भी जलाई और थोड़े समय के लिए हम दोनों चुपचाप बैठे रहे।

अब मैंने शुरूआत की-क्या नाम है तेरा?

बीड़ी अंगुलियों में लेते हुए उसने दांत निपोरे।

मैंने कहा-सुंदर है।

उसने अपनी नाक मेरी नाक से रगड़कर मेरे प्रति आभार प्रदर्शित किया। आभार मानने का उसका यह अंदाज सचमुच निराला था।

बीड़ी का आखिरी कश ले, मैंने टोंटे को नीचे फेंक दिया। उसने मेरी नकल की ओर मेरे चेहरे को देखता रहा। मैंने फिर उसका नाम पूछा। वह सोच में पड़ गया। अपना नाम न सूझने पर उसने प्रतिप्रश्न किया-तेरा नाम क्या है? मैंने अपना नाम बताया। उसे अपना नाम याद आ गया। वह फौरन बोल उठा-मेरा नाम भी तही है। पर हम दोनों के बीच कितना बड़ा फासला है।

-तू कहां रहता है?

-कहीं भी।

-कपड़े क्यों नहीं पहनता?

-क्यों पहनूँ?

-सब लोग क्यों पहनते हैं?

-सब करें सो मुझे भी करना चाहिए, ऐसा कोई नियम है?

-नहीं। मैंने सिर खुजलाते हुए कहा, पर जो जरूरी है, यह तो करना चाहिए न।

डंडा हिलाते हुए मैदान में आ रहे हवलदार पर दूर से ही उसकी नजर पड़ी। वह चीखकर फिर से पेड़ पर चढ़ गया। मैं नीचे ही बैठा रहा। हवलदार मेरे पास आया। उसके मुँह में सस्ती सिगरेट थी। उसने मुझसे माचिस मांगी। मैंने दी। उसने अपनी सिगरेट जलाकर माचिस मुझे लौटा दी। तभी अचानक उसके सिर पर से टोपी गायब हो गई। उसने चौंककर ऊपर देखा। उसकी टोपी नंगे पुरुष के सिर पर थी। वह लंगूर की तरह हँस रहा था।

हवलदार ने उसे डंडा दिखाया। उसने टोपी न फेंकी। हवलदार ने धमकी के साथ उसे भद्दी गाली दी। उसका भी कोई असर न हुआ। हवलदार को पेड़ पर चढ़ने की जरूरत पड़ी, किंतु वह ज्यादा ऊपर न जा सका।

नंगा पुरुष ऊँची डाल पर जाकर बैठ गया था। वहाँ से वह बेखौफ हवलदार की तरफ देखकर दाँत निपोर रहा था। मायूसी लिए हवलदार नीचे आया और सवालिया निगाह से मेरी ओर देखने लगा। मैंने डंडा नीचे फेंक देने की सलाह दी।

उसने नाटकीय ढंग से हाथ उठाकर डंडा नीचे पटका। ऊपर से दूसरे ही क्षण टोपी आ गिरी।

हवलदार मेरी युक्ति पर प्रसन्न हो गया। धूल में पड़ी टोपी उठाकर उसने झाड़ी और फिर से पहन ली। खुश-खुश वह आगे बढ़ गया।

नंगे पुरुष ने ऊपर से ही पूछा-तुझे हवलदार दिखाई देता है?

मैंने नजरें फैलाते हुए कहा-हाँ।

-अब?

-दिखाई देता है।

-अब?

हवलदार मैदान पार कर मेरी आँखों से ओझल हो गया था। मैंने 'ना' कहा।

-मुझे दिखाई देता है, क्योंकि मैं ऊंचाई पर हूँ।

वह नीचे आकर फिर मेरे नजदीक बैठ गया।

बीड़ी मिलेगी?

मैंने बंडल में से एक और बीड़ी निकालकर उसे दी।

द फर्स्ट मिनट्स ऑन द ल्यूनर सर्फेस वर मोस्टली साइलेंट एज आर्म स्ट्रोंग एंड आल्डीन क्विकली रेडीड एवरीथिंग इन देयर स्पाइडर लाइक स्पेस टैक्सी फॉर इन इमर्जेंसी बलास्ट-ऑफ फ्रॉम द मून, इफ नैसेसरी ...

-हम क्या बात कर, रहे थे? बीड़ी जलाकर कश लेते हुए वह असली बात पर आया।

मैंने कहा-लिबास के बारे में।

-हाँ ऽऽऽ। याद आया। हम लिबास के बारे में ही चर्चा कर रहे थे। शायद तुझे पता न हो, क्योंकि अभी तू उस ऊँचाई तक नहीं पहुँचा है। पर मैं जानता हूँ। यह मेरा दूसरा जन्म है।

-अच्छा पहले जन्म में तू क्या था?

-मनुष्य। हजारों साल पहले की बात है। उस समय मनुष्य कपड़े नहीं पहनता था। स्त्री-पुरुष, बच्चे-बूढ़े सभी जंगल में नंगे घूमते थे। जो कुछ मिलता, खा लेते थे। कुछ न मिलने पर जंगली जानवर का शिकार कर उसे कच्चा चबा जाते थे।

तब मेरे मन में विचार आया। एकदम नया और मौलिक। मैंने कपड़े पहन लिए। कपड़ों में अंगों को ढक कर मैं उन लोगों के बीच गया। सब मुझे अजीब नजरों से देखने लगे। खिलखिलाकर हँसने लगे। मेरा मजाक उड़ाने लगे। ऊँच-ऊँची छलांगें लगाकर नाचने लगे।

किसी ने पेड़ की मोटी-सी टहनी मेरी पीठ पर फटकारी। मैं चीखता-चिल्लाता दौड़ने लगा। वे मेरे पीछे दौड़े। मैं खूब दौड़ा। दूर तक दौड़ा। अंत में थककर गिर पड़ा। उन लोगों ने मार-मारकर मेरा खात्मा कर डाला। यह मेरा नया जन्म है। कहीं ये लोग भी मेरा कत्ल न कर डालें।

उसकी बीड़ी बुझ गई थी। इतनी देर में उसने सिर्फ़ दो ही कश लिए थे। बीड़ी को फिर से न जलाकर उसने फेंक दिया।

द थ्री ल्यूमर एस्ट्रॅनॉट्स हैड लिट्स चैटिंग ड्यूरिंग वाएज, सडनली दे बिकेम वेरी कम्यूनिकेटिव आफ्टर द लैंडिंग...

मैंने उसे समझाने का प्रयास किया-डर लगता है तो कपड़े पहन ले।

-यह भी मुमकिन नहीं।

-क्यों?

-कपड़े पहनता हूँ तो मैं तुम्हारा अक्स बन जाता हूँ। सच कहूँ तो मनुष्य बन जाता हूँ। हिंसा भीतर जाग उठती हैं। किसी की हत्या करने को जी चाहता है। बलात्कार करने की इच्छा होती है।

मैंने सहज भाव से कहा- मैंने भी कपड़े पहने हैं। जबसे होश सँभाला है, तबसे आज तक पहने हैं। फिर भी मैंने तो किसी का खून नहीं किया।

वह एकटक मेरी आँखों में आँखें गाड़कर देखता रहा। जैसे मैं कोई अपराधी था, झूठ बोल रहा था और वह उसमें से सत्य खोजने की कोशिश कर रहा था।

-मुझे यकीन नहीं होता। चुप्पी तोड़ते हुए उसने कहा-तू एक काम कर।

-बता।

-एक मिनट के लिए अपनी आँखें बंद कर दे।

-कर दीं।

-सारे विचारों को झटक दे।

-झटक दिए।

-अव अपने अंतरमन से पूछा।

-क्या?

-तू कौन है?

मैंने प्रश्न किया-मैं कौन हूं? मेरी आँखें बंद थीं। लेकिन लगा जैसे मेरी आँखें खुल गई हैं। प्रज्ञाचक्षु उघड़ गए हैं।

-क्या जवाब मिला? उसने फौरन पूछा।

उत्तर में मैंने अपने सारे कपड़े उतार डाले।

* * *

17

आतंकित

जब हमें पता चला कि हमारे पाँच मंजिलें मकान में रहते मंत्री रामप्रसाद जी के लिए सरकार सुरक्षा की व्यवस्था करनेवाली है, हम प्रसन्न हुए, मगर सबसे ज्यादा खुशी मुझे खुद हुई।

हमारा आवास तल मंजिल पर होने के कारण कभी कोई पियक्कड़ हमारे ओटले पर चढ़कर लेट जाता तो कभी कोई उचक्का जूते या चटाई जैसी छोटी-मोटी चीजें उठाकर चलता बनता था। अलबत्ता, यह कोई गंभीर समस्या न थी। चोरी की ऐसी मामूली घटनाएँ साल-भर में शायद ही होतीं, फिर भी मंत्री जी की बदौलत हमारी गुरुकुल सोसायटी बिलकुल सुरक्षित हो जाए तो यह कौन नहीं चाहेगा?

हमारे परिवार में मुझे छोड़कर चार सदस्य हैं-एक पति तथा तीन बच्चे। एक बालक जो मेरी कोख से जन्मा है, उसका नाम हमने आकाश रखा है, जबकि दूसरी दो मेरे पति की पालतू बिल्लियाँ हैं। इनमें से एक को वह 'माँ हव्वा' कहकर पुकारते हैं तो दूसरी को 'माँ सीता'। अनोखे इन नामों से आपने यह मान लिया हो कि मेरे पति बुद्धिजीवी हैं तो वह भी गलत नहीं।

वे कार्टूनिस्ट है, स्वभाव से बालक जैसे निर्मल भी। सारा दिन वे अपनी धुन में मस्त रहने के बावजूद सुबह-शाम बिल्लियों को दो बार दूध पिलाने का समय कभी नहीं चूकते।

माँ हव्वा सारे मुहल्ले का जायजा लेकर हमारी गुरुकुल सोसायटी के अहाते में दाखिल होती है, तब वह अपनी गर्दन उठाकर बुलंद आवाज में मेरे पति को सूचना देती है-सावधान, मैं आ गई है यह सुनकर जाने कहाँ से माँ सीता प्रकट होकर दूध पीने ओटले पर हाजिर हो जाती है।

उन दोनों को कटोरियों के साथ-साथ दूध पीते देखना भी एक अनोखा आनंद है।

आपको जानकर अचरज होगा कि स्वभाव से ये दोनों बिल्लियाँ बिलकुल अलग हैं। पहली दिखने में शेर के बच्चे जैसी है, जबकि दूसरी खरगोश जैसी उजली। एक मांसाहार अधिक पसंद करती है तो दूसरी को निरामिष कहा जा सकता है। शाकाहार की ओर उसे विशेष रुचि है।

हमारी सोसायटी के किरायेदार भी दो हिस्सों में बँटे हुए हैं। हम सात्विक आहार लेनेवाले जैन हैं, तो सोसायटी के सेक्रेटरी ईसाई। चौथी मंजिल पर पारसी तथा मारवाड़ी परिवार बसते हैं, तो पहली मंजिल पर मुसलमान और सिंधी। इस तरह प्रजा पंचरंगी होते हुए भी हम किराएदारों के बीच जो एकता है, उसे देखकर किसी भी कट्टरपंथी को ईर्ष्या हो सकती है। अब तो डाह होने के लिए आसपास की सोसायटियों के सज्जन लोगों को भी कारण मिला। हमारे मकान के नीचे चौबीसों घंटे पुलिस का पहरा जो बैठनेवाला था।

'मिस्टर डिसोज़ा!' बस स्टॉप पर हमारे सेक्रेटरी से मुलाकात होने पर मैंने जानना चाहा, 'क्या अब हमें हमारे वाचमैन की आवश्यकता रहती है?'

कुछ पल उन्होंने मेरे प्रश्न को नजरों से तोलकर उत्तर दिया, 'अभी पहरा नहीं बैठा।' फिर भी मेरा सुझाव उन्हें जँच गया था, ऐसा उनके चेहरे के भाव से स्पष्ट जाहिर था। शायद मन-ही-मन उन्होंने गिनती कर ली हो, दो चौकीदारों में से रात की ड्यूटी वाले एक को छुट्टी देकर सोसायटी की राशि में थोड़ी बचत की जा सकती है। वैसे भी रात की पाली वाला बिशनसिंह ग्यारह के बाद मुख्य प्रवेश में गुदड़ी बिछा घोड़े बेचकर सो जाता था।

एक बार मंत्रीजी ने स्वयं उसे दो लातें जमाकर फटकारा था।। उसने वहीं पाँव पकड़कर तुरंत क्षमा माँग ली थी, मगर उस डाँट का असर उस पर ज्यादा दिन नहीं टिक सका। अब लगता था, वह खुद ही नहीं टिकेगा।

बिशनसिंह को इसकी भनक लग गई। वह सावधान हो गया। अपने फर्ज में चुस्ती बरतने लगा। इतना ही नहीं, हमारी पालतू बिल्लियों पर उसे स्नेह भी उमड़ आया।

'साहब!'

ओटले पर दोनों बिल्लियों को दूध पिलाकर खड़े मेरे पति को प्रसन्न करने के हेतु उसने कहा, 'दया- धरम तो कोई आपसे सीखे। इन लावारिस जानवरों से इतना प्रेम तो शायद भगवान भी नहीं करते होंगे।'

उसके शब्दों के पीछे से उठती गूँज मैं सुन सकती थी। वास्तव में वह यह कहना चाहता था कि साहब, मैं गरीब आदमी हूँ। जरा खयाल रहे, कहीं नौकरी से मुझे हाथ धोना न पड़े।

मेरे पति मुस्कराकर अंदर चले गए। उत्तर में जब वे मुस्कान फैलाएँ, तब जान लो कि उन्होंने कान धरे ही नहीं।

बिशनसिंह ने मेरी तरफ देखा। मैं अभी भी ओटले और बैठक के बीच चौखट पर खड़ी उसकी आँखों में झाँक रही थी। तभी मुझे उसमें एक चमक दिखाई दी, मानो उसे अब समझ में आया हो कि रोजाना दफ्तर मैं जाती थी, अत: घर की स्वामी मैं हूं। उसे मुझे प्रसन्न करना चाहिए।

उसका तर्क गलत नहीं था। व्यावहारिक मामलों से मेरे पति को वहशत होती थी। अवसर शादी-ब्याह का हो या हमारी सोसायटी की वार्षिक मीटिंग का, मुझे ही निबाहना पड़ता था। कभी किसी रिश्तेदार की शवयात्रा में मैं उन्हें जबरन भेजती तो वे हमारे पुत्र आकाश की तरह मुझसे रूठ जाते। तब ऐसा लगता, जैसे बाप-बेटे की उम्र में कोई फर्क नहीं।

बिशनसिंह अपनी उधेड़बुन से मुक्त होकर होंठ खोले इससे पहले किसी वाहन के टायर की चिचियाहट उठी, चालक ने अचानक ब्रेक पर पाँव दबाया था।

मेरे पति फिर ओटले पर दौड़ आए। हमारे सामने पुलिस की बंद गाड़ी आकर रुकी थी। उसके दो टायरों के बीच माँ हव्वा तड़फड़ा रही थी। उसका सिर कुचल गया था।

मैंने साँस रोककर पति की ओर देखा। हमारे वैवाहिक जीवन के सात वर्षों में पहली बार उनके चेहरे पर विचित्र भाव नजर आए, जिन्हें मैं पढ़ नहीं सकी। उनमें न आघात था, न आक्रोश, न ही घृणा। फिर भी वे काफी कुछ कह रहे थे। माँ हव्वा की करुण मृत्यु उनके लिए मानो हमारे बेटे के आकस्मिक अवसान के समान थी। मगर उन्होंने शोक नहीं जताया, बल्कि वे हँसने लगे। फिर मेरी कलाई थामकर वे मुझे भीतर ले आए और जैसे कोई हादसा हुआ ही न हो, वैसे मुझे बगल में खड़ी छोड़कर अपने काम में व्यस्त हो गए।

वे अपना ड्राइंगबोर्ड मेज के सहारे टिकाकर कुर्सी पर बैठे थे। मैं गौर से उन्हें कार्टून बनाते हुए देखती रही। उन्होंने एक इलैक्ट्रिक चेयर (बिजली की कुर्सी) रेखांकित की थी, जिस पर मृत्युदंड का कैदी बैठने जा रहा था, मगर वह कैदी यह नहीं जानता था कि किसी ने उस कुर्सी पर एक कील खड़ी कर रखी है।

उनके निर्दोष व्यंग्य में कड़वाहट घुली थी। वह कड़वाहट जीवन की थी। मौत के साथ भी वे छेड़खानी करने लगे थे। एक निर्दोष प्राणी की हत्या का यह गहरा प्रभाव था, अपनी तूलिका द्वारा वह अभिव्यक्त हो रहा था। जिन रक्षकों के दर्शन की मैंने सुंदर कल्पनाएँ की थीं, उनके आगमन ने मेरे पति के हृदय के किसी अज्ञात कोने में वार किया था।

यह तो सिर्फ़ शुरूआत थी।

पुलिस की काली गाड़ी से उतरे हुए पांच बॉडीगार्ड हमारी गुरुकुल सोसायटी के प्रवेश में कुर्सियां डालकर जम गए, जिनमें दो हवलदार, दो सी.आई.डी. के आदमी तथा एक अधेड़ डिप्टी था।

इस डिप्टी का गंजा चेहरा हिंदी फिल्मों के विलेन का स्मरण कराता था। उसकी कनपटी के ऊपर के हिस्से में पके हुए बालों के गुच्छे थे तो नाक के नीचे पहलवानों जैसी नुकीली मूंछें थीं। वह हँसता तब चंबल का कोई डाकू हंसता हो, ऐसा भ्रम होता। बाकी चार के थोबड़े भी कोई खास नहीं थे।

'श्रीमती सुशीला जैन! ' मैंने अपने आपसे कहा, 'चेहरों की सुंदरता मिस इंडिया के चुनाव में देखी जाती है, पुलिस विभाग में नहीं।'

अंगरक्षकों का काम आतंकवादियों के अनपेक्षित हमले से दूसरी मंजिल पर रहते मंत्रीजी को सुरक्षित रखना और खाड़कू कब, किस स्थान पर, किसे उड़ा दें, यह कोई निश्चित नहीं था।

मंत्रीजी सचिवालय जाते, तब पुलिस की बुलेट-प्रूफ गाड़ी उन्हें लिवाने आती और शाम को उन्हें सकुशल छोड़ जाती। तब सिर्फ़ एक हवलदार जमुहाइयाँ लेते हुए मकान के प्रवेशद्वार पर खामोश बैठा रहता।

मैं तैयार होकर दफ्तर जाने के लिए निकली तो पति ने मुझे रोकते हुए पूछा, 'वे लोग यहां कितने दिन रुकने वाले हैं?' मुझे अचरज हुआ। पुलिस का पहरा बैठे अभी जुम्मा-जुम्मा आठ दिन भी नहीं हुए थे और वह दिन गिनने लगे थे।

'शायद एकाध-दो महीने।' दो पल सोचकर मैंने उन्हें उत्तर दिया। बंबई में हुए बम-विस्फोट की दहशत कम होने में उतना समय लगेगा ऐसा मेरा अनुमान था। 'हालात सुधरने पर सरकार उन्हें वापस बुला लेगी।'

दफ्तर पहुँचकर अपने केबिन के एकांत में बैठने पर मुझे विचार आया, मामूली सवाल करना मेरे पति का स्वभाव न था। घर पर वह इतना कम बोलते थे कि कभी मुझे धोखा होता, जैसे मैं किसी पुरुष से नहीं, पेड़ से ब्याही होऊँ। हममें फर्क सिर्फ़ इतना है, मैं तन्हा, धीर-गंभीर हूँ पेड़ सदैव जीवंत है। वह लहराते पवन के झकोरों में डोलना जानता है। उसे पुरवाई में गुनगुनाना आता है। परिंदों को अपने आँचल में छिपाकर उनसे बतियाना तो कोई उनसे सीखे। मेरे पति शांतिवादी थे। उनकी शांति चेतनापूर्ण थी। उनका जीवन संपूर्ण था। उस संपन्नता में एक ईंट मैंने भी रखी है। मैं उन्हें नि:स्वार्थ भाव से चाहती हूँ इसी कारण मुझे उनकी चिंता भी रहती है।

वे सारा दिन घर पर रहते, मूड होने पर काम करते वर्ना लेटे-लेटे शास्त्रीय संगीत या ग़ज़लों के कैसेट सुनते। कभी जी में आता तो दो पल बेटे से चुहल कर लेते। वह तंग आता तो माँ सीता बिल्ली को ढूँढ़ उसे छेड़ते।

उनकी आमदनी घर-गृहस्थी चलाने के लिए काफी नहीं थी। मैंने स्वयं अपनी इच्छा से एक वीडियो कंपनी में सेल्स मैनेजर की नौकरी स्वीकार कर ली थी। दिन में परिवार से मेरा कोई संबंध नहीं रहता था। यहां अपने काम में मैं इतनी व्यस्त हो जाती थी कि घर स्मृति से लगभग मिट जाता।

आज की बात और थी। आज के उनके प्रश्न पर संजीदगी से सोचने पर मैं इतना अनुमान लगा सकी, घर का वातावरण शायद अब पहले-सा शांतिपूर्ण नहीं रहा होगा।

मेरा अंदेशा बिलकुल सही निकला। छुट्टी के दिन मैंने स्वयं अनुभव किया। मकान के प्रवेश में बैठकर पाँचों अंगरक्षक दिन-भर ताश खेले और तंबाकू वाले पान खाकर यहां-वहाँ पीक उड़ाई।

हँसी-मजाक का यह सिलसिला मेरे लिए भी घिनौना था। हमारा आवास तल मंजिल पर और प्रवेश के निकट होने के कारण हम उनके कहकहे तथा बकवास स्पष्ट सुन सकते थे। उनमें से किसी एक को हर दूसरे जुमले में एक गाली बकने की आदत थी।

झरने की तरह निरंतर बहते हमारे जीवन में मैंने पहली बार बहाव को रुख बदलते देखा। अपने ही घर में अब मुझे मुँह खोलने से पहले सोचना पड़ता। जैसे दीवार के उस पार की बातें सुन सकते थे, इस पर की हमारी निजी चर्चाएँ वे लोग भी सुन सकते थे।

मैं परेशान हो उठी। किसी तरह महीना बीत गया। इस महीने के दौरान चौंका देनेवाली दो घटनाएँ घटीं।

1992 दिसंबर में बाबरी मस्जिद ध्वस्त होने के बाद यहाँ के मुसलमान सड़कों पर उतर आए थे। सरकारी संपत्ति का सर्वनाश करते, आगजनी करते उस आक्रोश ने आखिर कौमी दंगे का रूप अख्तियार कर लिया था।

उसके चंद सप्ताह बाद हिंदू कट्टरपंथियों ने भय और आतंक का माहौल सुनियोजित ढंग से पैदा कर मुस्लिम समुदाय को बंबई शहर से उखाड़ फेंकने का जबरदस्त प्रयास किया। इसमें जनहानि के साथ मुसलमानों की करोड़ों रुपयों की मालहानि भी हुई।

इसका बैर मुसलमान कट्टरपंथियों ने एक ही दिन, एक साथ किए गए कई बम-विस्फोटों से लिया। उस दिन सारे देश में हाहाकार मच गया। हिंदू कट्टरपंथी सावधान हो गए।

मैंने सोचा, दोनों तरफ हिसाब बराबर हो गया। अब एकाध-दो महीनों में परिस्थिति सुधरेगी और समय के साथ घाव भी भर जाएंगे। मेरा यही तर्क गलत सिद्ध हुआ था।

एक के बाद एक तीन कट्टरपंथी नेताओं की निर्मम हत्या हुई थी, जिनमें से दो हिंदू थे और तीसरा मुसलमान। वैसे छिटपुट बम-विस्फोट के हादसे भी अब आम हो गए थे। हमारे मकान से पहरा उठने की मेरी आशा पर पानी फिर गया। दूसरी घटना हमारे घर में ही हुई। हमारा बेटा आकाश जो इस साल के.जी. से पहली कक्षा में गया था, उसे दफ्तर से आकर मैं होमवर्क कराने बैठी। उसकी याददाश्त थोड़ी कमजोर होने के कारण एक कविता पाँच बार कंठस्थ कराने के बावजूद वह शब्दों के उच्चारण में भूल करता था।

मेरे पति को मजाक सूझा। माँ सीता से खेलते हुए उन्होंने खड़िया से फर्श पर आकाश का कार्टून बनाया, मगर कान लगाए गधे के।

आकाश वैसे ही परेशान था, वह और भन्नाया। गुस्से से आगबबूला होकर उसने अपने पापा को बहिन की गाली दी। पति-पत्नी, हम दोनों भौचक्के रह गए। मंत्रीजी के अंगरक्षक बाहर थे, मुझे लगा वे हमारे घर में मौजूद थे। धुंध की तरह हमारे आसपास लहरा रहे थे। जहर बनकर हमारी साँसों में घुल-मिल गए थे। हम दोनों सहमकर रह गए।

हमारा चौकीदार बिशनसिंह चूहे से फिर शेर बन गया। उस पट्ठे की किस्मत अच्छी थी कि दिन की पाली वाला वॉचमैन छुट्टी पर चला गया। अब बिशनसिंह दिन में काम करता और रात में चाहे तब सो जाता। इसमें भला किरायेदारों को क्या एतराज हो सकता था?

हकीकत कुछ और थी। वह तनख्वाह सोसायटी से लेता, मगर सेवा पुलिसवालों की करता। उन लोगों के लिए दिन भर चाय-पानी का इंतजाम करने का जिम्मा उसका था। इसके बदले में वे उसे पैसा बनाने के नए टोटके सिखाते थे।

दो दिन पहले की यह बात है। आकाश स्कूल में था। पति नुक्कड़ के उद्यान में चहलकदमी करने गए थे। मैंने वही गाली सुनी जो मैं अपने बेटे की ज़ुबान से सुन चुकी थी। ओटले पर न जाते हुए मैंने दरवाजे की आड़ से नजरें फैलाईं। प्रवेश में कुर्सी डालकर अपने साथियों के साथ ताश खेलता पहलवानों जैसी मूँछों वाला गंजा डिप्टी मकान के अहाते में घुस आए एक फेरीवालों को गाली से संबोधित कर अपने पास बुला रहा था।

शायद भय या किसी दूसरे कारण से वह फेरीवाला जहाँ का तहाँ कद्दू की तरह खड़ा रहा। उसके माथे पर प्लास्टिक और स्टील के बरतनों का एक टोकरा था। ताश के खेल में डूबे हुए पुलिसवालों की तरफ वह टुकुर-टुकुर देख रहा था।

गंजे डिप्टी ने एक पत्ता फेंक खेल को आगे बढ़ाते हुए उसे फिर एक भद्दी-सी गाली सुनाई। डरते-डरते वह प्रवेश के पास आया तो पत्ते उलटे रखकर गंजा खड़ा हो गया। पहले उसने फेरीवाले को एक चाँटा रसीद किया, फिर पूछा, 'माचिस है?'

एक हाथ से टोकरा सँभालते हुए उसने तुरंत अपनी बंडी की जेब से माचिस निकालकर गंजे की ओर बढ़ाई। उसने बीड़ी जलाकर बेहिचक माचिस अपनी जेब में डाल ली। बीड़ी के कश लेते हुए वह फिर खेल में लीन हो गया था। थोड़ी देर इंतजार कर फेरीवाला चला गया।

हमारे वॉचमैन बिशनसिंह के लिए दिनोंदिन की घटती ऐसी छोटी-छोटी घटनाओं से काफी कुछ सीखने को था। पहले हमारी सोसायटी में फेरीवाले बेरोक-टोक आते-जाते थे। अब उन्हें एंट्री-टैक्स देना पड़ता था। यह टैक्स कभी पुलिसवाले झाड़ लेते तो कभी हमारा वाचमैन उड़ा लेता था।

मसलन रोजाना सवेरे केले की टोकरी लेकर आते रामरखा से हमारा वॉचमैन केले का एक गुच्छा मार लेता। एक केला खुद खाता और बाकी के पुलिसवालों में बाँट देता था।

इसके बाद वह पानी चढ़ाने पंपरूम में जाता और डबलरोटी तथा अंडों के साथ बेकरीवाले कादर भाई दर्शन देते। उनका स्वागत पुलिसवाले करते। अब तो उन्हें माँगना भी नहीं पड़ता था। गुरुकुल सोसायटी का प्रवेशद्वार चुंगी नाका बन गया था। उसमें दाखिल होते फेरीवाले चुंगी देकर लिफ्ट तक पहुँच सकते थे। ऐसे मैले वातावरण में मेरे नाजुकमिजाज पतिदेव को घुटन हो, यह समझा जा सकता है। मगर वे मौन रहकर सबकुछ सह लेते। यह भी उनका स्वभाव था। अभावों के बारे में शिकायत न करना उनकी फितरत थी, लेकिन सहनशीलता की भी एक सीमा होती है।

मनोवेदना की झलकियाँ अब उनकी आँखों में नजर आने लगीं। पहले वे हर चीज को बालक की तरह विस्मय से देखते थे। जब जैसे बीनाई जा चुकी हो, ऐसे उनकी आँखें शून्य में गड़ी रहती थीं।

उनके चिंतन-मनन में मौत ने अरब के ऊँट की तरह एक पाँव डाला था। इन चंद हफ्तों में वह ऊँट दुम के साथ पूरा ही घुस आया।

आज सुबह रेखांकित किए व्यंग्य-चित्र में उन्होंने फिर एक बार फाँसी के तख्ते पर खड़े एक बंदी की तस्वीर खींची थी। पीठ के पीछे उसके दोनों हाथ हथकड़ी में बँधे थे। उन हाथों में अँगुलियों के बीच एक सिगरेट फंसी थी, जैसे उसकी अंतिम इच्छा पूर्ण करने के लिए जेलर ने उसे जलाकर सिगरेट दी थी, लेकिन ...

मृत्यु के मुहाने पर खड़े मनुष्य का ऐसा क्रूर व्यंग्य उनकी असहनीय परिस्थिति का परिणाम था। हमारा आकाश जिस दिन तिलमिलाकर गाली बोला था, वह जैसे अपने में सिमट गए थे।

उनका मस्तिष्क कई धागों की गुत्थी के समान था, जिसके एकाध-दो छोर अभी उनके अपने हाथ में थे। मसलन निरंतर मानसिक कष्ट भुगतने के बावजूद वे सुबह-शाम मां सीता को दूध पिलाने का समय बराबर याद रखते थे।

एक दिन मैंने उन्हें ओटले पर पालथी मार बिल्ली के साथ बातें करते हुए देखा, 'माँ सीता।' वह कह रहे थे, 'आपको माँ हव्वा की कमी नहीं महसूस होती? मुझे तो लगता है, जैसे किसी ने मेरे कलेजे का टुकड़ा काट लिया हो।' बिल्ली अपनी जीभ बाहर निकालकर कटोरी से चर-चर दूध पी रही थी। थोड़े अंतर पर चहलकदमी करते स्टेनगनधारी एक सी.आई.डी. का ध्यान उनकी ओर आकर्षित था। धीरे-धीरे डग भरता हुआ वह हमारे ओटले के पास आया, तब मेरे पति की आँखें उस पर ठहरीं।

मानो उन्होंने प्रेत देखा हो, ऐसे माँ सीता को उठा वे हड़बड़ाकर भीतर दौड़ आए, फिर पलंग के नीचे दुबककर चिल्लाने लगे, 'बंद कर दो, किवाड़ बंद कर दो। हत्यारा फिर आ पहुँचा है।'

उनकी ऐसी मनोदशा देखकर मैं स्तब्ध रह गई। जो पेड़ लहराते पवन के झोंकों में डोलना जानता था, मूढ़ हो गया था। पुरवाई में गुनगुनाना वह भूल गया था। अब उसकी आँखें भी सूनी पड़ गई थीं।

इस करुण स्थिति को दूर करने का कोई उपाय खोजना आवश्यक था। कम-से-कम मैं अपनी सोसायटी के सेक्रेटरी के आगे मन खोलकर अपनी परेशानी रख सकती थी।

रात में मैं सोचती हुई डबलबैड पर लेटी थी कि हमारे दरवाजे की घंटी बजी। मैं शयनकक्ष को पार कर बैठक में आई और दरवाजा खोला। गंजा डिप्टी सिर्फ़ बनियान और पतलून में मुस्कराता हुआ मेरे सामने खड़ा था।

रीढ़ को चाटती हुई शीत का अनुभव करते हुए मैं सहसा दो कदम पीछे हट गई। उसने अपने कठोर चेहरे को संभवत: मृदु बनाकर गुजारिश की, 'सिस्टर, थोड़ी बर्फ मिलेगी?'

न कहने का मुझमें साहस न था। रसोई घर तक जाते हुए मुझे सहज ख्याल आया, रात कुछ इतनी गरम नहीं थी कि ठंडा पानी पीने की इच्छा हो। मैंने फ्रिज से ट्रे निकालकर बर्फ के चौखंडे एक पॉलीथीन बैग में उड़ेले और वह बैग उसे थमा दिया।

पुलिसवालों के चेहरे इतने कठोर क्यों होते होंगे? एक पुराने प्रश्न ने फिर करवट ली। उत्तर की खोज में गोते लगाती मैं अभी भी चौखट पर खड़ी थी। क्या जन्म से ही वे ऐसे क्रूर होंगे? या फिर पुलिसदल में भरती होने के बाद, समय के साथ उनके चेहरों की रेखाएँ परिवर्तन अपनाती होंगी?

दूसरा तर्क मुझे कुछ उचित लगा। यह निर्विवाद सत्य है कि मनुष्यों के चेहरे उनके व्यावसायिक वातावरण के अनुकूल निश्चित साँचे में ढल जाते हैं, कोई अध्यात्म के मार्ग पर आगे बढ़ता है तो उसकी तेजोमय मुखमुद्रा उसकी पहचान बन जाती है। उसी तरह किसी कसाई को भी आप उसके चेहरे द्वारा यान सकते हैं। दर्पण से चेहरे की तुलना आदिकाल से होती रही है।

मैं वापस भीतर जाऊं इससे पहले मेरी हैरत के बीच हमारी सोसायटी के सेक्रेटरी डिसोज़ा स्वयं आकर मेरे सामने खड़े थे। तुरंत मैंने इशारे से उन्हें अंदर बुला लिया। मेरे पति शयनकक्ष में लेटे थे। अत: मैंने मिस्टर डिसोज़ा को बैठक के एक सोफे पर बिठाकर उनके आगे अपनी समस्या रखी। उसमें तीन मुद्दे थे-

एक, मां-बहन की गालियां बोलने की पुलिसवालों की आदत। दो, हमारे दरवाजे के सामने उनका चहलकदमी करना। तीन, रात में देर तक शोर-शराबा। मैंने यह भी बताया

कि इन सारी हरकतों का गहरा प्रभाव मेरे पति के दिमाग पर हो रहा है। हमारा बेटा अब गालियां बोलना सीख गया है। हमारे घर की प्राइवेसी भी अब नहीं रही।

उन्होंने कहा कि सोसायटी के अन्य किराएदारों ने भी इस विषय में उन्हें सजग किया है। इतना ही नहीं, तीसरी मंजिल पर रहती मिस खुरशीद इरानी ने अपनी शंका व्यक्त करते हुए उन्हें चेताया कि ये बॉडीगार्ड कभी भी उसकी इज्जत पर हाथ डाल सकते हैं।

फिल्मों में हेयरड्रेसर होने के कारण मिस खुरशीद का घर लौटने का समय निश्चित नहीं था। वैसे वह कुलीन युवती थी, मगर लड़की चाहे कितनी ही सीधी, सुसंस्कृत क्यों न हो, वह फिल्म लाइन से जुड़ी हो तो समाज उसे तिरस्कार से देखता है।

मिस खुरशीद को देर रात में अकेली आती देख ये पुलिसवाले लार टपकाते हों तो आश्चर्य नहीं, वर्ना वह ऐसी गंभीर चिंता नहीं जताती।

मैं सिहर गई। मिस खुरशीद के मसले की तुलना में मुझे अपनी परेशानी साधारण-सी लगी। मैंने मिस्टर डिसोज़ा से पूछा, 'फिर आपने कोई रास्ता? '

अपने साथ लाई हुई फाइल में से उन्होंने टाइप किया हुआ एक कागज़ निकालकर मेरे सामने बढ़ाया, 'इसे पढ़ने से आपको खयाल आ जाएगा।'

मैं उसे सरसरी निगाह देख गई। सभी किराएदारों की ओर से उन्होंने मंत्रीजी के नाम एक आवेदन-पत्र तैयार किया था। उसमें कुछ नए प्वाइंट भी शामिल किए गए थे-

1. पुलिसवाले रात में कभी-कभी शराबखौरी करते हैं।
2. अपनी वर्दी तथा शस्त्रों का तकिया बनाकर वे सिर्फ़ अंडरवियर में आधी रात के बाद प्रवेश में सोते हैं।
3. प्रातःकाल उन्हीं अंडरवियरों में दाँत माँजते हुए वे अहाते में टहलते हैं। इस पत्र की एक प्रति कमिश्नर के नाम भेजी जाने वाली थी। थोड़ी देर पहले गंजा डिप्टी बर्फ माँगने हमारे दरवाजे पर आया था, उसका कारण अब मेरी समझ में आया। आज उनका नशाखोरी का कार्यक्रम था। मुझे सोच में खोई हुई देख मिस्टर डिसोज़ा ने याद दिलाया, 'इस पत्र पर नीचे आपको भी दस्तखत करने हैं।'

'ऑफकोर्स।' उनसे कलम लेकर हस्ताक्षर करते हुए मैंने कहा, ' क्या आपको नहीं लगता कि यह ऑफिसियल लेटर मंत्रीजी के नाम भेजने से पहले हमें खुद चलकर उन्हें मित्रभाव से समझाना चाहिए? आखिर वे भी तो इस सोसायटी के सदस्य हैं?'

'मैं उनसे इतवार को मिला था।'

अधीर होकर मैं बीच में बोल उठी, 'उन्होंने क्या कहा?'

'यही कि सरकार की ओर से उन्हें बॉडीगार्ड मिले हैं, फरिश्ते नहीं!' मिस्टर डिसोज़ा बोले, दूसरे यह कि इन बहादुर सिपाहियों ने देश की खातिर अपनी जान दाँव पर लगाई

है। कौन कह सकता है, कल का सूरज वे देख भी सकेंगे या नहीं? अंत में उन्होंने साफ-साफ जता दिया कि थोड़ी-बहुत अड़चनें सभी किराएदारों को भुगतनी होंगी।'

'मिसेज जैन! ' थोड़ा रुककर उन्होंने जोड़ा, 'शायद आप नहीं जानती होंगी, हमारे मंत्री जी का नाम हिटलिस्ट में नहीं है।'

इस बार मेरे हैरत की सीमा न रही। उनके प्राण को भय नहीं हो, तब इस सुरक्षा-बंदोबस्त का क्या मतलब?

मेरे चेहरे को खुली किताब की तरह पढ़ते हुए मिस्टर डिसोज़ा ने स्पष्टता की, ' दरअसल, उनके जूनियर को पुलिस प्रोटेक्शन मिला था, उन्हें नहीं। अत: उनका सिर नीचा हो गया।'

रात देर तक मैं इस बारे में सोचती रही। बाहर से ठिठोली की आवाजें उठती रहीं। कहकहे गूँजते रहे। मेरे पति ने जैसे कोई डरावना स्वप्न देखा हो, ऐसे वे चौंककर बैठ गए। मैंने उनका सिर अपनी गोद में लेकर उन्हें वापस सुला दिया। उनकी दिनचर्या अंधेरे में शुरू होती थी। वे सबसे पहले जगकर बाहर से अखबार की प्रति तथा दूध की बोतल लेते, दूध गर्म करने से पहले वे मां सीता के लिए कटोरी भर दूध अलग रख देते, फिर चाय की पतीली चूल्हे पर चढ़ाकर ओटले पर दूध की कटोरी रखते और चाय तैयार होने पर मुझे जगाते थे।

उनकी ड्यूटी पूर्ण होती और मेरी कसरत शुरू। मैं चाय पीकर आकाश को जगाती, उसे नाश्ता देकर फटाफट तैयार करती। स्कूल-बस ठीक आठ बजे आती। आज इस दैनिक क्रम में कुछ तबदीली हुई थी।

मैं अपने आप उठ बैठी थी। एक लंबी जमुहाई लेकर आलस को दूर करते हुए मैंने शयनकक्ष की अलार्म-घड़ी देखी। सात बज गए थे। सहज ही मन में खलबली हुई-ऐसा कैसे हुआ? रोज सुबह छह बजे मेरे बालों में अपनी अंगुलियों पिरोकर मुझे नींद से उठानेवाले मेरे पति क्या आज अपना कर्म चूक गए होंगे? मैं रसोईघर में आई तो गैस के चूल्हे पर चाय जलकर तले में जा बैठी थी। दूसरे चूल्हे पर दूध की स्थिति उससे भी अधिक दयनीय थी। दूध उबलकर किचन-प्लेटफॉर्म पर फैल गया था। जो थोड़ा-बहुत बचा था, चाय की तरह अब भी बुदबुदा रहा था।

तुरंत दोनों चूल्हे बंद करते हुए मेरी छाती में हौल-सा पड़ा-मेरे पति कहाँ हैं? मैं तेजी से कदम बढ़ाती हुई ओटले पर आई और मेरा दिल दहल गया। मेरे पति ओटले पर गुमसुम बैठे थे। उनके सामने दूध की भरी हुई कटोरी थी। गोद में माँ सीता का निश्चेष्ट शरीर था। उसकी मृत्यु सिर पर नजर आते हुए जख्म के कारण हुई थी।

क्या किसी ने उसे पत्थर मारा होगा? रात में शराब पीकर किसी पुलिसवाले ने उस पर डंडे से प्रहार किया होगा? यह मुमकिन था। वे पीते वक्त नमकीन की दो-तीन प्लेटे

साथ रखते थे। शायद हमारी माँ सीता ने एकाध प्लेट में मुँह मारकर उसे जूठा कर दिया हो और किसी ने गुस्से में आकर डंडा चला दिया हो।

सुबह तड़के मुझे पति के पास उदास खड़ी देख गंजा डिप्टी दातुन करते हुए बनियान तथा नीली धारियोंवाली चड्ढी में मेरे सामने आकर मुझे टुकुर-टुकुर देखने लगा। मैंने दीदे दिखाएँ। वह अपनी पहलवानों जैसी मूँछों में थोड़ा हँसा और कुछ भी कहे बिना दाँत माँजते हुए फिर अहाते में टहलने लगा। उसे कुछ कहने की जरूरत नहीं थी। रात में बिल्ली द्वारा मुँह मारी हुई प्लेट किसी ने हमारे ओटले के नीचे ही उलट दी थी। मेरा जी चाहा मैं चीखूँ अपनी चीत्कार द्वारा दबा हुआ आक्रोश प्रकट करूँ।

मैंने जीवन में पहली बार विवशता महसूस की, मगर मेरे पति की त्रासदी मुझसे महान थी। माँ हव्वा तथा माँ सीता, आतंकवाद ने उनकी दो संतानों का भोग लिया था।

* * *

18

अंतरमन के इंद्रधनुष

नेहा को कुछ अजीब-सा लगा।

उसकी काजलकारी बड़ी-बड़ी आँखों में हैरत तैर रही थी। उसकी उम्र ज्यादा न थी। सोलहवां पूरा कर वह सत्रहवें में दाखिल हुई थी। साहित्य उसका प्रिय विषय था। मुंशी प्रेमचंद, शरत्बाबू, मंटो जैसे धुरंधरों को वह घोलकर पी गई थी।

उसने सोचा था...

अब वह पात्रों के उतार-चढ़ाव समझ सकती है। मानव-मन की गुत्थियां सुलझा सकती है। उसका यही विश्वास खोखला सिद्ध हुआ। उसे लगा जैसे वह सीधी पगडंडी पर चलते-चलते ठोकर खा गई थी।

ऐसा कैसे हुआ? क्या... जो कुछ उसने अपनी सगी आँखों से देखा, कान देकर सुना, वह सब धोखा था? क्या सागरा को समझने में वह गच्च खा गई थी।

राम जी सागरा चित्रकार था। पचपन और साठ के बीच उसकी उम्र कहीं छिपी थी। फिर भी देखने में वह पचास से कम लगता था। उसकी विशेषता यह थी कि गुलमोहर भवन के और किराएदारों के बीच कुर्ता-पायजामा में वह बिलकुल अलग लगता था।

स्वाभाविक था कि नेहा उसे अपनी पहली कहानी के मुख्य पात्र के रूप में चुने। उसका पूरा ध्यान चित्रकार की गतिविधियों पर केंद्रित रहता। जब भी सागरा उसके सामने से गुजरता, वह कनखियों से देख लेती। मौका मिलने पर सीधा भी देखती। फिर ओटे पर पड़ी आरामकुर्सी में बैठकर अपनी डायरी में स्मरणार्थ नोट दर्ज करती।

जनवरी 14 : आज सागरा घर से बाहर निकला तब उसके बाल बेतरतीब और आँखें सुर्ख थीं। पांव पछाड़ते हुए वह सामने के मद्रासी होटल में चला गया था। (पत्नी ने शायद सुबह की चाय का पहला प्याला उसे देने से इनकार किया होगा।)

आखिरी जुमला नेहा ने अपनी ओर से जोड़ा था शुद्ध यथार्थ एक सफल कहानी का आधार नहीं बन सकता, यह बात उसने अपने अध्ययन के दौरान जान ली थी। दिलकश कहानियों में कहानीकार का भी कुछ योगदान होना जरूरी होता है।

'नेहा बेटी?' दूसरी मंजिल पर रहता दलपतराम दर्जी दूध की बोतल तथा सुबह के अखबार की ताजा प्रति के साथ नेहा के घर के ओटले के सामने खड़ा था, 'तुमने देखा

न!' मद्रासी होटल की दिशा में नजरें दौड़ाते हुए वह कह रहा था, 'एक झगड़ालू बीवी अपने पति की जिंदगी कैसे तबाह कर डालती है।' नेहा ने उसे प्रोत्साहन न दिया।

मार्च 30 : चौथी मंजिल के सागरा के फ्लैट से आज तीखी आवाजें और चीखें सुनाई दीं। चित्रकार दहाड़ रहा था। उसकी पत्नी चिल्ला रही थी। दोनों के बीच का दंगल चरम सीमा पर पहुंचा था।

पत्नी : अपने चित्रों की प्रदर्शनी आयोजित कर तुमने हजारों रुपयों की होली खेली, परिणाम क्या निकला? जीरो। दस-दस वन-मेन शो के बाद आज तुम क्या हो? जीरो।

सागरा : क्या शादी से पहले तुम नहीं जानती थीं कि मैं कलाकार हूँ? तुमसे किसने कहा था मुझसे शादी करने को? मैं नहीं आया था तुम्हारा हाथ माँगने, एड़ियाँ रगड़ते तुम्हारा बाप आया था मेरी चौखट पर, समझीं?

पत्नी : सोचा था मैं तुम्हें जानवर से इंसान बनाने में कामयाब होऊँगी। लेकिन नहीं, मैं हारी। जीतती भी कैसे? किसी ने गधे को घोड़ा बनते कभी देखा है।

नेहा ने अपने वन-रूम-किचन के ओटले पर बैठकर जो कुछ सुना था, वह लिखा था। अंत में नोट किया था-चौथी मंजिल के झरोखे में से फूलों का एक रंगीन गमला, जो चीनी मिट्टी से बना था, उछलता हुआ आकर हमारे आँगन में गिरा और कई टुकड़ों में बँट गया। दो टुकड़े उछलकर हमारे ओटले पर भी आ गिरे। एक पर हलके नीले रंगों में रंगी हुई ड्रेगान की आँख थी, दूसरे पर एक नन्हा-सा फूल बना था।

(पत्नी ने सागरा को निशाना बनाकर यह गमला मारा होगा, क्योंकि अपनी तुलना जानवर से होने पर सागरा के तन-बदन में आग लगी होगी। वह पत्नी को सबक सिखाने आगे बढ़ा होगा और उसके हमले को रोकने के लिए पत्नी ने चीनी मिट्टी के गमले का इस्तेमाल किया होगा।)

समाज की नजरों में सागरा नाकाम चित्रकार था तो उसकी पत्नी सरस्वती निष्फल शिक्षिका थी। पास के एक कॉन्वेंट स्कूल में वह हिंदी पढ़ाती थी। जो स्त्री स्वभाव से गरम हो, जिसके घर कलह-टंटा लगा रहता हो, वह कभी भी सफल शिक्षिका नहीं बन सकती, ऐसा नेहा का मानना था।

नेहा को शिक्षिका में कम और चित्रकार में अधिक दिलचस्पी थी। सागरा उसकी कहानी का नायक था। जब भी वह नेहा के सामने से गुजरता, नेहा उसे गौर से देखती। उसके चेहरे के भाव, उसकी चाल, उसके वस्त्रों की सलवटें, उसके चप्पल की एक टूटी पट्टी भी नेहा की बाज-नजरों से अनजान न रहती। कभी नजरें चार होने पर नेहा सिकुड़ जाती। जैसे परीक्षा में चोरी करते हुए पकड़ी गई हो, ऐसे में वह नजरें झुका लेती। सागरा अपने बेतरतीब बालों में उँगलियाँ फेरते हुए आगे बढ़ जाता।

अलबत्ता एक बार नेहा ने साहस कर उसकी आँखों में आँखें डालकर देखा था। उस दिन सागरा ने अपने बालों में उँगलियाँ नहीं डाली थीं। पलभर हैरत जताकर उसने मुस्कराहट फैलाई थी। उस मुस्कान की महक काफी देर तक नेहा के इर्द-गिर्द तैरती रही थी। वह लिफ्ट में ऊपर चला गया था।

उस रात नेहा सो नहीं सकी। उस मुस्कान में कुछ ऐसा जादू था कि वह देर तक सोचती रही। आते-जाते औपचारिक स्मित तो गुलमोहर भवन में रहने वाले सभी किराएदार उसे देखकर फहराते थे लेकिन सागरा की मुस्कराहट में जो मासूमियत, निश्छलता थी। वह आज से पहले न उसने कभी देखी थी, न जानी थी। ऐसी मुस्कराहट तो सिर्फ़ अंतरमन के इंद्रधनुष से ही फूट सकती है, ऐसा उसका खयाल था।

बालक जैसे निर्मल स्वभाव वाले इस शख्स का जीवन इतना वीरान कैसे? क्या सरस्वती को उसकी अनोखी मुस्कराहट छूती नहीं होगी? पत्नी की भावनाएँ क्या इतनी पथरीली हो गई हैं कि वह अपने ही पति का जीवन जहर करने पर तुली है?

अभी कल रात में ही दोनों के बीच ज्वालामुखी भभक उठा था। बात बिलकुल मामूली थी। सागरा दो दिन पहले शुरू किया हुआ कैनवास पूर्ण करने के मूड में था और सरस्वती अपने स्कूल के लिए उससे एक चार्ट बनवाना चाहती थी। इस बारे में रात देर तक दोनों के बीच चिंगारियाँ उड़ती रहीं। फिर विस्फोट हुआ था।

गुलमोहर भवन के करीब-करीब सभी किराएदार जाग उठे थे। रात की खामोशी में पत्नी की गालियाँ कानों में उँगलियाँ ठूंसने पर भी स्पष्ट सुनाई देती थीं। अंत में कुछ बरतन टकराए थे, कुछ तश्तरियाँ टूटी थीं। एक कुर्सी उछलती आकर नेहा के ओटले के सामने गिरी थी। उसके बाद ही पूर्ण शांति छाई थी। चौथी मंजिल पर जो कुछ घटित हो रहा था वह नेहा की कल्पना में बुन रही कहानी में बिलकुल फिट बैठता जा रहा था। उसकी नाजुक उँगलियाँ पहली कहानी लिखने के लिए बेताब हो रही थीं। मन-ही-मन उसने यह भी तय कर लिया था कि वह किसी साहित्यिक पत्रिका में अपनी कहानी भेजेगी। लेकिन अब तक उसे अंत नहीं सूझा था।

क्या चित्रकार रामजी सागरा का उजाड़ जीवन इसी तरह उलझा रहेगा? क्या उसकी किस्मत में आखिरी साँस तक पीड़ा भुगतना लिखा होगा? टकराव के इस कीचड़ से वह कभी भी उबर नहीं पाएगा? और अचानक उसे अंत मिल गया। क्या वह सचमुच अंत था?

सागरा की पत्नी का देहांत हो गया। किसी ने सोचा नहीं था कि चित्रकार से दस साल छोटी उम्र की सरस्वती को यमराज का न्योता पहले आएगा। न उसके जिस्म में कहीं खोट थी, न उसके नाखून में कोई रोग था।

उस दिन वह स्कूल से पैदल घर लौट रही थी। यह उसका दैनिक क्रम था-पैदल जाना, पैदल आना। जिस स्कूल में वह शिक्षिका थी, वह गुलमोहर भवन से अधिक दूर नहीं था। रोजाना सवेरे वह सीधे फुटपाथ पर सीधी जाती और दोपहर के बाद कभी भी घर आ जाती। आज की बात और थी। आज उसकी किस्मत में मौत लिखी थी।

रास्ते पर दौड़ रही बस की चपेट में कहीं से एक बच्चा आ गया। बच्चे को बचाने की फिराक में ड्राइवर ने ब्रेक लगाते हुए स्टियरिंग व्हील घुमाया। बस फुटपाथ पर चढ़ गई। सरस्वती कुचल गई। उसी मिनट उसके प्राण निकल गए। नेहा की कहानी का अंत यहाँ नहीं हो सकता था। यह तो विशुद्ध यथार्थ था। इसमें लेखिका का योगदान कहाँ? इसी कारण उसने कहानी के अंत में अपनी कलम से एक पैरा शामिल करने का फैसला किया। यह पैरा निश्चित रूप लेकर उसके मन के साँचे में ढल गया था।

वह पैरा क्या था?

पत्नी की आकस्मिक मृत्यु की खबर सुनकर सागरा ने पहले एक झटका महसूस किया और फिर खिलखिलाकर हँस पड़ा। उस हँसी में मुक्ति थी- उम्र कैद के उस कैदी जैसी जिसकी सजा वक्त से बहुत पहले माफ कर दी गई हो।

उसकी हैरानी के बीच यथार्थ ने कुछ और ही मोड़ लिया। पत्नी की अर्थी उठी, तब सागरा का चेहरा गंभीर था। आँखों में नमी थी। उसकी रीढ़ जैसे टूट गई हो ऐसे वह आगे की ओर थोड़ा झुक गया था। उसे देखकर ऐसा लगता था मानो वह किसी भी पल टूटकर बिखर सकता है।

नेहा ने सोचा, अचानक लगे आघात के प्रभाव में से उसे बाहर निकलने में थोड़ा और समय लगेगा। इस कयास में भी वह धोखा खा गई। पत्नी के स्वर्गवास को हफ्ता गुजर चुका था और अभी तक उसने अपने फ्लैट से बाहर कदम भी नहीं रखा था।

चहारदीवारी के बीच वह अकेला क्या करता होगा? क्या वह भूखा-प्यासा पड़ा रहता होगा? फिर एक बार प्रश्नों के बादल बरसे और उसके पास एक का भी उत्तर नहीं था।

'यहां बैठे-बैठे सारा दिन क्या सोचा करती है, बेटी?' दलपतराम दर्जी ने अखबार की ताजा प्रति तथा दूध की बोतलों के साथ ओटले के पास रुकते हुए जिज्ञासा प्रकट की।

नेहा ने उसके सामने देखा। 'कलाकार की चिंता होती है।' उसने सच-सच बता दिया, 'पत्नी नहीं रहने पर उनके घर चूल्हा जलता होगा या नहीं? मेरा मतलब है, दस दिन हो गए और अभी तक बाहर नहीं निकले।'

'क्यों निकलेगा वह पट्ठा?' दलपतराम दर्जी ने फिकरा कसा, 'घर बैठे मुझे दो वक्त की रोटी मिल जाए तो मैं भी पाँव पसारकर पंखे तले लेटा रहूँ। ' नेहा की आँखें फैलीं, 'कौन देता है उन्हें भोजन?'

'उनके पड़ोसी।' थोड़ा रुककर उसने जोड़ा, 'लेकिन एकाध-दो दिनों में उसकी नवाबी के दिन खत्म होने को हैं। निठल्ले से तंग आ गए हैं सब। कोई कितने दिन उसका दुख बाँटे?'

और तीन दिन बीते। नेहा की अकुलाहट बढ़ गई। उसे मिली जानकारी के अनुसार सागरा के पड़ोसियों ने सचमुच उसे टिफिन देना बंद कर दिया था। इसमें उन लोगों का तनिक भी दोष न था। वे लोग अपना फर्ज निभा चुके थे।

सामान्यतः किसी पड़ोसी के घर मृत्यु होने पर गुलमोहर भवन के किरायेदार वियोगग्रस्त परिवार को दो-चार दिनों के लिए सँभाल लेते थे। सागरा पर उन्होंने दस-दस दिनों तक तरस खाया था और वह भी इस बढ़ती महंगाई के दिनों में। एक बार फिर पुराने प्रश्न कुलबुलाए।

यहाँ ओटले पर आरामकुर्सी में बैठे-बैठे नेहा सिर्फ तरंगें दौड़ा सकती थी। हकीकत में झाँकने के लिए कोई ठोस कदम उठाना जरूरी था। जब तक शुरू की हुई कहानी का अंत न मिले, वह कुछ भी करने को तैयार थी। उसने निर्णय ले लिया।

मम्मी से कहकर थर्मस भरकर चाय बनाई। साथ नाश्ते की दो प्लेटें भी लीं और ये सब एक ट्रे में सजाकर लिफ्ट में दाखिल हुई। उसे खयाल आया, उसका अपना फ्लैट तले घर होने के कारण शायद ही उसे ऊपरी मंजिलों पर जाने की आवश्यकता पड़ती थी।

आखिरी बार वह तीसरी मंजिल पर रहते शंकर पाटील के घर मम्मी के साथ गई थी। उस दिन एस.एस.सी. का उसका परिणाम आया था। मीठीबाई कॉलेज में वह दाखिला लेना चाहती थी। मंत्री जी ने उसे सिफारशी पत्र लिख दिया था। लेकिन इस बात को लगभग साल बीत चुका था।

ऊपर की ओर जाती लिफ्ट चौथी मंजिल पर आकर रुक गई। एक हाथ से ट्रे की समतुला बनाए रखते हुए उसने दूसरे हाथ से लिफ्ट का दरवाजा खोला और बाहर आकर सागरा के फ्लैट की डोरबैल पर उँगली दबाई। (तब वह नहीं जानती थी कि अंत की तलाश में नए रिश्ते की वह शुरूआत कर रही थी। खुद लेखिका मिटकर वह अपनी कहानी का एक पात्र बनने जा रही थी।)

दरवाजा न खुला। उसने बार-बार डोरबैल बजाई। अंत में तंग आकर पाँव से दरवाजे को हल्का धक्का मारा। दरवाजा खुल गया। वह देखती रह गई। उसे हैरत भी हुई। यह कैसा कलाकार है? कोई उसके घर उसकी सहायता करने आए और वह खड़ा होकर

दरवाजा खोलने की परवाह भी न करे? पत्नी के वियोग में भूखे पड़े रहकर वह आत्महत्या करना चाहता है या फिर उम्मीद रखता है कि पड़ोसी उसके मुँह में कौर दें?

वह जहाँ की तहाँ ठहर गई। धीरे-धीरे उसकी नजरें कमरे में घूमने लगीं। पूर्ण, अधूरे तथा कोरे कैनवासों के ढेर के बीच सागरा छत को घूरता हुआ फर्श पर लेटा था। उसके दोनों हाथ कुहनियों में से मुड़कर सिर तले तकिया बने हुए थे। शरीर को ढकते श्वेत कुर्ता-पायजामा अब न श्वेत रहे थे, न पहनने के काबिल।

नेहा चिढ़कर वापस लौटने को थी कि सागरा का चेहरा तिरछा हुआ। दूसरे पल वह उठ बैठा। चार आँखें एक हुईं। दोनों हाथों में ट्रे धरकर नेहा एकटक से देखती रही। अंतर्मन के इंद्रधनुष से फूटी मुस्कराहट कलाकार के होंठों पर तैर रही थी।

नेहा का गुस्सा न जाने कहाँ गायब हो गया। इस बार मुस्कान का उत्तर उसने मुस्कान से दिया। दोनों के बीच स्नेह की एक लकीर खिंच गई। इतना ही नहीं, दोनों तरफ स्पष्ट परिवर्तन नजर आने लगा।

बिखरे पड़े और धूल सने कैनवसों को झाड़कर सागरा ने उचित स्थान पर सजाना शुरू किया। कई दिनों से पानी में भिगो रखे ब्रश को उसने टर्पेंटाइन और साबुन से साफ किया। अब वह भोजन लेने के लिए समय पर मद्रासी होटल में भी जाने लगा था।

नेहा भी अब पहले की तरह शर्मीली कहाँ रही थी? सागरा को देख वह अपनी आरामकुर्सी पर से उठकर दो पल गर्प्पें लड़ा लेती थी। लेकिन जिस विषय पर उसे चर्चा करनी थी, वह उसकी जबान पर नहीं आता था। उसके लिए थोड़े से एकांत की जरूरत थी। यह एकांत चित्रकार के घर मिल सकता था, मगर मिला मद्रासी होटल में।

उस दिन सागरा गुलमोहर भवन से निकलकर शाम की चाय पीने जा रहा था और नेहा कॉलेज से लौटी थी। दोनों की मुलाकात बाहर रास्ते पर हुई। उसने नेहा को चाय पीने का निमंत्रण दिया।

‘बुरा न माने तो एक सवाल करूँ?’

उसने सिर हिलाया।

‘अभी तक एक राज सुलझाने में मैं नाकाम रही हूँ।' चाय आए इससे पहले नेहा ने शुरूआत की।'पत्नी के स्वर्गवास के बाद आपने जो धक्का महसूस किया, उसे नजरों से देखने पर भी विश्वास नहीं होता।’

‘कारण?’

‘क्या... अपनी श्रीमती जी को आप चाहते थे? ' हौले से उसने प्रश्न रखा।

‘नहीं।' सागरा ने इकरार किया, ‘आखिरी दिनों में तो उसका गला घोंट देने की इच्छा होती थी।’

'तब आपने इतने दिनों मौन पीड़ा क्यों भुगती?'

'पहली बार मुझे अकेलेपन का अहसास हुआ, जीवन में कुछ कमी महसूस हुई थी।'

'मैं यह मान लूँ कि आप अनजाने ही उसे चाहते थे?'

उसने 'ना' में सिर हिला दिया।

नेहा उलझ गई। उत्तर वह श्वेत-श्याम चाहती थी-हाँ या ना। उसके अनुमान के मुताबिक जहाँ प्रेम होता है, वहाँ वियोग का दुख भी होता है। 'आप उससे नफरत नहीं करते थे, आप उससे प्यार नहीं करते थे, तब आपके जीवन में जो सन्नाटा उतर आया, उसे मैं क्या समझूँ?'

'वह तुम समझ नहीं सकोगी।'

'लेकिन क्यों?'

अब तक बैरा चाय की केतली छोड़ गया था। सागरा नेहा की प्याली पर नली झुकाकर चाय उड़ेल रहा था। प्याली भर जाने पर नेहा ने उसके हाथ को रोका। 'बस, बस! अब इसमें गुंजाइश नहीं।'

'नेहा!' केतली उठा लेते हुए सागरा ने उसके अंतिम प्रश्न का जवाब दिया, 'तुम्हारा दिमाग तुम्हारी प्याली की तरह तुम्हारे संस्कारों से भरा है। जब तक तुम वह खाली नहीं करोगी, नए विचार भी स्वीकार नहीं कर सकोगी।'

'नेहा भौचक्क रह गई। चाय पीते-पीते वह उसी विषय पर सोचती रही। काफी समय तक दोनों खामोश बैठे रहे। अंत में खड़े होकर साथ ही लौटे, सागरा लिफ्ट में ऊपर चला गया। नेहा दो सीढ़ियाँ चढ़कर ओटले पर आई, तब उसे खयाल आया कि उसकी माँ चौखट पर खड़ी है।

'क्यों, मम्मी! 'उसने हँसते हुए कहा, ' आज मेरा इंतजार हो रहा है।'

'आज से पहले कभी तू देर से नहीं लौटी।'

'मैं तो ठीक वक्त पर आ गई थी।' नेहा ने पूरी ईमानदारी के साथ बता दिया, 'यहीं सामने होटल में थी, कलाकार के साथ। वे रंगीन मूड में थे सो मुझे साथ ले गए।'

माँ ने और कुछ नहीं कहा, फिर भी वह भाँप गई। सागरा के साथ उसका चाय पीना माँ को अखर गया। लेकिन क्यों? इस प्रश्न का उत्तर उसे अगले महीने मिला, जब सागरा ने उसे अपने घर चाय पर बुलाया।

हकीकत में चित्रकार को एक ऐसे निष्पाप चेहरे की तलाश थी, जिसका अभ्यास कर वह उसे सीता के रूप में कैनवास पर उतार सके। संक्षेप में, सागरा ने उससे एक दिन के लिए मॉडल बनने की विनती की थी।

'नेहा!' माँ ने स्पष्ट शब्दों में जता दिया, 'अब तुम कोई छोटी बच्ची नहीं रहीं।'

'तो?'

'किसी मर्द के कमरे में एक पूरा दिन अकेले नहीं गुजार सकती, यह भी तुझे समझाना होगा?'

पलभर नेहा उसके सामने देखती रही। माँ ऐसा क्यों कहती होगी? क्या हो गया है उसे? क्या मुझ पर से उसका भरोसा डगमगा गया होगा?

माँ उसकी उलझन समझ गई। इसीलिए हौले से जोड़ा, 'मैं नहीं चाहती कि लोग-बाग तुम्हारे बारे में अंटसंट बातें करें।'

'किसी ने कुछ कहा?' कुछ धुंध बिखरने पर नेहा ने पूछा।

'दलपतराम ने तुम दोनों को उद्यान में वाक लेते हुए दो बार देखा है। बात का बतंगड़ बनते देर थोड़े ही लगती है।'

'क्या किसी के साथ दो कदम चलना गुनाह है?' वह भड़क उठी, 'क्या कलाकार के साथ होटल में बैठकर चाय पीना अपराध है?' माँ उसे गौर से देख रही थी कि उसने अपने साहस का परिचय दिया।'मम्मी, वे विधुर हैं, अकेले हैं, साठ के हैं। किसी सहारे, किसी आधार की उन्हें जरूरत है। कभी समय निकालकर घर के कामों में भी मैं उनकी मदद करती हूँ।'

बेटी जवान थी। तिलमिला उठी थी। इस समय कुछ अधिक कहना माँ को उचित न लगा। दूसरे दिन उसे मौका मिले इससे पहले तो वह सागरा के फ्लैट में थी। कमरे में तितर-बितर पड़ी चीजों को वह अपनी-अपनी जगह रख रही थी। कुर्सी पर, फर्श पर पड़े उसके मैले वस्त्रों को उठा बाल्टी में डाल रही थी। साथ बक-बक भी करती जा रही थी, 'आपसे कितनी बार मुझे कहना पड़ेगा कि सभी चीजें उनकी अपनी जगहों पर रखा कीजिए। क्या आपसे इतना भी नहीं होता?'

सागरा सिगरेट के कश लेता हुआ एक कुर्सी पर बैठा था। उसके हाथ में स्कैच-बुक और कलम थे। नेहा की हर अदा को वह अपनी तेज रेखाओं में कैद कर रहा था। मन-ही-मन मुस्करा भी रहा था। 'नेहा!' टोंटा हुई सिगरेट को अनजाने ही फ़र्श पर फेंकते हुए उसने छेड़छाड़ की, 'तुम गुस्सा होती हो तब और सुंदर लगती हो।'

'इसे कहते हैं भैंस के आगे बीन बजाना।' सिगरेट के टोंटे को सागरा के स्लिपर तले कुचलता हुआ देख वह आगबबूला हो उठी, 'जरा मेरी आँखों की तो शर्म कीजिए!'

सागरा को अहसास हुआ, नेहा को जरूर कुछ खटक रहा है। 'क्या हुआ?' स्कैच-बुक बंद करते हुए उसने गंभीरता से पूछा।

नेहा ने चौंककर उसके सामने देखा और राखदानी को कचरे की टोकरी में उलटकर उसके करीब पड़े स्टूल पर आवाज के साथ रखा। उसी समय दलपतराम दर्जी ने उघड़े दरवाज़े में से झाँककर देखा। सागरा ने दीदे फाड़े। कछुए के सिर की तरह चेहरा गायब हो गया। वह समझ गया।

'लगता है ... ' खामोश नेहा को देखते हुए उसने फिर कहा, 'तुम पर दबाव डाला जा रहा है।'

नेहा को ताज्जुब हुआ, 'क्या आपसे भी किसी ने शिकायत की है?'

'इतनी जुर्रत हमारे समाज ने अभी पैदा नहीं की कि वह मर्द को दोष दे सके।'

'क्या चाहते हैं वे लोग?'

'लेबुल।'

'लेबुल?'

'हमारे रिश्तों पर वे एक लेबुल लगाना चाहते हैं।'

नेहा अभी भी न समझी।

'हम दोनों कौन हैं? ' उसने थोड़ी और स्पष्टता की। क्या हैं? पति-पत्नी? प्रेमी? भाई-बहन? बाप-बेटी?

'क्या हर रिश्ते पर लेबुल लगाना जरूरी होता है? क्या इंसान होने के नाते हम एक-दूसरे की मदद नहीं कर सकते?'

'समाज सभी चीजों को श्वेत-श्याम देखने का आदी है।' कहते हुए सागरा ने गर्व से जोड़ा, 'नेहा, इस बात की मुझे खुशी है कि नए विचारों को स्वीकारने की तुमने शुरूआत कर दी है, वर्ना जो सवाल आज तुमने किए, वे तुम्हारी जबान पर न होते।'

इन्हीं शब्दों की जुगाली करती वह नीचे आई, तब पांच किराएदारों की भीड़ माँ को घेरे कमरे में बैठी थी। माँ उन्हें समझाने की पूरी कोशिश कर रही थी। 'नेहा को मैंने जन्म दिया है। अपनी बेटी को मैं नहीं जानूँगी तो और कौन जानेगा?'

दरवाजे के बाहर ओटले पर खड़ी नेहा दीवार से सटकर चुपचाप सुनने लगी। 'बहन!' मंत्रीजी कह रहे थे, 'आपको भरोसा है। मैं भी कहूँगा कि वह बिलकुल निष्कलंक है। लेकिन ऐसा कब तक चलता रहेगा? इस मकान में घर-घर जवान लड़कियाँ हैं, उन पर क्या प्रभाव पड़ेगा? कल मेरी ही बेटी किसी मर्द के कमरे में अकेली दिखाई दी तो मैं क्या समझूँ?'

माँ ने दलील पेश की, 'लेकिन सागरा जवान थोड़े ही है।'

'आप एक बात भूलती है, बहन।' मंत्री जी ने अनुभव की बात कही, 'मर्द कभी बूढ़ा नहीं होता।'

'आप कहना क्या चाहते हैं?'

'कुछ भी नहीं।' अब की दलपतराम दर्जी ने मुँह खोला, 'सागरा को वह पिता के रूप में स्वीकारें या प्रेमी के, हमें इससे कोई आपत्ति नहीं। सागर से वह शादी करना चाहती है तो हम लोग खुशी-खुशी अपनी सहमति देंगे। आखिर इस बात का अंत कहीं तो होना चाहिए न?'

अब नेहा ने दीवार की आड़ से आगे बढ़कर घर में पहला कदम रखा। और अचानक सन्नाटा छा गया। मंत्री जी नाक पर से चश्मे की कमानी उतारकर उजले रूमाल से काँच पोंछने लगे। दलपतराम दर्जी ने जबरन उबासी ली। पाँचों में से बाकी तीन जूतों की पालिश में अपनी सूरतें देख रहे थे या मुँह लटकाए हुए थे। 'मम्मी! ' जैसे वह कुछ जानती ही न हो ऐसे माँ की कुर्सी के करीब आते हुए उसने कहा, 'सागरा जी बताते हैं कि चाय उड़ेलने के लिए प्याले का खाली होना जरूरी होता है।'

सारे किराएदारों के साथ माँ भी नेहा की ओर देखती रही। कोई कुछ भी समझ नहीं पाया। नेहा ने समझाने की परवाह भी न की।

* * *

19

माँ

माँ-सा दूजा कोई नहीं ' यह कहावत मैंने बचपन में सुनी थी। तब मेरी अम्मी अन्य अरबों माँओं जैसी सिर्फ़ एक माँ थी। वर्षों बाद समझ में आया, वह कुछ विशिष्ट भी थी। वह वनफूल जैसी थी, उसका अपना अनोखा सौंदर्य था।

हमारी शिक्षा हमारी बुद्धि को खिलाने के बजाय उस पर कालिख पोत देती है। फूल यानि गुलाब। दूसरा अर्थ कमल, चंपा या चमेली भी हो सकता है। वन के विविध फूलों की ओर एक नजर डालने का विवेक भी मुझमें कहाँ था? न मैं उसके इंद्रधनुषी रंगों को देख सकता, न उसकी पारलौकिक महक का आनंद ले सकता था। फिर भी धुंध के गोलों की तरह यह सब मेरे आसपास तैरता रहता, मेरे अंतरमन को छुआ करता। प्रेरणा के अदृश्य स्रोत बहते रहते।

अचानक एक बेंत मेरी पीठ पर टूटती। अचानक सबकुछ धुँधला जाता। सिर्फ़ चंद मिनटों के लिए ही, फिर ममता की लहरें बहने लगतीं। फिर प्यार के कुंभ छलकने लगते।

मुझे छड़ी फटकारने के बाद मुझसे अधिक दु:ख उसे होता। वह स्वयं रोती और हैरत से मैं उसके सामने देखता रहता। यह कैसी स्त्री है? मेरी बालबुद्धि में प्रश्न उठता-छड़ी के निशान मेरे अंगों पर उठते हैं और दिल उसका कचोटता है। पीड़ा मैं भुगतता हूँ और आँसू वह बहाती है।

वनफूल की कोमलता के कवच के पीछे अपने अस्तित्व को टिकाए रखने की उसकी शक्ति कुंडली मारकर बैठी होती है। वह कैसे भी स्थान पर, किसी भी माहौल में टिक सकता है। खिलने के लिए उसे गुलाब की तरह माली की देखभाल या धनी पालक की परवरिश की जरूरत नहीं होती। उसे आप महल में सजाएँ या झोंपड़ी में, वह मुस्कराता रहेगा।

चढ़ती के दिनों में मेरी अम्मी ने सूरत शहर की हवेली का वैभव देखा। पड़ती के वर्षों में उसने बंबई की खोली के अँधेरे देखे। बेंत से मेरा प्रथम परिचय यहीं हुआ था। तब मेरी उम्र सात साल होगी। स्कूल जाने के बजाय मैंने आवारागर्दी शुरू की थी। नए बाल मित्रों की संगत का वह परिणाम था।

रास्ते पर से बीड़ी-सिगरेट के जलते टोंटे उठाकर आखिरी कश लेना, कंचों के खेल में पाई-पैसे का दाँव लगाना, पाठशाला की बजाय सिनेमाघर में जा बैठना, उपनगर की

लोकल ट्रेनों में बिना टिकट घूमना आदि बुरी आदतें मैंने बंबई के अपने नए लँगोटियों से अपनाई थीं।

छड़ी धौंस तो न बैठी, अम्मी के आँसुओं ने मुझे भिगो दिया। 'बेटा!' अपनी आँखें पोंछते हुए उसने मुझे याद दिलाया, 'तेरी पढ़ाई की खातिर मैं पराए काम करती हूँ किसी के जूठे बरतन मांजती हूँ किसी के गठरी-भर कपड़े धोती हूँ। कोई मेरे पास मिर्च भी पिसवाता है और तब मेरे बदन में आग सुलग उठती है।' वह फिर रो पड़ी। उसकी त्रासदी दुगुनी थी। पड़ती के दिनों के प्रारंभ में ही मेरे पिता अपना मानसिक संतुलन खो बैठे थे। सूरत शहर का मोह त्यागकर हमने बंबई बसाया था। साथ मेरा छोटा भाई, किशोर वय के दो चाचा और दादी भी थी। आमदनी का कोई जरिया नहीं था। सहज ही मेरी अम्मी ने चुनौती स्वीकार कर ली।

एक तरफ घर का बोझ, दूसरी ओर पागल पति के इलाज के लिए हवा में हाथ-पैर मारना। मेरी आँखें खुल गईं मेरी गाड़ी फिर पटरी पर चढ़ गई। मेरी माँ शिक्षित न थी। वह लिखना-पढ़ना भी नहीं जानती थी। मगर उसने जीना जाना था। धूप हो या छाँव, दोनों परिस्थितियाँ उसके लिए समान थीं, बल्कि कड़ी धूप में उसका चेहरा कुछ अधिक ही दप-दप होता था।

नियति को भी जैसे उस पर रश्क आता हो, ऐसे वह मेरी अम्मी के दुखों में इजाफा किया करती। पहले उसके ऐशोआराम छीन लिए, फिर उसके जिस्म पर से गहने उतार लिए। अंत में पति की छत्रछाया भी झपट ली। वह न डिगी। धर्म में उसकी आस्था अचल थी।

वह नहीं जानती थी कि इस्लाम शब्द का मतलब क्या होता है; पर इतना उसने अवश्य जाना था-सृष्टि का एक कर्ता सिर पर बैठा है, उस कर्ता ने उसका भाग्य निर्माण किया है, उसकी हथेली पर सूखी रोटी का टुकड़ा रखा है। और उसे मुस्कराकर स्वीकार कर लेना चाहिए।

कितने साल?

यह छोटा-सा प्रश्न उसके लिए पहेली बना था।

जवानी से शुरू हुई उसकी दौड़ अब प्रौढ़ावस्था में प्रविष्ट हुई थी। चेहरा वक्त की छेनी से गढ़कर गंभीर हो गया था। एक आँख में मोतियाबिंद पक रहा था। ऐनक के शीशे हर वर्ष बदलने पड़ते थे, मगर उसकी रीढ़ का बाँस अभी भी सीधा था।

कभी लगता, सुख अब हाथ भर की दूरी पर है और सुख हाथ में ताली देकर छिटक जाता। वह मायूस न होती। संयुक्त परिवार की बुजुर्ग सदस्य होने के नाते सब उसका आदर करते। बहुओं के लिए उसका हर बोल आदेश था। पौत्र उसकी गोद में खेलते।

कभी उसके पोपले मुंह में उंगलियां डालकर उसे चिढ़ाते। वह उसे भला लगता, फिर भी उसे कहीं चैन नहीं था। उसकी आत्मा अशांत थी।

अब उसे घर के या पराए काम करने की जरूरत नहीं थी। बिना काम जीवन उसे सूना लगता। सुख से वह एक जगह टिककर बैठ भी न सकती। जब कभी बर्तन-कपड़ों के लिए किसी बाई को रखने के विषय पर चर्चा होती, उसे दौड़ने के लिए ढलान मिला जाता।

बहुओं के हाथों से वह काम झपट लेती, बिना कारण दिन में दो-चार चक्कर बाजार के लगाती, बरतन अपने हाथों से घिस-घिसकर माँजकर चमकाती। सारे घर के मैले कपड़े जब तक वह अपने हाथों न धोती, उसे शांति न होती।

उसे रोकने की शक्ति हममें नहीं थी। उसके हाथ से काम वापस लेना और शराबी के हाथ से बोतल छीन लेना समान था।

कभी मैं सोचता कि उसकी चेतना की जड़ें कहाँ होंगी? यह उसके अवकाश-प्राप्ति के दिन थे। सिर के बाल पक गए थे। अब तो मेरे बाल भी झड़ने लगे थे, लेकिन उसकी दौड़ अब भी जारी थी। जन्म के साथ उसकी दौड़ शुरू हुई थी, मौत उसके साथ चली थी, उसे थका-हरा नहीं सकी थी।

उसकी दौड़ कोख से कब्र तक की नहीं थी, मौत के उस पार निकल जाने की थी। नियति को फिर उससे रश्क हो, इसमें हैरत की कोई बात नहीं। लकवे ने उसे पछाड़ दिया।

आखिर उसने अपनी पहेली मेरे आगे रखी, 'मैंने कभी किसी का कुछ नहीं बिगाड़ा, किसी से धोखाधड़ी नहीं की। हमेशा खुदा की बंदगी की है, फिर भी मेरी किस्मत में यह मोहताजी क्यों?'

यह प्रश्न कई वर्षों से मुझे भी परेशान करता आया था। नखशिख प्रामाणिक मनुष्यों के भाग्य में दुखों का संवर्धन क्यों होता होगा? इसका संतोषजनक उत्तर ढूंढ़ने के लिए कई चिंतन ग्रंथ उलटे। अंत में गीता पर आधारित एक पुस्तक 'कर्मफल' पढ़ने पर मेरी शंका का समाधान हुआ।

मेरी समस्या यह थी, अपनी अम्मी को मैं कैसे समझाऊँ कि सचित-कर्मों का हिसाब चुकाने उसने इहलोक में जन्म लिया है, जीवनकाल के दौरान जितने प्रारब्ध कर्म भुगतना लिखा होता है, उतने पूर्ण रूप से भुगतने पर ही छुटकारा होता है। उसमें से कोई भी छिटक नहीं सकता, फिर वह संत हो या महात्मा। रामकृष्ण परमहंस भी कैंसर रोग से पीड़ित हुए थे। उन्होंने भी देहदंड भुगता था। मेरी अम्मी दिन-रात बिस्तर पर लेटी रहती है। मोतियाबिंद के दो-दो ऑपरेशन होने के बावजूद उसकी धुंधली आँखें छत को निहारती रहती हैं। उसकी दौड़ थम गई है, मगर उसके विचार अधिक वेगवान हुए हैं। अब वह अतीत में चहलकदमी करने लगी है।

कभी अपने यौवन के दिनों का स्मरण होने पर वह सचमुच जवान हो, वैसे उठ बैठती है, पांव के लकवे को भूलकर दौड़ लगाने के लिए खड़ी होने लगती है और लुढककर ढह जाती है।

उसकी वेदना से मैं अनजान नहीं। उसके भीतर क्या घुल रहा है, यह मैं अनुभव कर सकता हूँ। मेरा चेहरा देखकर वह भी मेरी मन को खुली किताब की तरह पढ़ लेती है।

हम दोनों के संबंध विशेष हैं। हम दोनों का रिश्ता सिर्फ माँ-बेटे का नहीं, कुछ और भी है। हम एक-दूसरे से कोसों दूर रहे हैं।

अम्मी को सभी चाहते हैं। मेरा भाई और भाभी भी, मेरे चाचा और चाची भी। मेरी पत्नी और पुत्र थी। पड़ोसी तक उसके गुणगान गाते नहीं थकते।

कभी कोई परिचित स्त्री दो घड़ी अम्मी के पास बैठने आती, तो उसकी धुँधली आँखों में यकायक जुगनू उतर आते हैं। उन क्षणों में जाने-कितनी ही यादें उसके जर्जर चेहरे पर से गुजर जाती हैं। अपने यौवनकाल की उस सखी से बतियाते हुए वह फिर अपने में खो जाती है। जुगनू उड़ जाते हैं।

लकवे से पहले मैं अम्मी के दर्शन से कतराता था। मुमकिन हो तब तक उससे दूर ही रहता था। उसकी ममता की बाढ़ के आगे खड़े रहना मेरे लिए कठिन था। मैं उसका लाडला बेटा था। वर्षों की मिन्नतों के बाद मेरा जन्म हुआ था। मेरी परवरिश में उसने कहीं कोई कमी नहीं छोडी थी।

वह चाहती तो पति का स्वर्गवास होने के बाद दूसरा विवाह कर सकती थी लेकिन नहीं किया। मेरी पढ़ाई के लिए उसने अपनी काया घिस डाली। खुद भूखी रही, पर मुझे कभी भूखा नहीं सुलाया। इस अथाह स्नेह का ऋण मैंने कैसे चुकाया?

'माँ, मैं तुझे संगमरमर के आसन पर बैठाकर भोजनपान कराऊंगा और सोने के झूले पर झुलाऊँगा।' एस.एसी.सी. की परीक्षा दी, तबसे मैं विश्वास के साथ अम्मी से कहता आया था। तब मैं कहाँ जानता था कि सरस्वती की संतानों पर लक्ष्मी की कृपा शायद ही होती है।

मेरे शब्दों का खोखलापन मेरे आगे उजागर होने पर मेरा हृदय मुझे ही कचोटने लगा। अम्मी से मैं दूर रहने लगा। मेरी समस्या का यह समाधान भी खोखला था। मैं उससे मिलने न जाता तो वह स्वयं मेरे घर दौड़ आती। मेरी पत्नी, मेरे किशोर पुत्रों के सामने मुझे फटकारती। दो-चार धौल भी मेरी पीठ पर जमा देती। उसके तमतमाए हुए चेहरे में, उसके तीखे शब्दों में मुझे वात्सल्य का समुद्र लहराता हुआ नजर आता। मैं सबकुछ-चुपचाप सुन लेता। अंतत: उसका उबाल थम जाने पर हम इधर-उधर की बातें करते हुए साथ भोजन लेते।

मैं बेपर की छोड़ता, 'अम्मी, आज के अखबार में आपके लिए एक शुभ समाचार है। नब्बे साल का एक बूढ़ा अस्सी साल की एक बुढ़िया को उड़ा ले भागा।' फिर मैं हौले

से जोड़ता, 'आपकी उम्र तो अभी सत्तर के नीचे ही होगी।' खाते-खाते उसे अपने आगमन का कारण फिर याद आ जाता। अब की वह मेरी पत्नी पर टूटती, 'बहू शादी से पहले मेरा बेटा हीरे जैसा था। तुमने ही उसे बिगाड़ा है। तीस साल की मेरी दी हुई तरबियत पर पानी फेरने में तुमने तीन घंटे भी नहीं लिए।'

पत्नी चुपके से मुस्कराती है, 'सच तो यह है, माँ जी, इस घर में मेरी सुनता ही कौन है? दो झापड़ और लगा दो।'

दोनों पुत्र बीच में ही बोल उठते, 'हाँ, माँजी, मार-मारकर चूँ-चूँ का मुरब्बा बना डालो पापा का, मजा आ जाएगा।'

वह हँस देती। मेरी पत्नी, मेरे बच्चे हँस देते। घर की दीवारें भी खुशी में लहराती हों, ऐसा अनुभव होता।

लकवा होने के बाद मेरे घर आना उसके लिए संभव न था। मैंने इतवार-इतवार उसकी मुलाकात लेने का निश्चय किया। मैं बंबई के उपनगर 'बांद्रा' में रहता हूँ। वह मेरे छोटे भाई के साथ वर्सोवा में रहती थी।

इतवार का दिन मैं उसी के साथ गुजारता, उसे थोड़ा सुख देने के लिए उसके अतीत को कुरेदता। यौवनकाल के, संघर्ष के वे दिन उसकी अनमोल पूँजी बन गए थे। जैसे-जैसे मौत करीब आती जा रही थी, वह दूर के अतीत में फिसलती जा रही थी।

उसे हरजीवन नामक एक हिंदू लड़का याद आता, जिसकी परवरिश मेरे दादाजी के समय में हमारे घर में हुई थी। अपना गाँव, अपनी हवेली, अपनी बाल सखियाँ याद आतीं। अपने बचपन की अंतरंग बातें वह मुझसे करती। मैं उसका सिर अपनी गोद में लेकर चम्मच से उसे दलिया खिलाता। समय बदल चुका था। पात्र बदल चुके थे। बचपन में वह मुझे गोद में लिटाकर खिलाती थी। मृत्यु के चंद दिनों पहले उसके चेहरे पर से एक बदली को अपनी परछाईं छोड़कर गुजरते हुए देख मुझे शंका हुई। मैंने कारण पूछा तो उसने बताया कि पचास के दशक में हमारी एक पड़ोसन से उसने पाँच रुपए कर्ज लिए थे और उसे लौटाना वह भूल गई थी। वह पड़ोसन भी अब हयात नहीं थी।

तुरंत मैंने जेब से पाँच का एक नोट निकालकर उसके आगे बढ़ा दिया। 'अम्मी,' फिर कहा, 'यह नोट आप अपने हाथ से दान कर देना।'

वह बोली, 'दान पराए धन का नहीं होता। मेरा कर्ज मेरी अपनी मेहनत से चुकता होना चाहिए।'

वनफूल का यह अद्भुत रूप, उसकी यह अलौकिक महक, ये इंद्रधनुषी रंग तो किसी भाग्यशाली पुत्र को ही नसीब होता है। मैं स्तब्ध होकर उसके सामने देखता रहा। मंत्रमुग्ध होकर काफी देर तक सोचता रहा।

आखिर मैंने उसकी परेशानी का उपाय खोज निकाला। उसे सिर्फ़ कुरानशरीफ़ की आयतों की तिलावत (पठन) कर मेरे एक सुखी मित्र को बख्श देना था, ताकि उसकी रोजी में बरकत हो।

यह अम्मी की अपनी मेहनत होगी। मेरे इस काम के बदले में मैं उसे पाँच रुपए दूँ जो किसी दीनहीन को उसे दान करना था।

अंत में मैंने स्वभावतः व्यंग्य करते हुए जोड़ा, 'यानि कि अगले इतवार को मेरे पाँच रुपए मुझे लौटा देना।'

वह हँस दी।

यह उसकी आखिरी मुस्कराहट थी। निष्पाप, निर्मल, मानसर के हंसों जैसी उजली। किसी देवी, सती, सत्वगुणी की आत्मा से ही वह उठ सकती है। उसका उद्गम स्थान ढूंढ़ने के लिए मैं अम्मी का एक्स-रे फोटो आँखों के सामने धरकर कभी घंटों देखा करता हूँ।

* * *

20

अनाड़ी नंबर बन

दे.म. पांडे पत्रकार था। अपने पेशे में दक्ष था। प्रामाणिक था। निश्छल था। इस पर तुर्रा यह कि उसके आदर्श भी ऊँचे थे। इस ऊँचाई को आलंकारिक भाषा में 'आकाश तक ऊँची' कह सकते हैं। उसके आदर्शों की यही ऊँचाई उसके जीवन में कदम-कदम पर बाधा बनती आई थी।

पत्रकार दे.म. पांडे आखिरी सात महीनों से बेकार था। नई नौकरी के लिए उसने कई अखबारों में अर्जियाँ डाली थीं। अब तक उनका कोई नतीजा नहीं निकला था। उसे उम्मीद थी, देर-सबेर एक नौकरी उसे अवश्य मिलेगी। उम्मीद के इसी तिनके के सहारे वह छिटपुट कामों पर टिका हुआ था। उसके साथ उसका परिवार भी घिसटता आ रहा था। भारी कड़की के ये दिन थे।

यह पीड़ा क्या कम थी कि उसे एक धक्का और लगा। वह था गुजरात के कंडला बंदरगाह से गुजरे तूफान का। निरंतर तीन दिनों तक उसने यह कहर टी. वी. पर देखा था। हफ्ते-भर तक पत्र-पत्रिकाओं में खबरें पढ़ी थीं। उसका रोआँ-रोआँ कलप उठा था।

पत्रकार दे.म. पाँडे की कहानी

पत्रकार दे.म. पाँडे की ज़ुबानी...

सैकड़ों इंसानों को समंदर लील गया और मैं अपनी बूढ़ी माँ के जोड़ों के दर्द के इलाज के लिए घुट-घुटकर मरा जा रहा हूँ। हजारों लोग घर से बेघर हो गए और मैं अपने बीवी-बच्चों की उदास सूरतें देखकर छीज रहा हूँ। इससे शर्मनाक और क्या हो सकता है।

मन-ही-मन मैंने निश्चय किया, दुर्घटनाग्रस्त लोगों की पीड़ा को मैं उजागर करूँगा। मैं अपने लहू में कलम डुबोकर एक ऐसी कहानी लिखूँगा, जिसे पढ़कर पाठकों की बोटी-बोटी फड़क उठे। उन भूखे-नंगे यतीमों की ऐसी तसवीर खींचूँगा कि पढ़ने वालों का कलेजा मुँह को आ जाय।

'इससे क्या फर्क पड़ेगा, पांडे जी?' मेरे विचार जानकर एक मित्र ने प्रश्न किया।

मुझे ताज्जुब हुआ, 'क्या मतलब?'

'आप पत्रकारों ने सिर्फ़ कलम चलाना सीखा है।' यह उसका उत्तर था, 'नेताओं के भाषणों की तरह आप लोगों की कलमों ने अखबारों के कई पन्ने बिगाड़े हैं, लेकिन

उससे एक भी भूखे को रोटी नहीं मिली, नंगे को कपड़ा नहीं मिला। आजादी के पचास साल बाद इस देश के अनगिनत लोग आज भी बेघर हैं, बल्कि उनमें लाखों नए मोहताजों का शुमार हुआ है।'

मित्र की टिप्पणी सही थी। कहानियों और भाषणों से किसका भला हुआ है? किसके पेट की आग बुझी है? मेरी एक अदद कहानी से कंडला के हजारों बेघर लोगों का क्या खाक भला होगा? मैंने नया निश्चय किया। वे बेबस, बेघर महिलाएँ, एक जून रोटी के लिए बिलबिलाते वे बच्चे, उन मुफलिसों की खातिर संभव हो उतने रुपए इकट्ठा करने की मैंने ठान ली।

अधिक सोचने की मुझे जरूरत नहीं थी। हुतात्मा चौक में मैं खड़ा था। सामने के मकान में अंतर्राष्ट्रीय कंपनी का शानदार दफ्तर था। उसका मालिक किसी सांस्कृतिक प्रतिनिधि मंडल के साथ फ्रांस गया था, तब मैंने ही उसका साक्षात्कार तसवीर के साथ एक सांध्य दैनिक में छपवाया था। उस समय मुस्कराते हुए उसने कहा था, 'पांडे जी, कभी सेवा का मौका हमें भी दें।' इससे बढ़िया अवसर फिर हाथ आनेवाला नहीं था।

लिफ्ट धीमे-धीमे ऊपर जा रही थी। मन-ही-मन मैं हिसाब जोड़ रहा था। शाम तक मैं कम से कम दस उद्योगपतियों से मिलूँगा। दस हजार रुपए नकद उगाहूँगा। उन दस हजार रुपयों से एक हजार बेघरों को एक जून की रोटी मिलेगी और इस नन्ही-सी जान को आतासंतोष।

पलभर के लिए मुझे अपने परिवार के दस भूखे चेहरे याद आए और दसवीं मंजिल आने पर लिफ्ट रुकी। मैं बाहर निकलकर दाहिनी ओर मुड़ गया।

'हैलो, पांडे जी! ' घुमंतू कुर्सी पर से खड़े होते हुए सेठ रुस्तम जी वर्किंग बॉक्स वाला ने मेरा स्वागत किया, 'तशरीफ़ रखिए। आज... अर्से बाद हमारी याद कैसे आई?'

उत्तर में मधुर मुस्कान बिखेरकर मैं उनके सामनेवाली कुर्सी पर बैठ गया। बीच में तीन टेलीफोन से सजी मेज थी। उन्होंने अपनी घुमंतू कुर्सी में स्थान लिया। अभी मैं खामोश था। अपने विचार पेश करने के लिए सही शब्द ढूँढ रहा था।

'कोई खास काम है?' अधीर होकर उन्होंने फिर पूछा।

'जी... जी हाँ।' एकबारगी कहकर मैं असली बात पर आ गया, 'कंडला के बेघर लोगों के लिए मैंने चंदा इकट्ठा करने का फ़ैसला किया है।'

'हूँ।'

'आपसे शुरूआत कर रहा हूँ।'

'हूँ..' अपनी पीठ पुश्त पर टिका देते हुए उन्होंने सिगार जलाई, 'कितने रुपयों की उम्मीद रखते हैं आप?'

'जितने भी आप दे सकें।'

चेहरा उठाकर वे धुएँ के छल्ले छोड़ने लगे। छोटे-छोटे छल्ले धीरे-धीरे छत तक जाकर बिखर जाते थे। कुछ देर बाद उन्होंने पुन: मेरी ओर देखा। फिर बुदबुदाए, 'कम-से-कम दस हजार तो हमें लिखवाने चाहिए।'

मेरी आँखें चौड़ी हो गई। शाम तक मैंने दस हजार रुपयों की थैली इकट्ठा करने की आशा रखी थी। पहला ही हाथ दस हजार का लगेगा इसकी मुझसे कल्पना भला कैसे हो सकती है?

'इब्तिदा करने के लिए दस हजार और एक का आँकड़ा शुभ है।' स्वस्थता से मैंने जता दिया।

'हमारा बस चले तो हम पचास हजार एक लिखवा दें।' यह कहते हुए उनका स्वर थोड़ा दब गया। धुएँ के छल्ले थोड़े पतले हो गए, 'लेकिन हमारी एक प्रॉब्लम है। हमें अपने पार्टनर से इजाजत लेनी पड़ेगी।'

यानि मूल राशि दस हजार भी खतरे में।

'आप फोन पर इजाजत नहीं ले सकते?' मेरा उत्साह भी ढीला पड़ने लगा। 'वे अभी-अभी घर गए हैं।' एक गहरा कश लेकर उन्होंने सिगार राखदान पर रख दी, 'आप एक काम कीजिए, पांडे जी! यहाँ से सीधा उनके फ्लैट पर पहुँच जाइए।'

'फिर?'

'हमारी ओर से उनसे अनुरोध करना। उम्मीद करते हैं, आपका काम बन जाएगा।'

यहाँ अब समय गंवाने का कोई मतलब नहीं था। सेठ वर्किंग बॉक्स वाला से पता लेकर उनका आभार माना और मरीन ड्राइव पर सेठ टॉकिंग बॉक्स वाला के निकास पर आ पहुँचा। आठ बैडरूम वाले शानदार फ्लैट के शानदार बैठक कक्ष के नर्म सोफा में मैंने स्थान लिया।

चंद मिनटों की प्रतीक्षा के बाद सेठ टाकिंग बॉक्स वाला अपना गंभीर चेहरा लिए मेरे सामने उपस्थित हुए। मैंने संक्षेप में अपना परिचय दिया और संक्षेप में ही आगमन का कारण बताया। उनका चेहरा थोड़ा और गंभीर हो गया। काफी देर तक वे गुमसुम बैठकर सोचते रहे। फिर बोले, 'इस द्वार से कोई मायूस लौट जाए यह मैं पसंद नहीं करता।'

'मैं आपको एक सिफ़ारिशी पत्र दूँगा।' थोड़ा सोचकर उन्होंने आगे कहा, 'उस पते पर जाकर आप गुजारिश करेंगे तो मुझे यकीन है कि आपको अधिक नहीं तो कम-से-कम पचास हजार का चैक मिल जाएगा।'

सेठ टाकिंग बॉक्स वाला ने दो वाक्य लिख दस्तखत किए और पत्र लिफाफे में डाल मेरे हाथ में थमाया तो मेरी बाँछें खिल गई। सिफारिशी पत्र मिस सनाया सहगल के नाम था। वह कोई और नहीं, हिंदी फिल्मों की 'हीरोइन नंबर वन' थी। पिछले साल उसने एक

के बाद एक पाँच जुबली फिल्में दी थीं।) अनगिनत युवक उस पर तहेदिल से मरते थे। कॉलेज की युवतियां उसकी हर अदा की नकल करने में गौरव अनुभव करती थीं।

'मैडम सनाया से कहना-' सेठ वर्किंग बॉक्स वाला के पार्टनर सेठ टाकिंग बॉक्सवाला ने मुझे दरवाजे तक छोड़ने के लिए आते हुए पहली बार मुस्कराकर बताया, 'जितने रुपए वह लिखवाएगी, उससे मेरा एक रुपया ज्यादा। होगा।'

मिस सनाया के पाली हिल के बंगले के सदर दरवाजे पर मैं आया तो दो बंदूकधारी गुरखों ने मुझे रोका। मैंने लिफाफा दिखाते हुए अपना आई-कार्ड भी पेश किया। मेरे लिए सदर दरवाजा खुल गया।। मैं आगे बढ़ा। मेरे और बंगले के बीच क्रिकेट की पिच के बराबर हरियाला लॉन था, जो रंग-बिरंगे फूलों के छोटे-छोटे पौधों की कतार से घिरा था। लॉन के मध्य में एक स्विमिंग पूल था। पूल के किनारे और सप्तरंगी धारियों वाले एक छाते तले बेंत की कुर्सी डाल काले चश्मे में मिस सनाया सहगल बिकनी पहने बैठी थीं। हाथ में ऑरेंज जूस का गिलास था। उसकी बगल में उसका सेक्रेटरी डायरी के साथ खड़ा था और किसी शूटिंग की डेट के बारे में फुसफुसाहट हो रही थी।

दोनों के आगे अदब से खड़े होकर मैंने मैडम के हाथों में सिफारिशी पत्र रखा। उसने आंखों से काला चश्मा हटाया तो संक्षेप में अपनी योजना भी बताई। अब मैं चाहता था कि भूखों को केवल रोटी ही नहीं, बीमारों को दवाइयां भी मिलें। मिस सनाया सहगल की झील-सी आँखें कभी सिफारिशी पत्र पर ठहरती थीं तो कभी मेरे चेहरे पर। सेक्रेटरी मौन खड़ा था। दूब का मुलायम कलीन मेरे पांवों-तले था। जी चाहा उस पर थोड़ा लोट लूँ मगर साहस नहीं हुआ।

'पांडे जी! ' आखिरकार मिस, सनाया ने कहा, 'मैं जानती हूँ आपका इरादा नेक है। मगर इक्के-दुक्के लोगों की सहायता से इतने भारी-संकट का मुकाबला नहीं किया जा सकता।'

'तब?'

'मेरा एक सुझाव है।' उसने ऑरेंज जूस का खाली गिलास तिपाई पर रखते हुए आगे कहा, 'उस पर अमल करने से आप एक करोड़ से ज्यादा ही रुपए इकट्ठा करने में सफल हो जाएंगे।'

'सच?'

उसने उपाय समझाया, 'अगले महीने हम यहां कॉकटेल पाटी रखेंगे।'

'किसलिए?'

'बेघर लोगों के लिए?'

'लेकिन मैडम... ' मैंने काठ के उल्लू की तरह टोका, 'बेघरों को कॉकटेल से क्या मतलब?'

इडियट! यह शब्द वह मन में अवश्य ही बोली होगी। फिर कहा, 'कॉकटेल पार्टी में शहर के नामी-गिरामी सभी लोग आएँगे। उनमें उद्योगपति भी होंगे और सुपरस्टार भी। घोड़ों के मालिक होंगे और बिल्डर्स भी। नगर-सेवक होंगे और केंद्र के नेता भी। उन सबसे मैं खुद हाथ जोड़कर प्रार्थना करूँगी। हर एक से कम-से-कम लाख रुपए उगलवाऊँगी। अब कहिए, पांडे जी, आपकी क्या राय है?'

'अद्भुत, अद्भुत!' मैं एक ही शब्द कह पाया। दस हजार की मेरी कल्पित थैली का वजन काफी बढ़ने वाला था। आँकड़ा करोड़ पार करने वाला था। मेरा चेहरा लॉटरी-टिकट के विजेता की भांति दप-दप होने लगा।

मिस सनाया सहगल युवा थी, छरहरी थी, नयन के तीर चलाने में माहिर थी। दिल से दिल तक राह बनाकर पुरुषों की जेब में डुबकी लगाना उसे अपनी माँ से विरासत में मिला था। वह स्वयं अपने गुनगुने स्वर में कॉकटेल पार्टी में उपस्थित आमंत्रित मेहमानों को सहायता के लिए ललकारने वाली थी। किसमें जुर्रत थी कि वह उसके शब्दों को नकारे?

कॉकटेल पार्टी की तैयारी में मुझे भी एक अहम भूमिका निभानी थी। इसके प्रचार की सारी जिम्मेदारी मिस सनाया सहगल ने मुझे सौंपी थी। दूसरे ही रोज से मैंने धुंआधार प्रचार शुरू कर दिया।

मुंबई शहर के लगभग सभी छोटे-बड़े अखबारों में खबरें छपीं। बॉलीबुड की पत्रिकाओं में मैडम की रंगीन तस्वीरों के साथ लेख भी छापे गए। यही नहीं, टी. वी. चैनलों ने भी इस नेक काम में भरपूर सहयोग दिया।

आखिरकार कॉकटेल पार्टी की शाम आ पहुँची। सूरज ढलने से पहले मैं बँगले पर पहुँच गया। मैडम प्रसन्न थी। उसका सचिव भी खुश था। उसने नाम और तस्वीरों के साथ छपी सारी खबरों की एक एलबम बनाकर मैडम को पेश की थी। इस समूचे प्रचार की बागडोर सँभालने के लिए मैडम ने मेरा आभार माना।

सूर्यास्त कब का हो चुका था। पूल-साइड दुलहन की तरह सज-धजकर तैयार था। नन्हे-नन्हे रंगीन बल्बों की रोशनी से पेड़-पौधों को सजाया गया था। एक के बाद एक मेहमान आ रहे थे। थोड़े अरबपति, जो मुझसे पहले आकर मैडम के दीवानखाने में शराब पी रहे थे, पूल-साइड पर पधारे और पीना आगे बढ़ाया। माहौल में मंद-मंद संगीत गूँज रहा था। श्वेत पोशाक में जँच रहे 'बैरा' साकी बने हुए थे।

एक बैरा भरी हुई व्हिस्की की बोतल और खाली गिलासों की ट्रे के साथ मेरी सेवा में उपस्थित हुआ। उसके पीछे एक और बैरा था। उसकी ट्रे में चिकन कबाब और मटन

समोसे थे। मैंने कबाब की ओर हाथ बढ़ाया और मुझे बीवी बच्चों की पलटन याद आ गई। पोपले मुँह वाली बूढ़ी माँ का चेहरा आँखों में तैरने लगा। वे सब आज भी चाय-पाऊँ खाकर सो गए होंगे।

मैंने किसी भी चीज को न छुआ, अत: दोनों बैरा मेरे आगे से खिसक गए। रात बढ़ती जा रही थी। भिनभिनाहट शोर में तबदील होती जा रही थी। भीड़ का एक हिस्सा मस्ती में आकर गा रहा था-सनाया, ओ सनाया, तुझे किस रब ने बनाया। मगर अब तक किसी ने कंडला के तूफान या बेघरों के विषय में एक शब्द भी नहीं कहा था।

मेरे धीरज का पल्ला छूटने ही वाला था कि मैडम सनाया सहगल ने दो शब्द कहने की शुरूआत की। शोर डूबने लगा। वह बोल रही। काजल कारे उसके नयन बोल रहे थे। बिना बाँहों की उसकी चोली बोल रही थी। गले में जगमगा रही मोतियों की मालाएँ बोल रही थीं। अनमोल साड़ी में बुने चाँदी के तार बोल रहे थे। हाथ में अदा से धरा हुआ जाम बोल रहा था...

'इस समय हजारों बेघर, भूखे-प्यासे लोग बिलख रहे होंगे। सैकड़ों बच्चों ने खाली पेट दम तोड़ दिया होगा। कई बदकिस्मत कॉलरा और टाइफाइड की चपेट में भी आ गए होंगे। वे सब हमारी तरह इंसान हैं। उन्हें जीने का उतना ही अधिकार है, जितना कि हम-आपको है...'

तालियों की गड़गड़ाहट से माहौल गूँज उठा। भाषण वास्तव में धुंआधार था। जिस किसी डायलॉग राइटर ने लिखा था, काबिले तारीफ़ था। मैडम ने भी जिस नाटकीय शैली में संवाद बोले थे, वह प्रभावशाली थी। एक-एक शब्द मानो उसके दिल की तह को छूकर उभरा था। मेरा अपना हृदय भी पसीज गया। अफसोस कि मेरी जेब में वापस घर जाने के लिए बस के किराए के अलावा एक पैसा भी अधिक नहीं था कि मैं चंदे में दे सकूँ।

तालियों की आवाज थमी कि मैडम तुरंत मूल विषय पर आई। उसने अपनी ओर से पचास हजार और एक रुपए की रकम घोषित की। थोड़े अंतर पर बैठे एक मारवाड़ी सज्जन ने ऊँची आवाज में लाख लिखवाए। तीसरी ओर से डेढ़ लाख का आँकड़ा सुनाई दिया। बोलियाँ बोली जा रही थीं, जैसे बढ़-चढ़कर चंदा लिखवाने की होड़ लगी थी।

मन-ही-मन मैं जोड़ मिलाता गया। आखिरी सज्जन, जो फिल्म-निर्माता थे, उन्होंने पंद्रह लाख देने की घोषणा की और ग्रांड टोटल एक करोड़ को पार कर गया।

कहीं रात के दो के डंके बजे। मैंने देखा, नशे में चूर होकर स्त्री-पुरुष एक-दूसरे से टकरा रहे थे। कोई ठहाके पर ठहाका लगा रहा था, तो कोई कुर्सियों के नीचे लुढ़क गया था। मैं सोच रहा था, करोड़ रुपयों के चैक मेरे हाथ में कब आएँगे? कैसे आएँगे?

दूसरे रोज मैं मैडम सनाया के बंगले पर पहुँचा तो वह शूटिंग पर गईं थी। तीसरे रोज मैं देर शाम में गया तो पता चला, हफ्ते-भर के लिए वह आउटडोर गई है। पूरा एक माह मैंने चक्कर काटे और एक रविवार को मैडम से मुलाकात हो ही गई।

'आप!'

'जी, मैं।'

थोड़ी देर पसोपेश में रहकर उसने पूछा, 'सबसे चैक इकट्ठे किए?'

'वह तो आपके सचिव का काम था।'

उसे एक धक्का और लगा।

'पांडे जी!' वह बोली, 'यह कहते हुए मुझे अफसोस होता है कि आप अनाड़ी नंबर वन हैं।'

'जी?'

'अपने पचास हजार लगाकर मैंने कॉकटेल पार्टी आयोजित की।' उसकी नए टेलीफोन की घंटी-सी मधुर आवाज कर्ण-कटु हो गई, 'जिन नामवरों का एक-एक पल कीमती होता है, उन्हें यहाँ इकट्ठा किया और आप उम्मीद करते हैं कि चंदा इकट्ठा करने के लिए हम दर-दर की ठोकरें भी खाएं? क्या आपका फर्ज नहीं बनता था कि उन लोगों के दफ्तर पहुँचकर दूसरे ही रोज चैक ....'

'लेकिन ... ' मैंने टोका, 'मेरे पास पते नहीं थे।'

'वे मेरे सचिव से माँग लिए होते।'

'खैर.. ' मैंने संयत रहते हुए कहा, 'अभी भी देर नहीं हुई है। कल से मैं चैक-वसूली का काम शुरू कर दूँगा।'

सचिव से पते लेकर दूसरे दिन मैं सबसे पहले उस मारवाड़ी सज्जन के घर पहुँचा, जिन्होंने मैडम की घोषणा के तुरंत बाद लाख रुपए लिखवाए थे। मेरी सूरत देखते ही वे समझ गए, मैं चंदा उगाहने के लिए आया हूँ।

'आपका नाम पांडे जी है सही?' मैं कुछ कहूँ इसके पहले ही वे बोले। मैंने सिर हिला कर संकेत से 'हाँ' कहा।

'शायद आपको पता नहीं होगा ... 'गौर से मेरा फटेहाल हुलिया देखते हुए वे कह रहे थे, 'संझा एक्सप्रेस, शाम के अखबार का मैं मालिक हूँ और नौकरी के लिए आपने हमारे यहां अर्जी डाली है।'

'जी... जी हाँ।' मेरे होंठ खुल गए।

'कल से काम पर आ जाना।'

'जी।' कहते हुए मेरे होंठ सिल भी गए।

* * *

21

तीसरी आँख

एक करोड़पति था।

एक करोड़पति के पास जो कुछ होता है, वह सब उसके पास था। आलीशान बंगला, बंगले के चारों ओर बागीचा। बागीचे के एक ओर छोटा-सा गोलाकार स्वीमिंग पूल। दूसरी ओर लंबी, आरामदेह कुर्सियाँ, सेंटर टेबल, झूला। लेकिन इन नेमतों का यह कभी-कभार ही उपयोग करता। कभी छुट्टी के दिन उसकी पत्नी प्यार से आग्रह करती तो वह उसके साथ बैठ जाता। फिर काफी देर तक वह पत्नी के साथ मीठी-मीठी बातें किया करता। उसकी बातों का विषय एक ही रहता।

वह कहता, 'मेरे जैसा सुखी इंसान इस संसार में शायद ही कोई होगा।' वह कहती, 'मैं भी क्या कम खुशकिस्मत हूँ।'

वह कहता, 'तुमसे शादी की, तब लोग टीका करते थे-बच्चों के लिए सौतेली माँ लाना ठीक नहीं। तुमने तो सगी माँ से ज्यादा प्यार मेरे बच्चों को दिया है।' वह कहती, 'मैंने तो सिर्फ अपना फर्ज निभाया है।'

बूढ़े का स्वभाव कुछ अलग ही था। वह करोड़पति था लेकिन उसकी जिंदगी एक आम आदमी-सी सरल और सीधी थी। गैरेज में दो फिएट कार होने के बावजूद वह पैदल या बस से सफर करना ज्यादा पसंद करता था।

बंगले में एक बग्घी भी थी, लेकिन उसमें सफर करते हुए किसी ने उसे देखा हो, ऐसा किसी को याद नहीं था। घर का पुराना नौकर कभी बताता, जवानी के दिनों में सेठजी बग्घी में ही सफर करते थे। उन दिनों उनका ठाट कुछ अलग होता था। अँग्रेजों की तरह वह सूट पहनते और गले में 'बो' बाँधते। सिर पर हैट भी रहती। बात भी अँग्रेजी में करने। वह बात गई, वह ठाट गया। आज का उनका लिबास, सफेद कुर्ता-पजामा देख कोई यह कह सकता है कि कल वाले सेठ सुंदरलाल यही होंगे?

रोज शाम वह वॉक के लिए निकलता। कभी चलते-चलते दूर तक निकल जाता और शाम ढले वापस आता। उसके घूमने की जगहें भी अनोखी होती थीं।

रोज समंदर किनारे टहलने के बजाय हफ्ते में एक-आध बार कालबादेवी के भीड़-भरे इलाके में जाना वह अधिक पसंद करता था। क्राफर्ड मार्केट के स्टॉलों में उसके लिए आकर्षण था। फुटपाथ के ठेलेवाले उसे काफी देर तक रोके रखते थे।

उसकी पसंद के विषयों के बारे में कोई एकमत नहीं हो सकता। उसे कुदरत की बनाई हुई लगभग चीजों में दिलचस्पी थी। पशु, पक्षी, फूल, पेड़, चाँद, तारे, कंकड़-पत्थर वगैरह उसकी पसंद के विषय थे। अपने परिवार में भी उसे उतनी ही दिलचस्पी थी। शायद इसीलिए वह सुखी था।

कभी उसे लगता कि वह पत्नी को पूरी तरह संतुष्ट नहीं कर पाता। पत्नी अभी जवान थी और वह करीब-करीब बूढ़ा। लेकिन पत्नी का प्यार बरसाता चेहरा उसके विचारों को उठाकर पटक देता। वह बँगले से बाहर निकलता और पत्नी मुस्कराकर उसे विदा करती। रात को वह घर लौटता और पत्नी उसका हँसकर स्वागत भी करती। पत्नी के लफ़्ज, पत्नी का जिस्म, पत्नी की आँखें और पत्नी की नींद में भी पूर्णता थी।

एक शाम वह चोर बाजार चला गया। किसी खास वजह से नहीं। बस, यों ही। पुरानी चीजों के ढेरों को देखता, रुकता, वह आगे बढ़ रहा था। कीलें, चाकू, टायर, स्पेयर पार्ट्स, किताबें, फर्नीचर, जूते, घड़ियों, कई ठेले उसने देखे। अंत में उसकी नजर चश्मों के एक ठेले पर रुक गई। भांति-भांति के चश्मे उसमें बिखरे पड़े थे। पुराने थे, नए भी थे। शीशे वाले थे। शीशे के बगैर भी थे। डंडी वाले थे। डंडी के बगैर भी थे। प्लास्टिक के थे। चाँदी के तथा सुनहरी फ्रेम वाले भी थे।

एक चश्मा उसे पसंद आ गया। चाँदी के रंग की पतली तार वाली कमानी थी। उसमें काले रंग के शीशे लगे थे। उसने चश्मा पहनकर देखा, कुछ अजीब लगा। चश्मे के काले शीशे के पीछे से उसने ठेलेवाले मियाँ की ओर देखा तो उसे लगा, मियाँ के विचारों को वह पढ़ सकता है। मियाँ सोच रहा था- देखने में बूढ़ा फटीचर लगता है, लेकिन साले का चेहरा उसकी अमीरी की चुगली खाता है। ऐनक की कीमत कम-से-कम बीस उगलवाऊँगा।

सुंदरलाल ने चश्मा उतारकर रखते हुए 'दो रुपए' कहा। ठेलेवाला मियाँ चौंक गया। थोड़ा चिढ़ भी गया, 'सेठ जी, पच्चीस का तो सिर्फ़ फ्रेम है। कम-से-कम पंद्रह लूँगा।'

चश्मे को ठेले में रखकर वह चलने लगा।

'अच्छा, दस दे दीजिए। पाँच ... तीन ....'

ढाई रुपए में सौदा तय हुआ। उसने चश्मा खरीद लिया। लेकिन चश्मे के राज के बारे में किसी को पता न लगने दिया। घर आकर उसने अपनी पत्नी से भी नहीं कहा। और इसका कारण था। पत्नी औरत थी। औरतों के पेट में बात नहीं टिकती। ऐसा उसका अनुभव था।

बड़ा बेटा यज्ञ बत्तीस साल का जवान था। जयंतीलाल के साथ ऑफिस का आधा काम वह सँभालता था। उससे कहूँ? कहने की जरूरत थी? नहीं थी। यह राज राज ही रहे, इसमें मजा था। फिर एक सवाल उठा। केतकी से कह दूँ? केतकी उसकी लाड़ली बेटी थी। उसके पेट में बात भी टिकती थी। वह औरत होने के बावजूद अपवाद थी।

केतकी को ढूंढ़ने वह एक कमरे से दूसरे कमरे में और दूसरे से तीसरे में गया। केतकी के न मिलने पर उसने घर की बिल्ली को बात बता दी। पल-भर उसे लगा, वह खुद एक औरत जैसा है। वह थोड़ा मुस्कराया और डाइनिंग टेबल की एक कुर्सी पर बैठ गया।

'क्या सोच रहे हैं आप?' पत्नी ने उसके पासवाली कुर्सी पर बैठते हुए पूछा। उसने कहा, 'बूढ़ों के पास मौत के अलावा सोचने के लिए और होता भी क्या है?'

'छि: ... ऐसा अशुभ क्यों कहते हैं?' उसकी पत्नी बोल उठी, 'अभी तो आपको काफी जीना है। केतकी कॉलेज के आखिरी साल में पढ़ रही है। उसकी शादी की तैयारियाँ अभी से शुरू करनी पड़ेगी। केतकी की शादी न होगी तब तक यज्ञ ने शादी न करने की कसम खाई है। केतकी के बाद उसकी बारी है। दोनों नई जिंदगी शुरू करेंगे, तभी मौत आएगी। और वह भी आपको नहीं, मुझे।' 'तुम्हें!' उसने हैरत जताई, 'तुम तो अभी जवान हो।'

'भगवान जानता है... ' कहते हुए पत्नी की आँखें छलछला आईं, 'आपकी मौत का दुख मुझसे बर्दाश्त न होगा। पहले मुझे ही मौत आएगी।'

दोनों खाना खत्म कर खड़े हो गए। आज यज्ञ और केतकी पहले खा चुके थे। जयंतीलाल अभी ऑफिस से नहीं लौटा था। कामकाज के दिनों में सब अपने-अपने अनुकूल समय पर खाना खा लेते थे। छुट्टी के दिन सब डाइनिंग टेबल के चारों ओर बैठकर एक साथ खाना खाते। यहाँ-वहाँ की कई बातें करते। कई विषय छिड़ते। थोड़ी-सी बहस भी होती।

सुंदरलाल अपनी जवानी के दिनों के एक-दो किस्से सुनाने से नहीं चूकता (जो वह कई बार सुना चुका होता है)। फिर भी सब कान देकर उसके किस्से सुनते और अंत में रेस्पांस भी देते। उसे कभी ऐसा नहीं लगता कि वह रिटायर्ड है, इस परिवार को उसकी जरूरत नहीं।

उसके हमउम्र दोस्त हमेशा अपने परिवार के सदस्यों की बुराई किया करते। अपने ही बेटे-बेटियों को लताड़ते। पत्नी में ऐब निकालते और उस वक्त सुंदरलाल मन-ही-मन भगवान का आभार मान लेता।

रात सोने से पहले उसकी कई बार इच्छा हुई कि वह काला चश्मा पहनकर नई आँखों से सबको देखे। लेकिन रात को काला चश्मा पहनने से कोई उसे बेवकूफ़ मानकर मजाक न उड़ाए, इस डर से उसने चश्मा सँभालकर अपने तकिए के पीछे रख दिया। पूरे दिन की घटनाएँ दोहराते हुए उसने आँखें मीच लीं।

देर रात को उसकी आँखें खुलीं तो उसने देखा-पत्नी उसकी बगल में न थी। उसे थोड़ा दुख हुआ। उसने पत्नी से कई बार कहा था कि उसे केतकी की ज्यादा चिंता नहीं करनी चाहिए। फिर भी वह रात को एक-दो बार उठकर उसके कमरे में झाँक आती। वह पढ़ती होती तो उसके कमरे की लाइट ऑफ कर उसे प्यार से सो जाने को कहती और

वापस आकर अपनी जगह लेट जाती। सुबह आया किचन से नाश्ते की ट्रॉली लेकर आई, तब वह अपना चश्मा ढूंढ रहा था। चश्मा उसने तकिए के पीछे से उठाकर अपनी अलमारी की दराज में रखा था, यह याद आने पर वह अलमारी तक गया और चश्मा निकालकर अपने कुर्ते की जेब में डाल दिया।

'आया!' उसने ट्रॉली में से चाय का कप उठाते हुए पूछा, 'तू तो आज से छुट्टी पर जानेवाली थी न?'

आया ने कहा, 'सफर के लिए आजकल मौसम ठीक नहीं।'

'हर वक्त तू छुट्टी मंजूर कराती है और कुछ बहाना बनाकर कैंसल भी कर देती है। मेरे खयाल से इस घर की माया को छोड़ना तेरे लिए मुमकिन नहीं। माहवार कितना मिलता है?'

'पचपन रुपए।'

'अगले महीने से पचहत्तर हो जाएँगे।'

आया खुशी-खुशी किचन में लौट गई।

जल्दी से चाय खत्म कर बूढ़े ने चश्मा पहना। दीवार के रंग बदल गए। बैडरूम के माहौल में शाम उतर आई। उसकी नजर कैलेंडर पर ठहर गई। आज रविवार था। डबलबैड के बीच से उठकर वह खिड़की में आया।

सूरज की किरणें उसे ठंडी लगीं। आँखों के नीचे फैली घास गहरी हरी थी। फूलों के उजले रंग गहरे लाल, गहरे जामुनी, गहरे नीले और गहरे पीले थे। स्वीमिंग पूल के पानी का रंग भी बदला हुआ था। स्वीमिंग पूल के किनारे-किनारे यों ही टहल रही केतकी का सफ़ेद चेहरा भी कहाँ सफेद रहा था।

उसने केतकी पर नजर टिकाई। कुछ परेशान-सी लगती थी वह। सोच भी रही थी। क्या? केतकी के विचारों को जानने में उसे ज्यादा वक्त न लगा। वह थरथरा उठा। केतकी के पेट में दो महीने का बच्चा था। कौन जिम्मेदार था उसके लिए? पैडर रोड वाला पीसू? अल्ट्रामाउंट रोड वाला राहुल? या फिर मारुति वाला कवात्रा?

वह मन-ही-मन तय कर रही थी। अल्ट्रामाउंट रोड वाला राहुल ... कमीना ... उसने ही अँधेरे में मुझसे दगा किया। उसी का पाप मेरे पेट में पल रहा है। बच्चा गिराने के सिवाय अब छुटकारा नहीं। थोड़े दिनों के लिए दिल्ली या कलकत्ता जाना पड़ेगा। बुड्ढे को बेवकूफ़ बनाना पड़ेगा।

अचानक केतकी की आँखें ऊपर उठीं। खिड़की में खड़े काले चश्मे वाले पिता पर नजर पड़ी और पल-भर वह सिर्फ़ देखती रही। दूसरे ही पल उसकी रीढ़ की हड्डी से निकली कंपकंपी उसके पैरों में उतर गई। उसने मुस्कराने की कोशिश की। काला चश्मा ऊपर से मुस्कराया। उसकी मुस्कराहट भी कोशिश का नतीजा थी।

'क्या देख रहे हैं?'

पीछे खड़ी पत्नी के शब्द कानों से टकराने पर उसने चेहरा घुमाया, दोनों एक-दूसरे को स्थिर नजरों से देखते रहे। इससे पहले कभी पति को उसने काले चश्मे में नहीं देखा था, इसलिए उसे थोड़ा विचित्र लगा। पति का चेहरा थोड़ा नायाब भी लगा। रास्ते में इस चश्मे के साथ पति से मुलाकात हो जाती हो शायद वह पहचान भी नहीं पाती।

'कब खरीदा?'

'कल।'

'आँखों में तकलीफ़ है?'

'नहीं!'

'तो?'

'पसंद आया, खरीद लिया। कैसा है?'

'सुंदर।'

सचमुच? यह सवाल उसने नहीं पूछा। पत्नी आधा बुना स्वेटर लेकर उसके सामने ईज़ीचेयर पर बैठ गई। वह उसके सामने पलंग पर बैठा। उसकी आँखें काले चश्मे के पीछे से स्वेटर बुनते चेहरे को टटोल रही थीं। उसका सारा ध्यान पत्नी के विचारों पर टिका था।

पत्नी सोच रही बुड्ढे का दिमाग खिसक गया है।

काले शीशे के पीछे उसने पलकें झपकाई।

-बुड्ढा न जाने कहां से ये सब उठा लाता है। कल किसी कबाड़ी से टूटी हुई कुर्सी ले आया था। पिछले हफ्ते उसने फटी-पुरानी दीमक की चाटी हुई किताबों का ढेर खरीदा। यज्ञ सच कहता है। किसी डॉक्टर से सर्टिफिकेट लाकर बुड्ढे को जल्द ही पागल घोषित करना चाहिए। उसकी जायदाद बराबर बाँट लेनी चाहिए। बुड्ढा अब इस बंगले में रहने के काबिल नहीं रहा। उसकी सही जगह पागलखाने में ही हो सकती है।

'तुम कुछ खोई हुई सी लगती हो।'

सुंदरलाल के शब्दों ने उसकी आँखें ऊपर उठा दीं, लेकिन दूसरे ही पल होंठों में मुस्कान भरकर उसने कहा, 'केतकी के लिए यह स्वेटर दो महीने पहले शुरू किया था। एक-दो दिन में पूरा करना होगा। सर्दियों के दिन शुरू हो चुके हैं।'

पत्नी और कुछ कहे, इससे पहले जयंतीलाल आकर दीवार के सहारे खड़ा हो गया।

'बड़े भैया,' बूढ़े की ओर देखते हुए उसने हॉलीडे मूड में बात शुरू की, 'आपका चश्मा परिवार में चर्चा का विषय बन गया है। केतकी बता रही थी, काले चश्मे में आप हिप्पी जैसे लगते हैं।'

'तुम क्या कहते हो।'

'केतकी की बात गलत नहीं। चश्मा हकीकत में एंटीक पीस है। क्या मैं देख सकता हूँ?'

उसने साफ ना कही और उसे लगा, इस तरह 'ना' कहने की उसे जरूरत नहीं थी। प्यार से मना किया होता तब भी चलता।

'बड़े भैया! सिर्फ़ एक बार पहनने देंगे तो. ..'

उसने प्यार से ना कही, 'जयंती, यह चश्मा पहनोगे तो तुम्हारी गिनती पागलों में होगी।'

बुड्ढे को टेलीपैथी होती लगती है-पत्नी मन-ही-मन कुढ़ रही थी। मौत भी नहीं आती इसे कि मेरा छुटकारा हो।

'जयंती!' सुंदरलाल ने उससे कहा, 'सच कहूँ तो यह चश्मा जैसा दिखाई देता है वैसा है नहीं।'

'कैसा है?'

'तिलिस्मी।'

जयंतीलाल हँस पड़ा।

उसने परवाह न की, 'मेरी बात पर तुम्हें यकीन नहीं होता न? मैं साबित कर दूँगा। तुम कुछ भी सोचो, मैं बता दूँगा कि तुम क्या सोच रहे थे।'

पत्नी की आँखें फिर एक बार ऊपर उठीं और उठी ही रह गई। जयंतीलाल खामोश हो गया। दिल बहलाने के लिए उसने सोचना शुरू किया। सोचने के लिए उसके पास सिर्फ़ एक ही विषय था-सुंदरलाल की पत्नी, भाभी का। भाभी रोज रात को केतकी के कमरे की बत्ती बुझाने आती थी। स्विच ऑफ करती थी। अँधेरा छा जाता था। उस अँधेरे में सरकती, चुपके-चुपके कदम बढ़ाती उसके कमरे में दाखिल होती थी और तन-मन तृप्त कर अपने बैडरूम में भी लौट जाती थी।

'बड़े भैया, बताओ, मैं क्या सोच रहा था?'

काले शीशे के पीछे वह फटी आँखों से देखता रहा। पत्नी का चेहरा। जयंती का चेहरा। पत्नी का चेहरा। माथे पर पसीने की बूँदें जमने लगीं। क्या कहूँ? किन शब्दों में कहूँ? कैसे कहूँ?

'कहो भैया, मैं क्या सोच रहा था?'

'जयंती ... जयंती ... ' उसकी साँस रूंधने लगी, 'तुम दफ्तर के काम के बारे में सोच रहे थे। कल आडिटर्स आने वाले हैं न, उसकी चिंता ...'

जयंती ठहाके के साथ हँस पड़ा।

वह हँसी उससे बर्दाश्त न हुई। धीरे-धीरे बैडरूम से बाहर आ स्वीमिंग पूल के किनारे जाकर वह बैठ गया। उसे लगा, वह बैठा नहीं था, ढह गया था। साँसें तेज हो गई थीं। होंठ

काँप रहे थे। भगवान ... इस काले चश्मे ने मेरे परिवार के उजले चेहरों पर कालिख पोत दी। क्या यह सच है?

नहीं-नहीं, यह सच नहीं हो सकता। मेरी पत्नी मुझे दिलोजान से चाहती है। मेरा भाई जयंती बिलकुल निर्दोष है। केतकी बेदाग है। और यज्ञ, मेरा बेटा मेरी जायदाद का बँटवारा करने की सोच ही नहीं सकता। मेरा खून उसकी रगों में दौड़ रहा है। काला चश्मा भले काले चेहरे उछाले, मैं हरगिज नहीं मानूँगा। रात कोई बुरा सपना देखा हो, ऐसे उसने सबकुछ भूल जाने की जबरदस्त कोशिश की। लेकिन उसने सोचा था, उतना आसान यह नहीं था। काले चेहरे लगातार उसके सामने आकर, उसके चेहरे पुर हँसी के टुकड़े छोड़ जाते थे। वह फटी-फटी आँखों से सबकुछ देख रहा था।

आखिर उसने तय कर ही डाला। शायद चश्मा सच भी हो। आजमाने के लिए वह किचन में गया। आया और बूढ़ा नौकर दोपहर के खाने की तैयारी में जुटे थे। दोनों ही से थोड़ी दूरी रख वह उनकी पीठ पीछे खड़ा हो गया। सबसे पहले उसने आया पर ध्यान टिकाया।

आया सोच रही थी-इस बार भी वह अलमारी से जेवरात का डिब्बा निकालकर भाग न सकी। मौका ही न मिला। वरना उसने पक्की योजना बनाई थी-शाम को चाबी के गुच्छे में से अलमारी की एक चाबी अलग कर रात जेवरात का डिब्बा उड़ा लेना। सुबह ट्रेन में गाँव जाने के बजाय कहीं भी चले जाना। शाम को चाबी पाने में वह नाकाम रही। फिर भी रात में उसने आखिरी कोशिश की। वह बैडरूम की ओर कदम बढ़ा रही थी तभी बैडरूम से कोई बाहर निकला और वह चुपके से सर्वेंट्स क्वार्टर्स में वापस चली गई। वह सोच रही थी। बहुत कुछ सोच रही थी। साथ में अपने आपको ही कोस रही थी। तीसरी बार अपनी योजना नाकाम रहने पर उसे अपने आपसे नफ़रत हो गई थी। सुंदरलाल धीमे-धीमे आगे बढ़ा।

'आया!'

आया ने पीठ फेरी। काले चश्मे में सेठजी को सामने खड़े देख उसने सारा काम छोड़कर हाथ पोंछ डाले।

'थोड़े सवाल पूछने आया हूँ।'

'जी?'

'जो कुछ पूछूँ उसका जवाब हाँ या ना में देना।'

'जी!'

'कल शाम में अलमारी की चाबी चुराने की तूने पहली कोशिश की थी? ' 'क्या?'

'सच या झूठ?'

‘लेकिन ... लेकिन ...’

‘रात को तूने दूसरी कोशिश की और बैडरूम में से किसी को बाहर निकलते देख तू वापस ...’

आया ने उसके पैर पकड़ लिए। माफ़ी के लिए, वह गिड़गिड़ाने लगी। ज़ोर-ज़ोर रोने लगी।

बूढ़े के लिए अब शक की कोई गुंजाइश नहीं रही। काले चश्मे की बताई सभी बातें सच थीं। रसोई से निकलकर वह सीधा बैठक में गया। उसने देखा तो वहाँ राउंड टेबल कांफ्रेंस हो रही थी। परिवार के सभी सदस्य जयंतीलाल के साथ बैठ किसी गंभीर विषय पर चर्चा कर रहे थे। बूढ़े को देखते ही सब चुप हो गए।

‘क्यों, जयंती! ' सबके चेहरे ठीक से देख सके, इस तरह खड़े होकर उसने शुरूआत की, ‘किसकी चर्चा हो रही है?’

‘चर्चा! नहीं तो। आज छुट्टी का दिन है, इसलिए सब एक साथ बैठकर गप्पें हाँक रहे हैं।’

‘और केतकी, तुम?’

‘जी, डैडी मैं भी।’

उसने पत्नी की ओर देखा, ‘और भाग्यवान, तुम?’

‘ऐसा अजीब सवाल आप किसलिए कर रहे हैं?’

‘अभी तो मुझे कई सवाल करने हैं। कहो, कहाँ से शुरूआत करूँ?’

सब एक-दूसरे के चेहरे देखने लगे। कोई कल्पना न कर सका कि बूढ़े के पेट में क्या कुलबुला रहा था।

‘मेरे खयाल से शुरूआत केतकी से करें तो ठीक रहेगा। केतकी! खड़ी हो जाओ।’

‘केतकी तुरंत खड़ी हो गई।

‘पहला सवाल कॉलेज से छूटकर तुम कहाँ जाती हो?’

केतकी समझ न सकी, ‘मैं... मैं तो सीधी ही घर आती हूँ।’

‘और जब सीधी नहीं आतीं तब?’

‘डैडी।’

‘मेरे सवाल का यह जवाब नहीं!’

‘आपको... डैडी... आपको क्या जानना है?’

‘सिर्फ़ इतना कि तुम्हारे पेट में दो महीने का जो पाप पल रहा है, वह किसका है?’

बिजली टूट पड़ी-सिर्फ़ केतकी पर नहीं, सब पर।

‘डैडी, आप क्या कह रहे हैं इसका आपको होश भी है...’

सुंदरलाल ने अपनी बात जारी रखी, ‘पैडर रोड वाले पीसू का? अल्ट्रामाउंट रोड वाले राहुल का? या फिर मारुति वाले कवात्रा का?’

केतकी के चेहरे पर किसी ने सख्त ऐसा मारा हो, ऐसे भाव उसकी आँखों में पैदा हुए और दूसरे ही पल वह कुर्सी पर ढह गई। दोनों हाथों में उसने अपना चेहरा छिपा लिया। सिसककर वह रोने लगी।

‘जयंती!’

दूसरी बारी उसकी थी। खड़े होते-होते उसने अपने शरीर में एक से ज़्यादा बार कँपकँपी महसूस की।

पहला सवाल, ‘रात कितने बजे तुम दफ्तर से लौटते हो?’

‘आप क्या नहीं जानते, बड़े भैया।’

‘मुझे तुम्हारे मुँह से सुनना है।’

‘कभी नौ, कभी दस बजे।’

‘फिर?’

जयंतीलाल समझ गया। उसने अपनी कमजोरी को छिपाते हुए हिम्मत से जवाब दिया, ‘फिर सो जाता हूँ।’

‘अकेले?’

‘जी!’

‘अकेले या अपनी भाभी के साथ?’

भूकंप के झटके एक के बाद एक शुरू हो गए। केतकी का भीगा चेहरा ऊपर उठा। यज्ञ कनखियों से परिस्थिति का जायजा ले रहा था।

जयंतीलाल बेवकूफ़ की तरह सबके चेहरों में देखता शब्द जोड़ने लगा। वह कुछ कहे, उससे पहले ही सुंदरलाल की पत्नी खड़ी हो गई।

‘ऐसी बातें कहते हुए आपको शर्म आनी चाहिए।’

‘बेशर्म।' सुंदरलाल की आवाज तेज हो गई, ‘मुझे सबक सिखाती है और वह भी तू! एक गिरी हुई औरत! तुझे औरत कहते हुए मुझे शर्म आती है, क्योंकि औरत अपनी मर्यादा जानती है। उस मर्यादा का नाम है लक्ष्मण रेखा। वह रेखा पार करनेवाली औरत नहीं, वेश्या कहलाती है। समझी?’

‘जयंती!' सुंदरलाल की पत्नी उसकी ओर घूमी, ‘तुम्हारे भैया ने हम सब पर इल्जाम लगाए हैं। कह दो कि इन्होंने जो कुछ कहा, वह सब झूठ है। सरासर झूठ। इनकी बातों में पागलपन के सिवा और कुछ भी नहीं।’

‘वह भी मेरा लाड़ला बेटा यज्ञ कहेगा।' सुंदरलाल बोला, ‘यज्ञ, कहां चला? जायदाद का बंटवारा करने? अभी मैं जिंदा हूँ बेटे। अभी मेरे जिस्म में काम करने की ताकत है। जिस दिन लाचार होकर ढल पड़ूँगा...।’

टेलीफोन तक पहुंचे यज्ञ ने रिसीवर उठाकर डायल घुमाया, ‘हैलो, हैलो, डॉक्टर साहब। मैं यज्ञ बोल रहा हूं। प्लीज, जल्दी घर आइए। मेरे डैडी, जिनके बारे में मैंने आपसे जिक्र किया था, पूरे पागल हो गए हैं।’

* * *

www.ingramcontent.com/pod-product-compliance
Lightning Source LLC
LaVergne TN
LVHW040438051026
849517LV00002B/657
* 9 7 9 8 1 2 8 8 1 9 9 2 5 *